De fuego y tiempo: el cuento afrocolombiano contemporáneo

De fuego y tiempo: el cuento afrocolombiano contemporáneo
© *Verónica Peñaranda Angulo, Uriel Cassiani, Yaír André Cuenú M.,*
   Antologadorxs
© 2023 Lugar Común Editorial
© Imagen de portada *Pelucas Porteadores*, Liliana Angulo Cortés

Library and Archives Canada Cataloguing in Publication

ISBN 978-1-990743-07-8 (Libro impreso)

Publicado por Lugar Común Editorial
www.lugarcomuneditorial.com
info@lugarcomuneditorial.com
Ottawa/Bogotá, 2023

De fuego y tiempo: el cuento afrocolombiano contemporáneo

Verónica Peñaranda Angulo
Yaír André Cuenú M.
Uriel Cassiani
Antologadorxs

Página de contenido

LILIANA ANGULO CORTÉS

(Bogotá, 1974) Artista afrodescendiente, nacida en Bogotá. Se graduó de la Universidad Nacional de Colombia y tiene una Maestría en Artes de la Universidad de Illinois en Chicago (Beca Fulbright). Ha trabajado en diferentes regiones buscando contribuir a las luchas de las comunidades afrodescendientes utilizando estrategias colectivas, procesos de investigación-creación y una práctica artística crítica. Explora la memoria y el poder a partir de cuestiones de representación, identidad, discursos de raza y postdesarrollo. Investiga utilizando el cuerpo, la imagen y las vivencias de los participantes desde asuntos de género, etnicidad, lenguaje, historia y política. Su práctica artística abarca múltiples medios: prácticas performativas, tradiciones culturales, reparación histórica y trabajo colaborativo con organizaciones sociales. Tiene exposiciones individuales y colectivas en Colombia e internacionalmente. Entendiendo la práctica artística como integral, trabaja en todas las dimensiones del campo artístico. Ha trabajado con el Sector de Cultura en la ciudad de Bogotá.

Imagen de portada
Artista: Liliana Angulo Cortés
Título: Pelucas Porteadores (detalle)
Proyecto "Un negro es un negro"
Pelucas de esponjilla de brillo.
Fotografía color
1997 _ 2001
Modelo: Sarley Hinestroza

Voces de fuego y de tiempo: antología del cuento afrocolombiano contemporáneo

> En Colombia el cuento ha tenido un desarrollo bastante accidentado (…)
> Así podemos decir que el cuento está en la raíz misma de la nacionalidad y
> que quizá es el único género que entre nosotros tiene una tradición verdade-
> ramente respetable.
>
> Carlos Arturo Truque, 1965.

Este libro es un encuentro, un diamante con luz plural, múltiple. Una compilación que presupone el golpe amable de las voces propias o ajenas. Voces que, como los pájaros en el bosque, sueltan sus dulces o fieros cantos. Nos aferramos con fuerza vital a la disposición de abrir una ventana a quienes arriban en forma de fuego y tiempo. Encontramos las razones que nos llevan a narrar y a narrarnos. También hemos notado que cada autor/x[1] ha colgado en la entrada del espectáculo un marco brillante hecho con la luz de quienes ya han labrado un camino y hoy son fuego que aviva y guía.

Nos pusimos a la tarea de ver quién encontraba más antologías de cuento afrocolombiano. En minutos estábamos en una mesa con los libros reunidos. Tras comparar nombres y muchos hombres, nos preguntamos mutuamente a quiénes creíamos que le habían pagado por la autoría de su relato; ahí ya no fue gracioso. En cuanto a la industria editorial se refiere ¿Adivine qué sucede en esta ocasión, apreciada persona que lee?

Esta antología ha sido una experiencia -y responsabilidad- gratificante y enorme que nos ha interpelado a partir de sus múltiples existencias materiales y discursivas, en cuerpo y alma; piel y carne como simbiosis de la existencia. Crear esta compilación ha sido una tarea conjunta, unida por el poder convocante de la palabra en todos los pueblos del mundo, desde el momento en el que fue posible imaginar y narrar alrededor del fuego, hasta la palabra de hoy, en libros y aparatos informáticos. Desde la oscuridad del silencio reflexivo hasta la luz del relato concebido, esta selección de cuentos, inéditos y publicados, ha implicado conocimientos y efectos específicos en la creación de una obra que se vuelve hacia sí misma, hacia sus creadores y sus pares. Asimismo, detiene la mirada en algunos caminos de la cuentística colombiana que, por distintas razones, entre estas el racismo institucionalizado, han sido negados en espacios educativos de todos los niveles.

Durante todo el proceso de esta antología, desde su fecundación intangible entre ideas burbujeantes en laboratorios de sentires, invitaciones, convocatorias abiertas, lecturas y relecturas por parte del comité editorial, selección, publicación, hasta la propia escritura de este prólogo, que además sirve de introducción, nos invadieron distintas preguntas. ¿Qué significa pensar/publicar una antología de cuento contemporáneo hecho por autorxs negrxs, afrocolombianxs, raizales y palenqueros[2]? ¿Cuáles son sus particularidades? ¿Se necesita esta antología, tiene sentido realizarla? ¿Para qué, qué buscamos, qué se narra? ¿Quiénes narran?

Nuestras dudas no son cándidas; reconocemos que no existen muchas piezas literarias similares[3] y que es necesario un trabajo editorial pedregoso de publicación, de promoción, de lectura académica, así como de difusión[4]. A pesar de lo anterior, nos resistimos al lugar estereotipado e insistente de vacío con que se han presentado muchas de las escrituras de quienes han sido marcados como la Otredad como condición que niega -por omisión o desconocimiento- su participación en la historia del cuento en Colombia.

Limitándonos al subgénero del cuento que convoca esta antología nos encontramos con algunos pioneros y contemporáneos: Carlos Arturo Truque (Condoto, Chocó, 1927-1970); Arnoldo Palacios (Cértegui, Chocó, 1924-2015); Manuel Zapata Olivella (Lorica, Córdoba, 1920-2004); Juan Zapata Olivella (Lorica,

Córdoba,1926-2001); Sonia Nadhezda Truque (Buenaventura, Valle del Cauca, 1953); Óscar Collazos (Bahía Solano, Chocó, 1942-2015); Alfredo Vanín (Poblado de Saija, Timbiquí, Cauca, 1950); Medardo Arias Satizábal (Buenaventura, 1956); Lenito Robins-Bent (Isla de Providencia, 1956); Hazel Robinson Abrahams (San Andrés, 1935); Mary Grueso (Chaure, Napi, Guapi, Cauca, 1947)[5], entre otrxs[6].

Con esta antología, tanto lxs autorxs como el equipo detrás de la publicación, apostamos por voces propias, aunque es claro que ante un proceso de selección como este se escapan varias plumas significativas. Nuestro interés radica en presentar aquello que entendemos como un aporte que recorre la propia condición humana, asombra y juega con la palabra y con el tiempo hasta inscribirse en la literatura nacional -sí, esa categoría problemática-.

¿Por qué publicar una antología de "cuento afrocolombiano"?

Esta antología bien pudiera pensarse en un sentido orgánico, con capacidad para generar otras vidas. Quienes intervenimos en el proceso intentamos pensar sentidos colectivos del saber y de la estética que permitan la discusión y aparición de títulos similares. Nos vinculamos a un diálogo literario desde la propia *poiesis*, e, idealmente, desde la crítica literaria, para analizar obras de este tipo teniendo en cuenta sus particularidades artísticas.

En primer lugar, aclaramos que la noción de "cuento afrocolombiano", parte del subtítulo de esta antología, no pretende ser un descriptor ni medianamente cercano a ideas universales. Esta etiqueta nos funciona como rótulo y lente porque nos permite, por una parte, publicar el texto bajo exigencias editoriales que ponen de manifiesto políticas y compromisos de reconocimiento contemporáneos -que no serían necesarias si no habitáramos sociedades racializadas y binarias- respecto a temas como raza/etnicidad. Nos permite también lanzar una mirada crítica a las posibilidades de inserción en marcos de enunciación distintivos. Así, identificar estos cuentos bajo la denominación presentada no implica la invención y/o apropiación de una categoría aparte con la que se "escapa" a la institucionalización -que siempre crea diferencia- y tampoco establece una mirada rígida sobre aquello que se pueda pensar como un "cuento afrocolombiano".

En sentido amplio, un diálogo de esta naturaleza se rehúsa a valerse del esencialismo con el que en no pocas ocasiones se han leído literaturas hechas por "minorías" étnicas, puesto que ese tipo de "apreciaciones":

> (...) naturaliza y deshistoriza la diferencia, y confunde lo que es histórico y cultural con lo que es natural, biológico y genético. En el momento en el que el significante negro es separado de su entorno histórico, cultural y político y es introducido en una categoría racial biológicamente constituida, como reacción, le otorgamos valor al mismo cimiento del racismo que deseamos erradicar (Hall, 2010, pág. 300).

En conversación con la cita de Hall, nuestra propuesta aporta desplazamientos de las formas de curaduría/crítica bajo las que se han establecidos los cánones del cuento en Colombia. Un género que lleva más de un siglo[7] y que presenta, en la mayoría de las veces, una focalización etnocéntrica, más particularmente blanco-mestizo-andina[8], una sensibilidad excluyente, viciada por la herencia colonial que celebra lo más cercano a la blanquitud:

> En América Latina y el Caribe, el mestizaje (mezcla de razas) y el blanqueamiento (racial y cultural) están inevitablemente entrelazados. La mezcla de razas o el mestizaje son inseparables del antiguo sistema de castas y, por lo tanto, no significan ni pueden significar neutralmente la mezcla de razas. El objetivo del mestizaje es producir un blanqueamiento homogeneizador de la identidad nacional que deje atrás y oculte con éxito cualquier tipo de rasgo de negridad[9]o indigenismo (Santiesteban, 2021, pág.37). [Traducción propia][10].

Por tanto, al presentar la obra de autorxs unidos por una parte de su experiencia vital[11] -la racialización- distinta a lo que significa ver el mundo con ojos andinocéntricos en Colombia, damos cuenta de otro fragmento de la realidad literaria que se ha borrado sistemáticamente. Con esto no queremos decir que el valor de la obra radique únicamente en la particularidad de quienes escriben, más bien, nos parece importante recalcar que el punto de vista, la propia experiencia de vida, implica una forma de conocimiento situado (Lorde 1986, Collins 1986, Colectiva Combahee River 1988) que se imbrica en la escritura pero que no es única.

La semilla de fuego y tiempo: origen y estructura de la antología

El texto que ve la luz con este nombre y en estas condiciones tempo-espaciales es el resultado de algunas reuniones realizadas en marzo de 2021, cuando Lugar Común Editorial nos contactó a Uriel Cassiani y a Verónica Peñaranda; vendrían después, para conformar el comité editorial, Yaír André Cuenú M, Késhia Howard Livingston, Luis Mallarino y Rubén Darío Álvarez. La idea presentada por la editorial nos emocionó, quizá porque ya había germinado en nuestros corazones, individuales y colectivos, o donde quiera que se instalen los sueños que creemos que alguna vez cumpliremos. Así que, con un par de encuentros virtuales en los que se hicieron algunos ajustes que creímos necesarios, establecimos compromisos e iniciamos con un cronograma que incluía recolección de información, invitaciones, difusión para la participación pública, conformación de un comité, lectura y selección de los cuentos, conversación entre pares, revisión editorial y publicación. El cronograma, claramente, excedió su tiempo, pero aquí estamos con la quimera al parecer, en gran parte, cumplida.

Esta antología está compuesta por 24 cuentos escritos por ocho autoras y doce autores[12] y la imagen de la portada -asimilada como parte de la compilación-, obra de la artista plástica Liliana Angulo Cortés. Su estructura en dos partes, "De fuego" y "De tiempo", alude a la propia imagen de la invención del tiempo ficcional que se relató bajo el fuego de las cavernas, en épocas antiguas en las que los ancestros de toda la humanidad contaban historias.

Toda la compilación está impregnada de variedad etaria, temática, lingüística, estilística y profesional. La decisión de clasificación obedece más a los tiempos de publicación que a otras variables. En cuanto a la organización interna, se intercalan, en la medida de lo posible, un autor y una autora sucesivamente. En "De fuego", optamos por una forma de organización convencial iniciando con uno de los pioneros, en "De tiempo", hicimos uso del azar como principio organizador[13].

El nombre de la primera parte es un homenaje a la figura del fuego -que hemos venido explicando- como almo de las primeras narraciones. Se engalana con ocho cuentos, cinco publicados y tres inéditos, pertenecientes a personas inspiradoras y/o canónicas de este género: Carlos Arturo Truque, Sonia Nadhezda Truque, Alfredo Vanín, Amalia Lú Posso, Pedro Walther Ararat (homenaje póstumo) y Adelaida Fernández Ochoa.

En la segunda parte, "De tiempo", nos encontramos con un abanico de relatos inéditos escritos desde distintos lugares del país y del globo terráqueo[14]. Al igual que las percepciones del tiempo, estas historias se presentan con un variopinto de mundos posibles de los que son responsables: Estercilia Simanca Pushaina, Uriel Cassiani, Giussepe Ramírez, Rubén D. Álvarez Pacheco, Trilce Ortiz, Juan Sebastián Mina, Hernán Grey Zapateiro; María Ignacia Schulz, Yaír André Cuenú Mosquera, Luis Mallarino, Isabella Sánchez Victoria, Sedney Suárez Gordon, Robinson de Jesús Quintero y Ana Yuli Mosquera.

Los relatos que aquí presentamos nos vinculan, de entrada, con la nostalgia, la cercanía a la muerte, la admiración ante el amor, la reinstalación de la vida, la tradición oral, la música como motor de espacios e identidades, la opacidad de la condición humana, la celebración por lo oculto. Fuego y tiempo se conectan y se separan en sus propias búsquedas por persistir, se recrean en el caserío abandonado o en la metrópolis recibida con filiación o extrañeza, nada está determinado, ningún asunto cerrado, hablan los muertos y callan los vivos condenados a desaparecer. En estos cuentos, la escritura se niega a perecer y regresa, a veces como sonrisa y otras como espectro. Aquí, escribir es otra forma de libertad en la búsqueda del ser

Dos elementos esenciales para la narración: el fuego y el tiempo, eso es lo que queremos ver por ahora, la entidad y la enunciación propia que reconoce nuestro pasado y, simultáneamente, insiste en conversar con la posibilidad del futuro; acto al que accedemos con la imaginación hecha palabra.

Sabemos que este trabajo es un abrebocas a las preguntas lanzadas al principio, y sabemos que no pasa nada si aún no hay respuestas. Lo que proponemos es una semilla al aire esperando a que traiga primaveras. Estás ante una obra de arte: ese objeto/sujeto que se reactualiza con cada sentido. Siéntete libre de servirte.

¡Que empiece la lectura!
Mek di riid'hn staat!
¡Lanká plana ku mboso!

Yaír André Cuenú Mosquera.

Verónica Peñaranda Angulo.

Referencias bibliográficas

Bacarlett Pérez, M. L., & Pérez Bernal, A. M. (2013). El papel del pathos en la teoría platónica del conocimiento. *Eidos*, (18), 46-77.

Berrío Moncada, Maribel. (2010). El cuento colombiano: análisis de los criterios de selección en las historias y las antologías literarias. *Estudios de literatura Colombiana*, (26), 109-130.

Bustamante Zamudio, Guillermo y Kremer, Harold (antólogos). (1992). *Antología del cuento corto colombiano*. Cali: Centro Editorial Universidad del Valle: Cali, Colombia.

Castro García, Óscar. (2006). El cuento y la antología Cuentos y relatos de la literatura colombiana, de Luz Mary Giraldo. *Cuadernos de Literatura*, 10(20).

Charry, Carlos Andrés. (2011). Los intelectuales colombianos y el dilema de la construcción de la identidad nacional (1850-1930). *European Review of Latin American and Caribbean Studies Revista Europea de Estudios Latinoamericanos y del Caribe*, (90), 55-70.

Collins, Patricia Hill, (1986) "Learning from the Outsider Within: The Sociological Significance of Black Feminist Thought", in *Social Problems*, vol. 33, no. 6, pp. S14-S32. Disponible en http://www.jstor.org/stable/800672, consultado el 19 de septiembre de 2022.

Combahee River Collective. (1988). Una declaración feminista negra. En Moraga C. y Castillo A. (Comp.). *Esta puente, mi espalda: voces de mujeres tercermundistas en los Estados Unidos* (172-184). San Francisco: ISM Press.

Díaz Muñoz, Eliana. (2018). Antología de mujeres poetas afrocolombianas: una revisión de las políticas editoriales en torno a lo" afro". *Memorias: Revista Digital de Historia y Arqueología desde el Caribe,* (34), 197-215.

Hall, Stuart. (2010). *Sin garantías: trayectorias y problemáticas en estudios culturales.* Eduardo Restrepo, Catherine Walsh y Víctor Vich (Eds.). Instituto de estudios sociales y culturales Pensar, Universidad Javeriana, Instituto de Estudios Peruanos, Universidad Andina Simón Bolívar sede Ecuador, Envión Editores.

Lorde, Audre. (1988). Lorde, A. (1988). Las herramientas del amo nunca desarmarán la casa del amo. En Moraga, Ch. y Castillo, A. (ed). *Esta puente, mi espalda: voces de las mujeres tercermundistas* (p. 89-93). San Francisco: Ism Press.

Rappaport, Joanne. (2018). *El mestizo evanescente: configuración de la diferencia en el Nuevo Reino de Granada.* Bogotá: Editorial Universidad del Rosario.

Restrepo, Eduardo. (2016): "Estudios afrocolombianos en la antropología: tres décadas después", en J. Tocancipá, *Antropología en Colombia: tendencias y debates,* Universidad del Cauca, Popayán, pp. 167-218.

Santiesteban Mosquera, Natalia. (2018). *El color del espejo: narrativas de vida de mujeres negras en Bogotá.* Cali: Universidad Icesi.

(2021). Sketching Whiteness in a Mestizo Nation. *International Journal of African Studies,* 1(3), 31-40.

Truque, Carlos A. (1965). El cuento, una narrativa en desarrollo. *Revista Letras Nacionales,* (0), enero-febrero, 68-71.

Vergara y Vergara, José M. (1958). *Historia de la literatura en Nueva Granada: desde la conquista hasta la independencia (1538-1820) Tomo I.* Presidencia de la República.

Viveros Vigoya, Mara. (2012). Race and Sex in Latin America Peter Wade Londres y Nueva York: Pluto Press 2009, 310 p. *Revista Colombiana de Antropología,* 48(1), 279-287.

Wade, Peter. (2013). Definiendo la negridad en Colombia. *Estudios afrocolombianos hoy: aportes a un campo transdisciplinario*. Eduardo Restrepo (Editor). (pp. 21-41). Editorial Universidad del Cauca.

Notas de final de página

1 Decidimos usar la "x" (equis) para abarcar distintas identidades sexo-genéricas que no se identifican como hombre ni como mujer. Aunque reconocemos que esta letra es impronunciable, lo que intentamos manifestar es un debate abierto, tal como lo propone Santiesteban Mosquera (2018), sobre el respeto por la diversidad y la desestabilización de lo masculino como lo único universal, en aras de cuestionar el sexismo que invade muchas de nuestras prácticas cotidianas y académicas.

2 Los pueblos negro, afrocolombiano, raizal y palenquero (a veces referido por la institucionalidad como NARP) son descendientes de africanxs que fueron parte de la ignominia del secuestro de personas durante la esclavitud entre los siglos XVI y XVIII en las Américas y Europa, momento desde el cual sus formas de resistencia y búsquedas de libertad han sido incesantes. Estos pueblos cuentan con una diversidad étnica, territorial y cultural importante para la nación colombiana, desde la constitución de la república, hasta nuestros días en los diferentes campos del saber: las artes, las ciencias, la tecnología, la política, las humanidades y los diferentes elementos que hacen del país ser lo que es. Los raizales de San Andrés, Providencia y Santa Catalina, y los palenqueros de San Basilio de Palenque, tienen su propia lengua: creole o kriol y lengua ri palenge o palenquero, respectivamente. Según el XVIII Censo Nacional de Población y VI Censo Nacional de Vivienda (2020), hecho por el DANE [Departamento Administrativo Nacional de Estadística], las comunidades NARP representan el 9,34% del total de la población en el país, hecho que se contrasta con las discusiones de varias organizaciones afrodescendientes quienes defienden un porcentaje tal vez mayor del 25%, basadas en las evidencias de las anomalías que dificultaron la precisión del censo, razón por la cual utilizaron vías legales para esclarecer los hechos. Ante esto la Corte Constitucional emitió la Sentencia T-276 del 1 de agosto de 2022, bajo la cual exige al DANE las garantías para la revisión de las cifras, entendiendo que esta imprecisión obstaculiza los derechos de la población afrodescendiente en Colombia. Comentamos este hecho para cuestionar las condiciones de desigualdad que aún experimenta un porcentaje amplio de la población afro en Colombia y, a su vez, reconocer las formas de organización que insisten en derechos y equidad.

3 Existen antologías de cuento o relatos que se centran en las narrativas del Pacífico colombiano, tales como *De la hostia y la bombilla* (1992), de Medardo Arias Satizábal (Comp.), Centro editorial Universidad del Valle, Cali, Colombia; *Narradores del Pacífico Colombiano* (2019), de Fabio Martínez, Editorial Pigmalión; o el *Maletín de relatos pacíficos* (2017), de Estudio Machete, esta última tiene como valor agregado que es el resultado de un taller de escritura creativa para un grupo de escritorxs que recorrieron Pacífico colombiano. Hasta la fecha solo hemos encontrado una compilación que vincula a lxs autorxs bajo una identificación étnico/racial: *Cuento corto afrocolombiano* (2021) de Harold Kremer y Guillermo Bustamante Zamudio (Comp.), Fondo de Publicaciones Valle del Cauca.

4 Entre las críticas adjudicadas a las apuestas institucionales respecto a la literatura escrita por comunidades indígenas o afrodescendientes están los pocos planes de difusión. Díaz Muñoz (2018), en su análisis sobre las políticas editoriales dentro de la colección Biblioteca de Literatura Afrocolombiana, del Ministerio de Cultura (2010), afirma que el programa de publicación no garantizó planes para su recepción.

5 El reconocimiento de Mary Grueso se da en mayor medida por su poesía. Parte de su obra aparece en dos de las antologías más relevantes de autoras afrocolombianas *¡Negras somos! Antología de 21 Mujeres poetas afrocolombianas de la Región Pacífica* (2008), Editorial Universidad del Valle, y *Antología de Mujeres Poetas Afrocolombianas* (2010), Ministerio de Cultura. Desde la segunda década del siglo XXI, Grueso se ha dedicado, como apuesta político-pedagógica antirracista e identitaria, a llegar a generaciones más jóvenes con libros álbumes entre los que resaltan *La muñeca Negra* (2011) y *La niña y el espejo* (2012), ilustraciones de Vanessa Castillo, Editorial Pelito Chacarrás; textos en los que relata costumbres y oralidad del Pacífico colombiano. Entre otras autoras afro que cultivan este tipo de textos se encuentra la poeta, investigadora y gestora cultural Yesenia Escobar Espitia (Barranquilla, 1979) con *Mamá Avó* (2014).

6 Algunos de estos autores se encuentran en la colección Biblioteca de Literatura Afrocolombiana (2010) del Ministerio de Cultura, un proyecto dentro del marco del Bicentenario de la Independencia. La colección consta de 19 obras de distintos géneros (poesía, teatro, ensayo y narrativa) y fue publicada en formato impreso y digital, este último de libre acceso a través de la biblioteca virtual del Banco de la República.

7 Parece un hecho, entre varios investigadores del cuento, que la obra *El Carnero* (1636-1638) de Juan Rodríguez Freile se considera la antesala a la cuentista colombiana, debido al uso de estrategias del relato y por ser la primera obra en prosa que se escribió en la república. Sin embargo, al hablar ya del cuento consolidado se piensa en autores como como Eugenio Díaz Castro (1803-1865) y Tomás Carrasquilla (1858 - 1940) (José María Vergara y Vergara 1867, Truque 1965, Giraldo 2005, Zamudio & Kremer 1994, Castro García 2006, Berrio Moncada 2010, entre otrxs).

8 A veces blanco-mestizo es el mestizaje aceptado. La referencia a mestizo-andino se conecta con la larga tradición de discursos racistas, incluso, hasta bien adentrado el siglo XX en Colombia, a través de los cuales se presentaba al hombre de los Andes como el salvador sacrificado o como el prototipo para fines eugenésicos (Charry, 2011). Otro de los limitantes que presenta esta identidad es que niega a sus otredades "más lejanas" a través del silencio o la ridiculización y, a su vez, es insuficiente para dar cuenta de todas las posibilidades de existencia dentro de esa forma de ver el mundo.

9 Aunque no es un consenso, varios autores entre los que se encuentran Mara Viveros (2012) y Wade (2013), prefieren usar la palabra negridad para evitar confusiones con el movimiento de la Négritude, negritud. Para Restrepo (2016) esta palabra "(…) podría posibilitar indicar la preocupación por una genealogía y etnografía de las distintas articulaciones de lo negro (donde afrocolombiano, afrodescendiente, afro, negro, gente negra, etc. son pensadas como diferentes disputas y expresiones de estas articulaciones)" (pág. 176).

10 En términos generales, se trataría de un mestizaje -que también puede leerse como bastardía (Rappaport, 2018)- más higienizado y adecuado para todos los proyectos de Estado-nación latinoamericanos.

11 Es necesario insistir en la idea de "partes" para enfatizar en que las experiencias afrodiaspóricas son parciales. Aunque las subjetividades son colectivas, están marcadas por las particularidades. No obstante, unas formas de acercamiento y/o vivencia no invalidan a las otras.

12 Desde el principio del proceso lxs autorxs escogieron sus pronombres: ella y él. Aunque sabemos que dentro de estos pueden recogerse identidades distintas a las binarias heteronormativas, el trato con las autoras y los autores nos permite, hasta hoy, referirnos a ellas y ellos, como mujeres y hombres.

13 Decidimos usar el azar como un ejercicio de curaduría y respuesta ante la necesidad de explorar otras formas de conocimiento. El azar, al igual que otras formas de clasificación, tiene filtros que delimitan los resultados. Consideramos que lo que hace de este modo de organización un atractivo es su vínculo con el asombro, una de las formas más genuinas del inicio del conocimiento: "siempre habremos de regresar a él para abrir y alimentar de nuevo nuestra inquietud, curiosidad, y actitud filosófica; porque quizá lo propio del estulto sea precisamente no asombrarse de nada" (Bacarlett Pérez & Pérez Bernal, 2013, pag.59

14 Como comité editorial nos parece importante resaltar esto para pensar realidades más allá de los imaginarios geográficos limitados dentro de los que se representan a los cuerpos afrocolombianxs y que sugieren el desconocimiento de las diásporas del presente. En el caso colombiano, creemos que la proliferación de estos discursos puede estar permeada por lo consignado en la Ley 70 de 1993, un dispositivo que resulta valioso para reclamar derechos comunitarios, entre ellos la pertenencia de la tierra y la consulta previa, pero que, a su vez, niega las realidades de otras identidades afrocolombianas en las que se perciben intersecciones distintas, tales como la experiencia urbana.

Agradecimientos especiales al Comité Editorial de este proyecto:
Yaír André Cuenú-Mosquera (Distrito de Aguablanca)
Luis Mallarino (Cartagena)
Késhia Howard Livingston (San Andrés)
Rubén Darío Álvarez (Cartagena)

Por su generosidad, gracias a:
Fabio Martínez
María de las Mercedes Ortiz
Álvaro Bautista
Natalia Santiesteban-Mosquera
Verónica Lozada Gallego

De fuego

Y entonces se prendió el fuego y fue posible imaginar mundos con su luz.

CARLOS ARTURO TRUQUE

(Condoto, Chocó, 1927. Buenaventura, 1970) Una de las figuras más importantes de la cuentística colombiana. Publicó sus primeros textos muy joven en revistas de estudiantes de la ciudad de Popayán y Cali bajo el seudónimo de Charles Blaine. Escribió ensayos literarios, poesía y cuento, fue libretista de la Radio difusora Nacional, traductor, y subdirector de extensión cultural en Cundinamarca y agregado de prensa de la Embajada de Colombia en Haití. En 1951 público el drama *Hay que vivir en paz* con el cual ganó el premio del Festival de Berlín. El reconocimiento nacional con el género narrativo se dio con *Granizada y otros cuentos* (1953), ocupó el tercer puesto en el concurso de cuento de la Asociación de Escritores y Artistas de Colombia con su cuento "Vivan los compañeros" (1954). Sus relatos han sido traducidos al ruso, al francés, al alemán y al chino. En el año 2010, el Ministerio de Cultura Nacional publicó la segunda edición de su obra *Vivan los compañeros: cuentos completos* dentro de la colección Biblioteca de Literatura Afrocolombiana.

Sonatina para dos tambores

No era cosa para dormir esa noche. Allí en el mismo cuarto, a tres metros, tal vez menos, estaba Damiana con los fuelles, como dos hilachas. Lo malo era que el viejo vagabundo de míster Stern llevaba ya tres días de andar como una cuba de una orilla a otra del río, engarzado en cuanto currulao sonaba. Con él no valía nada; mientras hubiera una juga ya las patas se le iban alistando solas.

Y las fiestas de la patrona, de la Santa Bárbara del Rayo, vinieron a caer en tan mala hora; precisamente cuando la Damiana ya no podía con el aire.

Ese era el asunto: que a la mujer le dolía el aire y lo cogía por la nariz para que le saliera otra vez por los fuelles con un sonido de cununo retemplado. ¡Qué carajo! ¡Y ya tenía tres años de estar en las mismas!

—¡El ahoguido, Santiago...! ¡El ahoguido!

Y luego era el frío. Siempre tenía que tener frío, con ese sol de candela que mi Dios le había dado a Santa Bárbara de Timbiquí. Y por la noche, frío también.

Ella temblando, mientras él, con el cuerpo que parecía melcocha de lo sudado, daba vueltas en la cama, sin poder dormir, desnudo y tocándose el cuerpo grandote, con ganas de hembra. A veces salía a la azotea y se tendía en el piso fresco, boca arriba, a contar el cielo estrellado, estrella por estrella, hasta que los ojos le dolían. O hasta que ella, desde dentro, decía con voz ronca:

—¡El ahoguido, Santiago...! ¡El ahoguido!

Entonces entraba y se paraba, sin atinar a qué hacer, al lado de la cama de la mujer. Desde la oscuridad lo miraban sus ojos brillosos y oía, amplificados como si los tuviera dentro de las orejas, los estertores, los tumbos y retumbos de los pulmones, que soltaban el aire. Lo que no le podía entrar muy claro, era lo del frío. Ella siempre se quejaba del frío; pero cuando le tocaba el cuerpo, estaba éste perlado de sudor y tan caliente como los pedrancones del río a la hora de la siesta.

Míster Stern, al referirle lo del frío, meneó la cabeza de un lado a otro y exclamó: *"Very bad"*. A Santiago hasta le extrañó que hubiera dicho *"Very bad"*, porque siempre le parecía que todo estaba *very good*. Pero, por las dudas, y para hacerse más claro, agregó: "¡Mucho malo, carajo!", y le hizo la promesa de llevar a la Damiana en su lancha hasta Buenaventura. Y lo hubiera hecho de seguro, porque era hombre justo como una balanza, si no se atraviesan las fiestas y se rellena la panza con el viche y la tapetusa, que por esa época corrían como ríos por las calles de Timbiquí.

—¡El ahoguido, Santiago...! ¡El ahoguido!

La oyó. No hubiera podido dejar de oírla; pero no sabía nada qué hacer. Tenía que llamarlo precisamente a él, a Santiago que era tal vez el único que no sabía hacer nada en casos como ése.

Eran ya tres años de estar oyendo las mismas palabras con el mismo tono ronco; eran tres veces trescientos sesenta y cinco días de oír un cununo y una tambora sonándole por las noches dentro de los oídos.

Era ya mucho tiempo de estarse toda la noche quieto y despierto contemplando un cacho de luna por entre el claro que dejaba la chonta y la palma tejida del techo.

Eran muchas las noches de estar pensando en los senos duros y el cuerpo cimbreante de la otra Damiana, la que bailaba sus buenos patacorés y sus buenas jugas y currulaos en otras lejanas fiestas de la Patroncita contra el rayo.

Muchas noches, no lo podía negar, deseó que el asunto acabara de una vez. Tal vez fuera mucho mejor que el aire no entrara en esos fuelles de Damiana; sobre todo cuando le bailaban sus buenas ganas de pisarle el ala a la Guillermina, una negra reidora que poco a poco se le iba volviendo "el tormento de sus tormentos"; y que, aunque no le había dado un besito, lo traía más alzado que una nube y más golpeado que tambor en día de Reyes.

—¡Jey, vos, Guillermina! ¡Jey vos...! ¡Jey vos...!

Y ella, con el cuerpo liso, las tetas de natilla fresca, yéndosele de las manos, saliéndosele de la picazón del deseo, de la desazón de mucho alborotado, que le ponía como un tubo metálico en la garganta sin saliva:

—¡Tate, vos, con tu arrechera! ¡Barujo, con el lambido éste...! ¡Se lo vo a decí a Damiana!

—¡No le recij nara, no!

Y otra vez a buscarla. Otra vez «el negro lambido del Santiago», con la boca seca de siempre que le daban ganas, buscando lo que no podía darle su Damiana, que tenía los fuelles como dos hilachas.

"¡Los cununos, cadajo, los cununos!", se dijo Santiago, oyendo el run-run del otro lado del río, donde debía hallarse ahora borracho míster Stern, su patrón, que le había prometido llevar a Damiana hasta Buenaventura, a ver si todavía era hora de que le quitaran ese ahoguido.

"¡Los cununos, cadajo, los cununos!"

Así no era caso de dormir. Y menos Santiago, que al oír tambores se le iba el cuerpo entero detrás. Allí mismo, en la cama, le estaba picando ya el cuerpo. ¡Era como si lo fueran levantando de repente por dentro!

"¡Ese run-run, cadajo, ese run-run!"

No; con eso no podía dormir; ya no eran los tambores de la Damiana solamente, los que no le dejaban pegar los ojos. Ahora eran también los de afuera, los de verdad, que tocaban en el baile de Santa Bárbara, abogada contra el rayo. Era el aire que se iba creciendo de tambores, marimba y guasás; era el maldito patacoré el que se le metía en las orejas y se le enredaba en las patas de diablo, que no querían estarse quietas. Era la boca, su misma boca, diciendo pasito eso de «er patacoré que se va a caé... que se va a caé... que se va a caé...», mientras el cuerpo era una urticaria, sin reposo, prendido del ritmo que soltaban de otro lado.

"¡Ese run-run, cadajo, ese run-run!", se dijo nuevamente por decirse algo, preguntándose al mismo tiempo si míster Stern, su patrón, estaría o no estaría en la fiesta, y si amanecería en condiciones de manejar la lancha y bajar a Damiana hasta Buenaventura. Se preguntó si no estaría ya a esta hora tan borracho que se hubiera olvidado hasta de hablar inglés, pues el castellano no le había entrado nunca. "Ya ha de estar bien mariao", se dijo con bastante convencimiento. "Mañana va a amanecer con la cabeza en otra parte y ni se le pasará por ella que tiene que llevarse a la mujer al puerto, a que le quiten ese ahoguido. Sería mejor que le recordara...".

Pero, lo de ir, no era para decirle nada. Era que sabía que allí andaba la Guillermina, de falda almidonada, los senos parados como dos cucuruchos. Lo que pasaba era que le iban subiendo unos deseos locos de ir a verse con ella para sentir el cosquilleo que sentía cuando las tetas grandotas le retemplaban al bailar la juga y el patacoré. Lo mismo había sido al empezar a guiñarle el ojo a la Damiana, que tuvo, quién iba a creerlo, unos senos de, ¡ay, señor de mis pecados!, brincones e inquietos como guatines, que le hacían cosquillas en el pecho por entre el lienzo acartonado.

—¡Jey, vos, Damiana...! ¡Jey, vos... ¡jey, vos...!

Pero ella, el cuerpo fullero, endiablado, jugándole al toro esquivo, dándole sus quites con la enagua, mientras él correteaba bajito, extendiendo los brazos como si fueran alas, sintiendo en la nariz el olor sabroso de la hembra sudada.

—¡Jey, vos, Santiago...! ¡Jey, vos... ¡jey, vos...!

Ya no podía más, la sabrosura ésa de los tambores se lo estaba tragando. En la misma cama lo tenía cogido como de una mala calentura. Sentía la picazón, subiéndole de las plantas a la cabeza: "¡Ese run-run, cadajo, ese run-run!"

No había modos del sueño, oyendo la cosa ésa. La Damiana iba subiendo sus tambores; pero los de afuera parecían haberse vuelto locos. Eran de un ritmo apretado, casi sin intervalos. Quizá le fuera mejor en la azotea, tendido sobre la guadua humedecida por el sereno, libre de la sensación de hallarse enmielado que lo invadía cuando estaba en la cama. Y lo peor, que allí era el empezar a acordarse de la Guillermina y de que hacía tanto tiempo que no dormía en la misma cama con Damiana. No sabía si había sido antes o después de eso cuando empezó a gustarle la otra; pero de seguro que tuvo que ser después, porque la Damiana era toda una hembra, antes de que empezara a convertirse sólo en ojos y tiras de piel que colgaban. Tronco de negra que era; hembra completa de arriba hasta abajo, un diablo para aguantar los envites quedándose quietecita, moviendo sólo las nalgas anchas y los senos robustos de calabazo. Y él, vuelto el patas, dándole aire con el pañuelo, yéndosele de frente, en firme, y parándose en seco, mientras la tambora, los cununos, los guasás y las cantadoras iban trepándose el baile a la nota más alta: "er patacoré, que se va caé... que se va caé... que se va caé...". Después era la voz de la vieja Pola la que se quedaba arriba, solita en ese último "que se va caé", serena como una cometa en el cielo tranquilo de los agostos de la infancia. Y desde allá, bajando por las sordinas que le nacían de los cueros templados, de la copla bonita:

Si el mar se volviera tinta
y los peces escribanos
no alcanzarían a decirte
lo mucho que yo te amo

Y míster Stern, con una botella de tapetusa en la mano, de una pareja a otra, repitiendo en su español desastroso: "¡Mucho bonito, carajo, mucho bonito!".

Eso era lo que no le daba paz ni le concedía tregua. Ya eso andaba en su sangre sin saber desde cuándo. Esa era la sabrosura que no podía aguantar el negro lambido del Santiago, que tampoco resistía la sabrosura de coco fresco de la risa de Guillermina, saliéndosele como pez azorado por entre el ala cuando ya la tenía casi pisada.

—¿Dejá, a ve? ¡Negro lambido! ¡Barujo y vos, con tu calentura!

Y, así, lo dejaba plantado con un temblor extraño y algo como un vahído llevándosele la cabeza, mientras en la boca se le amontonaba la baba, espesa como engrudo de zapatero.

—¡Jey, vos, Damiana...! ¡Jey, vos, Damiana!

Pero, no. No era asunto de contar ahora con ella, tendida allí en el mismo cuarto, luchando con el aire, con los fuelles, como la bandera que trajo el coronel García del combate del río Telembí.

—¡Ese run-run, cadajo, ese run-run! —dijo pasito, extrañado de que la mujer no se hubiera vuelto para decirle, como acostumbraba cuando ya materialmente sentía que se le iba el aire y le faltaba el resuello:

—¡El ahoguido, Santiago, el ahoguido!

La desesperación era tan grande en él como en ella. Por ese motivo deseaba que la cosa acabara algún día, repentinamente. Sí; que se le fuera quitando el viento despacito, y dejara quietos al rostro amarillo y a los ojos como pozos escondidos en las honduras de un abismo. Tal vez, si sucediera, no tendría que estarse de noche dándole vueltas al cuerpo sudoroso: o mirando al cielo por entre los agujeros de la paja del techo, mientras el sexo verraco se encabritaba pidiendo la hembra que se le habían comido los malditos fuelles y que no tuvo tiempo de gozar por completo.

En esto se dio cuenta de que algo le faltaba de afuera y que se había quedado lelo con los cununos de la Damiana. Pero el cuerpo le seguía lo mismo de temblón, lo mismo de hambriento: igual a esa noche en que no aguantó más y fue hasta la cama de la mujer y le metió las manos entre el pecho, para encontrar sólo dos vejigas que colgaban como nido de oropéndola y que ya se le escurrieron por entre los dedos.

En esa ocasión pensó, sin saber por qué lo pensaba, que esa no era Damiana; o que era ella misma, sin cuerpo, sin el occidente que lo urgía y le hacía brillar los ojos como candelillas.

—¡Jey, vos, Guillermina...! Jey, vos, ¡Guillermina! ¡Jey, vos...!

Ya era lo de siempre: que al nombrar a Guillermina la confundiera con la otra Damiana, con la Damiana hembra total que una vez tuvo bajo el cuerpo, ni se sabe cuántas madrugadas, después de arribar de una juga, ebrios de tapetusa, las carnes asadas en el patacoré, "que se va caé", con los pies hinchados de marcar compases e irse de medio lado tras la hembra escurridiza, de ademanes de "Quiero y no quiero".

Por allá volvieron a prender cununos.

Primero le fueron dando bajito, como ronroneando, tal cual si al cununero le diera miedo lastimar el cuero. Luego subió el tono y marcó recio, porque empezaba la tambora grande y se prendía la marimba y se desgranaban los guasás: ¡qué carajo! ¡Quién estaba por dormir con ese pre pre en la oreja!

Y se fue incorporando lentamente. No era cosa de permanecer quieto en esa oscurana, viendo y no viendo, lo del otro lado. Era mil veces preferible estar en la azotea, tendido en el fresco, con la oreja abierta al ritmo de los patacorés.

Por allá sonaba la voz de la vieja Pola y esa marimba que le iba haciendo abrir la puerta sin ruido.

Así, sabroso, regustando el ritmo picante desgranado por los guasás; así, moviéndose en círculos, como sobre un tambor; así, con la sangre corriente, llevándole bien lejos, hacia atrás, a donde ni memoria había.

Él allí, dándose su gusto, tirando de los compases como de una cuerda, diablo de negro mandinga, con la boca como brasa del patacoré, "que se va caé", se iba sintiendo mejor. Y allá en la tiniebla, la Damiana con su aire y sus pulmones que no daban más, sorbiendo espeso, sacándoles un último lance a las manos para sus dos cununos flácidos, que apenas vibraron un postrer compás antes de quedarse en paz, privaditos, sólo simples cueros, sin aire posible ni dolor probable.

Quizás no lo supo nadie. Tal vez fuera en el momento en que un gallo con su pico llegó a las crestas del alba; o cuando la voz de la vieja Pola se quedó allá arriba, trepada y serena como una cometa de cualquier agosto de la infancia, y, por entre la sordina de dos cununos reventados, bajó una copla reventada. ¡Quién sabe!

SONIA
NADHEZDA
TRUQUE

(Buenaventura, 1953) Cuentista, poeta, ensayista, traductora, comentarista de libros, tallerista de escrituras creativas. Criada en Bogotá, Sonia creció en medio de una generación soñadora que muchas veces fue condenada al exilio. Su narración juega con distintos géneros y la propone en un espacio literario propio de diásporas del presente. La autora ha sido invitada a distintos eventos literarios nacionales e internacionales, fue ganadora de la Beca Colcultura (1993). Entre sus obras destacadas se encuentran *La otra ventana* (1986) e *Historias anómalas* (1996) con piezas traducidas al francés y al inglés.

Algo del verano pasado

Con Susana nos contamos historias de amigos, recordamos las nuestras o jugamos inventar otras en ese momento que precede al sueño, cuando metidos en la cama nos olvidamos de las facturas por pagar, de nuestras obligaciones laborales. Es divertido y cada noche comenzamos con un: Te acuerdas de...que nos hace reír o dar explicaciones. En las últimas noches hablamos de lo que hicimos el verano pasado y Susana me cuenta siempre distinta la aventura de su viaje; le quita y le añade según su estado de ánimo, pero a mí no me preocupa. La dejo que se suelte en su murmullo en que el viaje aparece como mejor le conviene. Sonrío para mis adentros al escucharle la reiterada referencia a la simpática alemana que le gustaría volver a ver, porque sé que si algo hubo fue con un alemán.

Creo conocer de esos asuntos pasajeros, de los encuentros en los aeropuertos, del paseo por la playa con el extranjero al que se le entiende a medias, y con el que fácilmente se llega a una habitación de hotel, de la despedida y las promesas, en fin, todo acomodado y casi incluido en el programa de la agencia de viajes.

Pero cómo ofenderme por lo que no dice. Estoy contento con su regreso y si, como es probable, se encontró con un alemán, lo que vivió en su viaje, lo único que ha traído es un reajuste en nuestra relación, porque antes de decidir las vacaciones por separado estaba agotada, la manteníamos por el acomodo y abulia de afrontar una separación en la que sí hay que separar. Por eso le cuento a Susana de igual manera lo que hice en el verano. Sin dificultad le describo la casa de alquiler que resultó confortable, tal vez, demasiado grande, del jardín que la rodeaba, de los árboles y de la brisa que en la noche entraba un aroma delicioso; le hablo del pueblo donde todos se asombraban pues no habían visto en mucho tiempo un inquilino tan sosegado, que no daba fiestas, y por el contrario se mostraba parco en sus salidas y aún en la playa.

En todo esto hay algo de verdad, y el lugar resultó el mejor para concluir el proyecto de barrio alternativo al que dediqué casi dos semanas, entregado por completo a la tarea de levantar las maquetas, contento de ver llegar a buen término el debate sobre viviendas populares, los logros en las mejoras sobre más espacio habitacional, más luz, y la discutida zona vecinal. No miento a Susana en nada de esto, ella bien lo sabe; tampoco le oculto que me preocupaba que no regresara, pese a conocerla bien y saber de sus extremos volubles y sus entusiasmos pasajeros. Lo cierto es que así viví la primera semana; solo bajaba en la tarde a llamar a mi secretaria que me mantenía informado de los recados de personas con quienes debía comunicarme y también a la espera de alguna noticia de Susana, quizá de su regreso anticipado.

En cambio, lo que sí me resultó novedoso, fue la lectura ávida y desordenada de cuanta novela policíaca encontré en la librería del pueblo, argumentos que ahora repito a Susana, pero que me sacaron del rigor de la arquitectura y la política, lectura que me agradó mucho mientras escuchaba las pocas cintas que llevé, y que de alguna forma me daban algo de Susana, su lado de bailarina aficionada al jazz. La veía moviéndose en elipses, en el sopor de un vaso de whisky, tratando de recapacitar sobre nuestra vida en común, mi propia vida, mi edad. Nunca podré decirle de Ana, porque esa es la historia que cada noche me cuento.

Me sentía abatido ya que un inesperado error de cálculo en la glorieta mayor del barrio echaba a perder mi trabajo de más de diez días. Nervioso, iba de la ventana a la mesa y no encontraba otra solución que rehacer la maqueta; estaba a punto de saciar mi exasperación tirando todo contra la pared, cuando la vi asomada en la ventana, mirando con curiosidad al interior, con su aire de muchacha descomplicada. Supuse que quería algo y le abrí la puerta, pero se alejó en su bicicleta pedaleando con dificultad por el camino de piedra que lleva al pueblo y me dejó con mi problema que solucioné días más tarde como resultado de un arduo trabajo. No pensé más en ella, pero una tarde regresó y llamó en la ventana para pedirme ayuda para una llanta de su bicicleta y también un vaso de agua.

Estaba en cortos y camiseta. La vi muy joven, casi menor de lo que en realidad era. Ofrecí poner un parche en la llanta pinchada, pero no encontré la forma de hacerlo. Aquella vez me comentó que era habitual en el pueblo, donde cada año veraneaba con sus padres, que son propietarios de un apartamento cerca de la playa, los bloques azules, señaló con un movimiento de la mano.

Ana subió varias veces en bicicleta, y me alegraba su disculpa de llamar y pedirme un vaso de agua, pero prefería quedarse en el jardín y mantener aquel juego que se prolongaba en referencias sobre los anteriores inquilinos de la casa, las fiestas que parecían inevitables, como si la casa tuviera esa única utilidad en el verano, de tal forma que la llamaban "La disco de la carretera", entrando siempre en detalles sobre veraneantes conocidos, un tanto dispersa en sus gustos y hasta llegó a mostrarse interesada por mi trabajo del que poco entendía. Comencé a llamarla la amiguita y me agradaba escuchar sus carcajadas al oírme decir que yo no era como aparentaba, que toda regla tiene su excepción, aunque hasta entonces Ana no me importaba más que por sus visitas que para mí eran un intervalo, un recreo; una isla entre mi trabajo y la lectura de las noches. Por esto Ana se iba cuando quería y yo la dejaba bajar al pueblo con su promesa de volver.

Supongo si Ana se hubiera mantenido así, llegando por sorpresa para aliviarme de la carga de tener que pasar solo el verano, nada hubiera ocurrido. Pero me acostumbré a tenerla en el jardín, y cuando no regresó decidí buscarla y comencé a bajar al pueblo con esa esperanza. En la calle principal encontré una terraza que favorecía el encuentro y estuve tardes enteras tomando cerveza mientras leía novelas policíacas, hasta que al fin un día la vi pasar con un grupo de muchachos con el que departía en una discoteca a la que entré por sorpresa. De allí la saqué y la llevé a mi casa pues la deseaba de forma rabiosa y me sentía reventar de deseo, pero después vino el forcejeo, y su histérica manera de negarse, con la belleza, de aquella juventud que había exhibido un día cuando llamó a mi ventana. He pensado en el hecho, en la agresividad con que la tomé, y he querido saber con justeza si hubo en ello algo reprobable. Como a los escritores me sucedía que por más que una palabra pudiera definir con claridad una situación, a lo mejor la rechazan y buscan el matiz apropiado a través de otro sinónimo. Es lo que siento al pensar que obré en arrebato ignominioso, aunque el término ignominia me desagrade.

Por fortuna tuve la posibilidad de restañar mi violencia de esa tarde. Ana cedió a la aventura un tanto agria, debo confesarlo, de andar con un hombre mayor, alguien establecido dentro de los supuestos de las convenciones, que después de todo no son tantas, ya que con Susana principiamos libres y desatentos a pesar de que hubiéramos dado paso a formas conyugales, que tratábamos de evitar, pero que después acabamos por reproducir.

Seguimos viéndonos, Ana llegaba a la casa con la soltura que le daba nuestra relación; me hablada de ella, de sus amigos y del novio del año anterior. Todas sus impresiones eran propias de su edad, casi ingenuas, y me llenaba de ternura y temor el daño que le pudiera ocasionar, aunque rara vez se mostró triste y por el contrario se iluminaba al escucharme describir las ciudades que conocía, mientras adivinaba un mundo amplio, donde todo era posible, y es probable que en él aún tuvieran cabida las mentiras sobre mi vida fuera del verano, mi soltería, las promesas.

Si antes he dicho que ignominia es una palabra desagradable, es porque acepto que no debí crear expectativas en Ana, y por el contrario he debido confesarle que lo que viví con ella me trasladaba de nuevo a cuando conocí a Susana y que las veces que Ana bailaba para mí el hit de moda era a Susana a quien veía y necesitaba. Estuve a punto de decírselo el día de nuestra despedida en la playa del pueblo vecino. Todavía no sé qué me obligó al silencio, pero recuerdo vívidamente a Ana saliendo del agua, los abrazos y los besos mientras creía tener a Susana joven entre mis brazos, como ahora que la veo dormir y es tan infantil su rostro blanco que me oculta tantas cosas como le oculto yo.

Adriana no era romántica

Como siempre la idea del regreso fue sugerida por Adriana. Es casi seguro que aburrida de estar en casa de los Stevens, dos días de permanencia denotando buenas maneras, la hubiese hecho desear algo más fuerte, cruzarse con otra gente, irse, porque quedaba poco por hacer. De todas formas se sentía contenta de haber conocido a la familia de su prometido: percibía el nacimiento de un tiempo más cómodo, el objetivo a realizar lo sentía arribar en una suerte de complicidad de afinidades con Héctor, aunque no pudo disfrutar de la estancia en casa de su familia, debido a la rigidez de los hábitos que solo les permitió subrepticios pericazos, y también porque el clima no les fue favorable, había llovido con rigor toda la semana, y esos días las interrupciones fueron para que cayera una llovizna impertinente, el cielo encapotado y un viento frío que venía de la costa los obligaron a permanecer en casa.

Cómo decirlo. Cómo aventurar que fue la abulia de permanecer en casa de los Stevens, un final de etapa, lo que sacó a Adriana para volver a la ciudad. Por la desierta autopista de un sábado de otoño, Héctor conducía inocente de que acompañaba a Adriana a cumplir su destino: un hecho, otro de los tantos que jalonarían su vida, pondría fin a sus anhelos, a la noche. Ya no habría más paréntesis, no más regresos al apartamento escondiendo la dolorosa resaca de las fiestas: Adriana no propondría que mejor descansar de las noches de trago y coca que les daba la claridad de mañanas despiertos, sobreexcitados a causa de esnifar, con el estómago resentido y ardiente. Siempre se hacían la misma promesa que sería cumplida una noche, acaso otra, porque una llamada a Brenda o Antonio los llevaría al pub y después a casa de alguien; nunca sabían en qué salón se encontrarían bailando, conociendo gente, compartiendo la intimidad de grupos en que lo de menos era saber el nombre del que estaba al lado, dejarse arrollar, seguir el torbellino habitual de sus conocidos, participar activos en uniones colectivas, reírse de alguien que se desnudaba y se tiraba a la fría piscina, invariable, la noche debía tener su momento cumbre; chistoso ver a Clea en ropa sado, simulando golpear a Gilberto, verlo sometido a ella que gozosa y entregada a su euforia, iba *in crescendo*, y los latigazos se hacían ciertos, excitaban a Clea, hasta que Gilberto atónito, se retiraba del juego.

La gente bella, como decía Adriana, eran los agentes de publicidad y toda la fauna que pulula en torno a ella como paso previo al estrellato. Con ellos se relacionó a su llegada al país, sabía que no era fácil abrirse paso, pero la proximidad de hombres adinerados le daba la garantía de hacer el camino sin sobresaltos, las chequeras efectivas dejaban en sus manos la tranquilidad de esperar la oportunidad. Con Héctor se sentía a gusto, llenaba este espacio, y más, su familia aceptaba la relación. Por eso esta noche, como todas las noches que se sumaban incontables, Adriana no pensaba en nada, todavía estaba acelerada por las continuas aspiradas, en definitiva, todo le eran tan fácil, que por su mente pasaban escenas de la vida que había hecho, en la que de pronto le llegaba el eco de locuciones en otra lengua, inglés o francés, y la recóndita sensación de estar en la misma fiesta, la misma noche.

Para todos pasaba como un enigma y su evidente belleza exhibía sus largas piernas y su rostro perfecto. Adriana se defendía por ocultar lo azaroso de su pasado: artera lo lograba; su país de origen, Estados Unidos, apenas si se recordaba entre sus conocidos. A su atribulada vida la atravesaba una violación, inicio de la ignominia y la abyección, de la que se sobrepondría casándose muy joven con un muchacho de su ciudad, interludio roto por los afanes de Adriana: sacar provecho a sus atractivos como modelo de revista porno; el divorcio y nuevo enlace, ahora sí con un hombre de las altas finanzas de Boston; el suicidio de este, debido a una sobredosis de heroína en un momento de acelere producido por una gran excitación y la confrontación de su impotencia que paliaba proporcionándole a Adriana relaciones con amigos suyos, con la única condición de que lo dejaran ver y filmar lo que pasaba en noches tan parecidas a todas, que, Adriana, a veces pensaba que era la misma, y una a secreta y fugaz cordura la hacía decirse, cómo es que todavía estoy aquí, efímera, como virgulitas de éter, porque su vida transcurría a la velocidad de un Ferrari, con la meta que Adriana coronaría a cualquier precio.

Lo cierto es que volvían de casa de los Stevens y entrando al perímetro urbano, Héctor le insinuó ir a sol a tomar una copa. Compulsiva, Adriana sacudió su melena para recobrarse, sacó el filtro y se regaló un pase por los dos tabiques, entregándoselo a Héctor que aceptó en el intento de buscar establecimiento frente al local al que se dirigían, y al que entraron, pero no se sintieron a gusto, ponían música demasiado estridente y punk, por lo que decidieron ir a Texas donde abrían hasta el amanecer. En Texas encontraron rostros conocidos, pese a lo cargado del ambiente decidieron quedarse, con ganas de imprimir más movimiento a lo que habían sido los días en familia, y Adriana que en esos ámbitos se mostraba desenvuelta, se encontró con Beatriz, que desde su viaje a la India no veía y se sentaron a comentar los incidentes entre esnifada y trago. Parecía una noche como cualquiera otra, de las que con el aumento de aditamentos concluiría en casa de alguien, cuando al pasar a la barra a pedir una copa, reconoció a Octavio, sentado al fondo, la persona que no quería encontrar, el único adinerado que no le interesaba; algo, quizás un prurito de selección le repugnaba en él. Su situación económica que con Adriana se había hecho altanera, difamatoria en público, le resultaba nefasta para su proyecto, más ahora que con Héctor entraba a la quisquillosa sociedad que era el podio de seguridades desde donde lograría ser la mejor modelo.

Adriana regresó a su mesa preocupada, y pese a que no lo hizo saber, se escondió entre Héctor y Beatriz, sintió que estar cerca a Octavio le traería, un mal momento. Pero como todo lo que hacía, la velocidad que imprimía a su vida, a los pocos minutos se había olvidado del hecho, y, por el contrario, preguntaba a Beatriz si no tendría una anfeta, quería algo que la remontara.

Pero se frenó. Octavio, desde su mesa, divisó a Adriana. Se le acercó y la abatió sin esconder ni guardar recato en las acusaciones que le dirigía, a las que Adriana respondió: Pero si no lo conozco a usted, señor. Se equivoca. Es un malentendido.

El encuentro fue tosco y crapuloso para Adriana. Se quedaron un momento más y turbada y agredida bebía y esnifaba con angustia y se marchó entre la insistencia de Héctor. Era madrugada y la luz parecía tamizada, cubría los árboles de un aura tenue. Seguía lloviendo y en ese momento Adriana sintió asco de todo y unas irreprimibles ganas de vomitar; no se sentía, no era ella. Adriana pidió disculpas a Héctor por la escena y esnifaba con fruición. En el apartamento, se recostó junto a Héctor que se quedó dormido; mientras Adriana se remontaba ansiosa, sin punto fijo, sin mesura.

Octavio, por supuesto, había sido uno de esos encuentros infortunados que Adriana quería ocultar. Lo conoció poco después de instalarse en la ciudad; siendo como era adinerado, dueño de una importante agencia de autos, salió con él de fin de semana a un chalet de montaña. Fue el verano anterior. Octavio, que esos días hizo gala de sus maneras seductoras, la sorprendió con una gargantilla de oro, no logró que Adriana lo aceptara. Pasaron los días bebiendo absenta con ácido, los colocó en un estado de amplia desinhibición, en la que Adriana, nuevo objeto, se hizo el centro de curiosidad. Estuvieron desnudos y vivieron el viaje en la más alegre comunicación. Octavio bajó la guardia al quedarse dormido en una mecedora en la terraza. Ya de bajada del ácido, pero aún con la sensibilidad alterada, terminaron en cama común, juntos, como siempre, como Adriana nunca objetaba, enredada ahora con el uno, con la mujer, los tres enlazados en el juego del cuerpo, y un infinito afán de palparse, recorrerse, piel sobre piel obedeciendo a sus dictados, inventando formas, creando desinencias, imperturbables, silencio y chasquear de bocas, fusión inenarrable, acto sin máscara, reiniciando el mismo juego y la misma búsqueda que terminó con la laxitud de los tres sobre la alfombra.

Eso fue lo que nunca le perdonó Octavio; el que se hubiese negado a él, el coraje de que Adriana hubiera aceptado sin reparo a sus amigos. Desde que se enteró de lo sucedido, comenzó la agresión abierta contra ella y al encontrarla donde fuera sacaba lo sucedido, poniéndola en evidencia. Rabia. Amargura. El signo de su vida sumaba en esa mañana todos los sinsabores que aliviaba esnifando y paseando por el apartamento. La presencia de Octavio por lo ámbitos en que se movía Adriana tomaba un cariz nefasto. Con Héctor conseguía instalarse, se sentía extenuada de la irregular subvención que recibía de sus relaciones, quería legalizar su permanencia en el país; decidió darle a Octavio una oportunidad, si lo que quería era estar con ella, tenerla en su agenda de mujeres disponibles, se lo concedería como fin de capítulo.

Jugueteando con un pequeño revólver de Héctor, que sacó del escritorio, lo llamó a anunciarle su visita para poco después. Al llegar, Octavio la recibió en su habitación en compañía de una rubia.

—Vaya, vaya, que sorpresa. Al fin decidiste venir. Esperaba este momento. Si quieres llamamos a unos cuantos para que no te aburras —le arrostró a Adriana, que se mostró sosegada y dijo:

—No hace falta. Por esta vez los que estamos somos suficientes.

Haciendo una rápida observación del lugar, se metió en la cama sin separar la mano del bolsillo del abrigo donde guardaba el revólver. Sabía que pronto terminaría la guerra.

A
José Darío Quintero, según lo prometido

ALFREDO VANÍN

(Saija, Timbiquí 1950) Narrador, poeta y ensayista. Se desempeña como docente, asesor e investigador cultural. Doctor Honoris Causa en Literatura de la Universidad del Cauca en 2011. Entre algunas de sus publicaciones se encuentran *Obra poética* (2010), Ministerio de cultura, *El tapiz de la hidra* (2003) (cuentos), Facultad de Humanidades, U. del Valle, Cali; *Historias para reír o sorprenderse* (2005) (relatos) Panamericana Editores, Bogotá 2005; *Los restos del vellocino de oro* (2006) (novela), Hoyos Editores, Manizales; *El día de vuelta*, Premio Jorge Isaacs de Novela Cali (2012) y *Las culturas fluviales del encantamiento* (2018) (ensayos y crónicas), Editorial U. del Cauca, Popayán 2018

Oportunidad para un condenado a muerte

En breve, seré nadie, como Ulises (Borges)

Vio el resplandor del crepúsculo contra las casas y los árboles de la orilla opuesta, y el joven del tambor -en la casa de los balcones clausurados, remedando las olvidadas faenas de su padre, el pregonero de los bandos- inició el primer toque. Empezó a ahogarse en algo que era como un desdén anticipado, sabiendo que debería apresurarse, reconcentrar ese río huyente que se desataba ahora entre su incredulidad y la certeza de que no alcanzaría a escuchar el tercer toque porque en algún momento desaparecerían las casas y las personas que las habitaban, y se perderían también los árboles y la mañana en que amó a Ofelia Cundumí y se peleó con Antístenes Vallejo.

Se hundió en el banco de madera y encendió una cerilla para dar lumbre al cigarrillo que sostenía distraídamente en la boca. A su alrededor, la gente se ocupaba en los ritos del fin de semana sin lluvias. Por primera vez esas esquinas le parecían ajenas. Por primera vez había abandonado a los amigos una tarde de fin de semana.

Por primera vez también se había sentado a esperar las siete de la noche, hora en la que había nacido, según su madre Irma, a quien le hubiera gustado -eran sus palabras- borrar la fecha de nacimiento de su único hijo porque ese día había parido al peor ingrato, un desmadrado que se olvidaba de ella cuando se iba a recorrer esas orillas o el ancho mundo.

No faltaron los sobresaltos, las miserables treguas. En el primer momento de esa cadena que concluía ahora dominaba en un sueño las ruinas de una casona de madera del pasado siglo, en la que alguno de sus antepasados pudo haber habitado, como esclavizado o liberto. En el centro, una hoguera ardía sin consumirse. Se encontraba desnudo alrededor de una muchedumbre apacible que lo toleraba. Entonces el coro, congregado en alguno de los que fueron los corredores de la casa, entonó unos acordes en los que Sergio distinguió el jadeo de las fieras acorraladas. Después de entonar tres cánticos interminables, la muchedumbre -uniforme en atuendos y siluetas- se dispersó y esta vez fue Sergio rodeado por las llamas que crecían y amenazaban devorarlo. Despertó sudoroso, con las palpitaciones visibles en cada centímetro de su piel mulata. Pero las preocupaciones le abandonaron pronto: todo había sido un sueño y los sueños no siempre se cumplían como eran, tal como lo había escuchado decir por boca de entendidos en materia de espíritus.

El sobresalto llegó de nuevo ahora, con ese tambor que remedaba frases parecidas al regurgitar del agua y al jadeo de las fieras, como si el joven aprendiz del tambor hubiera recibido en unas horas toda la sabiduría de su padre Eloy Perea. Era muy tarde para despedirse de sus pocos amigos, muy tarde para levantarse e incendiar al menos la casa en la que había nacido, en la que habían muerto sus padres y en la que había defendido su soltería contra toda asechanza. La dureza del banco en el que estaba sentado de espaldas a su casa, era incompatible con cualquier sueño. Al frente, el río seguía corriendo hacia la desembocadura, con sus flujos y reflujos. Agradeció el hormigueo que le invadió todo el cuerpo, a la par con una presentida parálisis que sabía lo dejaría sembrado en el banco hasta la agonía. Secretamente conoció los minutos que le restaban de vida, pero también revivió en su memoria todos sus días pasados, los más sublimes y los más infames. Todo lo que había significado nacer y vivir en un pueblo como Concepción de Amagua.

No podía elegir. El hilo de la memoria se le impuso y vio en la oscuridad de los días un embrión sin nombre que crecía en medio de pantanos de sangre, selvas de invisibles cabellos, guerras de envolventes ácidos. Eso crecía dividiéndose sin que pudiera detenerlo porque tampoco se detendría la mano que golpeaba el tambor ni el resplandor del crepúsculo. El feto crecía en medio de un mar salado y fue testigo de las inmensurables energías empleadas en convertirlo en primate: las mismas que utilizó el universo para encender cualquier estrella. Luego, fuerzas contrarias lo arrastraron de cabeza por un túnel que se dilataba a su paso y por último lo arrojaron ciego en manos de una sosegada anciana de nombre Rosalía Playoneros. Abrió los ojos y los pulmones a ese aire ofensivo y se sintió despojado de un albergue en el que la vida había transcurrido con mayor placidez.

No logró perder detalle alguno, ni siquiera la primera vez que se miró a un espejo. Siguió el rastro del tiempo como la estela sigue al buque y se vio en la torpeza de su infancia, destruyendo los objetos que llegaban a sus manos, desafiando el río en embarcaciones que hacía hundir a su antojo.

Tuvo juegos de perdulario. Prefería los que involucraban carreras desbocadas y destrezas para eludir a los perseguidores, quizá herencia inconsciente de tatarabuelos cimarrones. Contempló miles de veces el árbol de nato cargado con pájaros ariscos, hasta cuando lo derribaron para continuar la calle. Sintió de nuevo el escozor de las camisas de estreno, cada año. Se vio otra vez en sus correrías en busca de nidos de pájaros, con los pantalones estropeados y la consecuente retahíla coronada por los correazos. Revió rostros descoloridos, caras muertas hacía mucho tiempo. Vivió de nuevo la primera tragedia del amor y el poder cuando abofeteó a la niña que no quiso sentarse junto a él en los guayacanes abandonados en el patio de la Escuela Misional. Entendió al fin por qué su padre no le había llevado a presenciar el sacrificio de los cerdos que él mismo había ayudado a alimentar: la visión de un asesinato le habría resultado entonces demasiado escabrosa. Salió con el canasto de panes sobre la cabeza y la voz alta para el pregón de todos los sábados después del mediodía. Revivió los paseos dominicales -con las grandes botas de su padre o a veces descalzo- al aeropuerto que habían comenzado a construir desde que tenía memoria y donde por puro orgullo había resistido el ataque de las avispas cajón de toro, trepado en el árbol de uvas silvestres, para demostrarles a sus compañeros de juegos -como todos debían demostrarlo de alguna manera- que él también era un hombre. Fue luego de ese incidente cuando murió su primer amigo: Luis Ernesto, con el que había compartido aventuras, peleas y rabietas, y al agonizar de tifo gritaba su nombre entre el delirio de la fiebre.

Cumplió siete años y reconoció una escuela donde empezaron a enseñarle que, de acuerdo con la redondez de la Tierra, él era el antípoda de un niño diligente en sus tareas, respetuoso de los mayores, paciente con los padres y ancianos, caballeroso con las mujeres, y que por cierto nunca se hurgaba las narices en los desfiles de gala ni en las misas cantadas del señor obispo. Las sotanas de los frailes -sus preceptores- le volvieron a parecer demasiado calurosas e incómodas como para guardarse en ellas todo el día, aunque la profesora Juana Andrade dijera siempre que los sacerdotes y las monjas al arribar a cierto grado de santidad se convertían en cuerpos semigloriosos y hasta podían prescindir del alimento y de los sanitarios. También había escuchado narrar a la maestra y papisa Juana los acontecimientos del padre Mera, santo sacerdote que había pasado por ese pueblo en tiempos en que el Diablo quería tomárselo, pero no había previsto la astucia y santidad del padre Mera que lo había desterrado a latigazos, caminando una cuarta por encima del suelo. Le encantó saber cómo un genovés lunático había descubierto América, navegando en carabelas tan frágiles como cáscaras de huevo, que Cristo había resucitado al tercer día y nosotros resucitaríamos también después del Juicio. Sus antepasados -le dijeron- habían venido desde un continente de cataratas y jirafas, hacinados en fétidas bodegas, pero habían sufrido cruzamientos con conquistadores que nos dieron la lengua y la religión y las pestes para siempre. Siguió el rastro de su memoria y se encontró con episodios intraducibles o cuya ejecución la había atribuido siempre a otros y aparecían ahora a su costa, con su alegría o su furia entibiadas por el tiempo.

Le quedaban apenas diez minutos para llegar a los treinta años y ya el temblor era perceptible en su cuerpo. Poseyó a la primera mujer en medio de los arbustos del potrero, apartados de la procesión de aguinaldo en la madrugada y tuvo que apagar en la boca de Genith el grito que le provocó el hierro candente que la penetraba por primera vez y él apuro el acto para responderse tantas preguntas hechas entre amigos en las veladas en las que se habían prometido gozar de los mismos deleites narrados en voz alta por los experimentados, para envidia de los que todavía se masturbaban bajo matas de plátano.

Presenció de nuevo los asesinatos. Los filosos machetes se cruzaron y de un cuello brotó la sangre a borbotones. Años después, el revólver de un policía retumbó en la madrugada y él fue de los primeros curiosos en llegar a contemplar con repulsión los sesos desparramados y el cuerpo ensangrentado de la víctima. Quiso decir ahora: "Protejan la especie humana de este pueblo porque se va extinguir por sus propias manos", pero no pudo porque habría perdido muchos años y él era un sentenciado a muerte con la más grande oportunidad concedida a hombre alguno en cualquier época.

Escuchó hablar de las guerras. Sus maestros habían usado tanta vehemencia para describirlas y ensalzar a los héroes, que creyó haber nacido tarde, cuando ya todo lo grande y lo monstruoso se habían sucedido. Era todavía adolescente cuando los nazis declararon la guerra en Europa, pero había ganado los pantalones largos cuando estalló la bomba en Hiroshima y cuando los primeros cadáveres de la gran Violencia empezaron a descender por los ríos de su propio país al otro lado de la cordillera. Para entonces las noticias se escuchaban colectivamente en los grandes radios que llegaron a las casas mayores del pueblo, antecesores de los transistores. Escuchó de ametrallamientos y ejecuciones masivas en una guerra que transcurrió muy lejos, y supo de bombas que exterminaban arrozales y desprendían la piel. Pero supo también del coraje de unos amarillos que se defendieron con palos y trampas de sus invasores gringos. Llegó por momentos a creer, incluso cuando el supuesto primer hombre pisó la Luna, que todas las noticias eran ilusorias.

No haría nada distinto a alcanzar el extremo de ese hilo que lo llevaba hacia la muerte. Y menos ahora cuando acababa de sonar el segundo toque del tambor, invisible para él, oculto entre los balcones enmalezados de una casa cercana y deshabitada por la migración de sus dueños, convertida momentáneamente en refugio de juegos de un jovenzuelo que nada sabía de su drama. Anduvo en fiestas interminables de marimba y aguardiente casero y luego en las de fonógrafos que se fueron modernizando hasta ser irreconocibles en su origen. Se peleó en broncas de puño libre, y amó las correrías por los pueblos de las que regresaba siempre con la historia de una pendencia o de una novia.

Los diarios llegaban con retraso en los primeros hidroaviones. En ellos encontró rostros de actrices a las que deseó en las noches calurosas de sus viajes, junto con otras inalcanzables de nombres nilóticos o medievales que conoció en los textos del colegio y quienes le borraban por momentos a las mujeres que transitaban en carne y hueso por las calles de piedras menudas de su pueblo, algunas compañeras fugaces en cuartos de celestinas y luego en su propio cuarto cuando murieron sus padres (primero él y por último ella), de enfermedades lentas.

Volvió a verse en la iglesia, en las filas tediosas de los años de colegio, en medio de latines que aprendió de memoria. Dejó el plantel en el tercero de secundaria y buscó refugio como aprendiz de mecánica en el taller de Biche Biche. Enterró a sus padres, vio marchar a muchos parientes y se quedó solo en la vieja casa sin que le preocupara la idea de casarse: "Tontería de hombres aburridos", decía.

No fue él quien robó el almacén de la Parroquia, aunque todo el mundo siguiese creyéndolo. Alguien seguramente lo vio pasar en la madrugada del robo y lanzó la especie de que sólo un descreído como él podía haber cometido el sacrilegio de sustraer medallas, escapularios, veladoras, candelabros de plata y otros objetos benditos para venderlos por allí o quizá para utilizarlos en ritos del Diablo. Cometió infamias, destrozó corazones, viajó para confundirse a sí mismo, vivió al vaivén de cada día, contentó a sus padres con mentiras piadosas cada vez que los enfadaba con sus despropósitos, renunció a muchos sueños a cambio de quedarse en su pueblo, estrenó zapatos de segunda mano, se acostó con mujeres bajo falsas promesas, fue trabajador impuntual, renegó de sus amigos, le gustó acostarse tarde, se emborrachó tantas veces como pudo, obligó al único homosexual de entonces a penitencias aberrantes, envenenó perros, trasegó con indígenas a los que engañó con baratijas, no tuvo piedad con los ancianos, fue inmune a la ternura, pero nunca robó.

Sintió el calor del cigarrillo en los dedos. Las casas comenzaron a perder resplandor. Albergó la esperanza de despertar a otra madrugada con los ojos desorbitados en la oscuridad. Pero sentía ya lo inevitable. Por lo tanto, era mejor seguir cada segundo de su vida, ser cómplice de esa oportunidad que a nadie le había sido concedida, ser aliado de la nueva pesadilla que ya no lo despertaría sudoroso.

Era él otra vez, con sus veintiocho años, de viaje por ríos correntosos, pegado a los motores de popa, cruzando bocanas en las que el aire se agravaba con el barro de las marismas. En algún caserío, bautizado con el nombre de un santo alegre y descuidado, le enseñó por primera y última vez a una mujer su mayor secreto: el número de los lunares de su piel. Por esos días llegó al pueblo un hombre anciano con cara de profeta negro, barbado y canoso hasta la saciedad, con los ojos brillantes de los predestinados, a curar con barro los males de la vida. Comandados por él, varios amigos lo hicieron devolverse a su tierra interiorana, embarcándolo semidesnudo en el primer barco que zarpó hacia Buenaventura.

El temblor de su cuerpo se convirtió en un estertor invencible. Siguió el último rastro. Pasó por el momento de sacar el banco y escuchar el primer toque y encender el cigarrillo. Revivió el sueño y uno a uno todos los eslabones de la cadena que recomenzaba y entonces creyó que su muerte era imposible porque cada instante se repetía en otro y la cadena se hacía interminable.

Sonó el tercer toque y Sergio reconoció los gritos de la danza, el regurgitar del agua y de nuevo el jadeo de las fieras acorraladas. Se borró el crepúsculo ribereño y por una brusca sacudida supo que había cumplido treinta años, supo que era muy tarde para festejar con sus amigos. Entendió finalmente que el mundo no era ilusorio. Se dobló sin fatiga.

AMALIALÚ POSSO FIGUEROA

(Quibdó, Chocó) Escritora. Narradora oral. Su primer libro *Vean Vé, mis nanas negras* (2001) tiene varias ediciones en Colombia y España con traducciones al gallego, al hebreo y al portugués. Ha presentado *Cuentos eróticos del Pacífico colombiano* (narración oral) en escenarios de Colombia, España, Francia, China, México, Costa Rica, Cuba, Jamaica, Guadalupe, Ecuador, Brasil, Argentina, Estados Unidos de América y Venezuela. Entre sus publicaciones y reconocimientos más recientes se encuentran *Mido mi cuarta y me paro en ella* (cuentos) de la Biblioteca de Escritoras Colombianas (2021) del Ministerio de Cultura, Colombia, *As Miñas Nanas Negras* (2018) (Traducción al gallego), Galicia, España, Premio Guachupe de Oro (2017) de la Fundación Cultural Colombia Negra, Bogotá, Colombia y Premio Nelson Mandela (2015), Fundación Cultural Nelson Mandela. Palomino.

Betsabelina Ananse Docordó

Betsabelina Ananse Docordó nació ombligada y no de cualesquiera maneras. La ombligaron con Ananse, con las patas, los pelos, la barriga y la cabeza de Ananse.

En el mismísimo momento en que el ombligo se desprendía de su cuerpo, cayó sobre él una araña que había vivido nueve meses tejiendo una telaraña en una esquina encima de la cama de su mamá suya de ella de Betsabelina, arriba del toldillo, muy cerquita del techo.

La araña llegó inmóvil al ombligo, como tocada por las hojas de dormidera. Al ver que no se movía lo interpretaron como una señal, como un regalo y entonces rasparon sobre una tabla nueva de balso, las patas con sus pelos, la barriga con sus entrañas y la cabeza con los sueños de Ananse. Al polvo que resultó de la raspadura lo revolvieron con achiote diluido no en agua, mejor en aguardiente y lo untaron en movimientos rítmicos, sobre la cicatriz que dejó el ombligo al despedirse de la piel de Betsabelina Ananse Docordó.

Betsabelina nació en El Gilgal, un poblado pequeñísimo enclavado entre el Atrato y el mar Caribe, en el Golfo de Urabá. Su mamá suya de ella, la parió en las aguas de una quebrada, aguas que traía el río Atrato caudalosamente de sur a norte, aguas bravías que pareciera venían en dirección contraria. Venían llegando preñadas de aguaceros para nutrirse con el mar, con el Caribe majestuoso que recibe las aguas del Atrato, que en su marcha lenta pero avasalladora, venían y vienen subiendo, siempre en dirección contraria.

Y en dirección contraria, sintieron el impacto de una respiración y un llanto bajo el agua que hacía un ser distinto a los peces. Era Betsabelina que llegaba a la vida respirando bajo el agua. Bajo el agua del río Atrato que camina en contravía del agua. Camina de sur a norte con todos sus pasajeros montados en canoas, champas, potros o chingos para navegarlas hasta llegar a los tonos azulados del Caribe.

La mamá de Betsabelina llamaba Tomasa Docordó sin segundo apellido, y ella se pichó a Dioselino Bailón, negro perseguidor de mujeres, después de una trifulca que se formó en medio de un baile por una pelea a machete limpio, entre dos hombres que pretendían horadar la orquídea abierta que tenía Tomasa entre las piernas.

Tomasa se enmiedó, y esa enmiedada, fue lo que aprovechó Dioselino Bailón para sacarla de la casa en medio del corrinche y proponerle que podía acompañarla, por un trecho largo de selva, caminando bajo el aguacero, hasta llegar a la choza de techo de paja, que era lo que Tomasa tenía por casa.

Caminaron mucho, en un silencio interrumpido solo por la estrepidancia del aguacero. Hasta que de pronto, como pasa siempre en el Chocó, de un momento pa'otro, se acabó el aguacero. La luna se puso brillante y alumbró más, cada vez más.

Alumbró a los dos cuerpos negros que caminaban por entre los árboles y que tenían los pies mojados y untados del barro que el aguacero le sacó a la tierra. Dioselino, de pronto, se agachó y empezó a quitar el barro de los pies de Tomasa, suavemente con movimientos lentos de unos dedos, sus dedos que se comportaban a la vez ágiles y lisonjeros con la piel de Tomasa.

En un momento ella se quedó como paralizada y fue ese el momento preciso que aprovechó Dioselino Bailón para subir su mano de dedos ágiles, lisonjeros y bailones como su apellido suyo de él, por las piernas tersas, eternas y mojadas de Tomasa.

Y a ella la fue encendiendo un calor que secaba las gotas del aguacero sobre su piel, y entonces cuando el negro Dioselino Bailón la fue llevando serenita, suavemente, ladinamente, sobre el piso mojado y lleno de barro, hasta recostarla en un lecho de hojas de dormidera, en donde crecían a un ladito las hojas de la pringamosa, ella Tomasa, cerró los ojos y se abandonó al mismo tiempo, al sueño triste que le producían las hojas de la dormidera y a la arrechera que le daba la pringamosa.

Y se entregó con gozadera a las manos diestras de Dioselino Bailón, y se quedó entre dormida y arrecha, gozándose la pichada del negro Bailón.

Pasó un tiempo, tiempo detenido entre la lluvia torrencial y el calor abrasador, tiempo en que Tomasa no volvió a atisbar a Dioselino Bailón.

Hasta que ese calor calenturiento y ese aguacero mojador, empezaron a abrasar y a salpicar la barriga de Tomasa Docordó.

Ella lo notó en una tardecita, cuando dormía desnuda dentro de su toldillo. Empezó a despertarse en medio del sopor del sueño. Sintió una caminadera de patas húmedas y peludas sobre su barriga, muchas patas húmedas y peludas que le hacían cosquillas y caminaban rápidas pa'llá y pa'cá. Abrió un ojo, después el otro y vio una Ananse que pareciera juguetear con lo que ella no sabía todavía que tenía en la barriga suya de ella, de Tomasa.

Ananse la miró interrogante, casi cómplice parada encima de su barriga y Tomasa creyó entender que le estaba diciendo que tenía creciendo dentro de ella algo o alguien que empezó con un alumbrar de luna y jugueteo con el barro sacado de la tierra por el aguacero, recostado en hojas de dormidera y pringamosa.

Y entonces no le quedó ninguna duda de que Ananse le estaba anunciando que el negro Bailón le había llenado la barriga de vida borboritante. Saldría de su barriga a la luz, cuando Ananse terminara la telaraña que empezaría a tejer en el momento exacto en que acabara de caminar con sus patas peludas y bastantes, por encima de la barriga de Tomasa Docordó.

Ella, Tomasa, entendió el mensaje y esperó a que Ananse, ahora su comadre araña, se fuera contoneándose a la esquina de la pared que quedaba encima de su cama, arriba de su toldillo y cerquitica del techo.

Y empezó a crecer la barriga y empezó a expandirse la tela de la araña, la tela de la ahora comadre araña Tomasa llegaba todas las tardes, empapada de sacar oro de aluvión en la batea, sumergida casi completamente en las aguas del río Atrato. Prendía la vela, se quitaba la farda, la blusa, el ajustador y el carzón, los exprimía y los colgaba de una cabuya para que el calor y el viento, el viento y el calor los tuviera secos a la mañana siguiente bien tempranitico para poder volver al Atrato a sacar oro de aluvión.

Se ponía la cotona y tomaba agua de panela con limón y comía plátano sancochado que había dejado listos desde por la mañanitica. Le daba una vuelta a la choza antes de irse a dormir y miraba hacia la esquina de su cama por encima de su toldillo y cerquita del techo, para ver cómo tarde con tarde crecía la telaraña de Ananse, al mismo tiempo que crecía su barriga.

Y siguieron creciendo las dos: la telaraña y su barriga suya de ella, su barriga suya de ella y la telaraña.

Ananse parecía carcajearse y se jactaba porque se sabía autosuficiente. De su propio cuerpo tejía su casa, que además le servía para procurarse alimento, no tenía que dejar listos el agua de panela con limón y el plátano sancochado como hacía Tomasa, ella comía todo lo que quedaba atrapado en su viscosa tela de araña, la telaraña.

Ananse sabía que sacaba de sus entrañas la red que unía y une a todos los negros que llegaron remando de muy lejos, de África, como oyó decir Tomasa a su mamá suya de ella, en noches iluminadas solamente por el fuego de la leña, mientras la luna se mostraba egoísta y displicente con su luz.

La mamá de Tomasa llamaba Alegrantina Docordó y sabía muchas historias de negros, de los negros que habían venido de lejos y que contaban que eran emparentados con unos pueblos que dizque llamaban fanti-ashanti, eso a Tomasa le sonaba rarísimo, pero Alegrantina, su mamá suya, de ella, decía que eso era la telaraña de Ananse, que se tejía por encima del mar y unía a los negros desde tan lejísimos como esas tierras que llamaban África, hasta llegar al Chocó, que a ella alguien le había dicho que quedaba dizque en un pedazo grande de tierra que se llamaba América.

Y América era esa tierra grande, en donde estaba una tierra larga que se llama Chocó. Esa tierra larga tiene un río que se llama Atrato y que corre en contravía, para llegar a impregnar con sus aguas dulces a un mar salado que llaman Caribe.

Y ahí mismitico queda El Gilgal, un pedacito de tierra donde viven muchos negros. Negros como Dioselino Bailón, negras como Alegrantina y Tomasa Docordó y Ananse, la araña negra, que alguna vez pensó era araña rosada, pero que le gustó más el color negro y que vive autosuficiente en la esquina arriba de la cama, encima del toldillo, cerquitica del techo, en la choza de Tomasa Docordó.

Ananse era negra y brillante como Tomasa. Las diferenciaba que Ananse tenía más patas y más pelos, pero los ojos rojos de Ananse brillaban igual que los ojos negros de Tomasa Docordó.

Y pasaron y pasaron los días. Días con sus noches. Días y noches empapados de aguaceros, como la farda, la blusa, el ajustador y el carzón de Tomasa Docordó. Días y noches, noches y días llenos del cansancio del mazamorreo para sacar el oro de aluvión, llenos de agua de panela con limón y plátano sancochado. Llenos de la crescencia de la barriga de Tomasa y de la telaraña de Ananse.

Tomasa se empezó a regodear con su barriga, la acariciaba, la bamboleaba, le daba calor para esperar tranquila la nascencia. Oteó las plantas que flotan en el agua, como la oreja de mula y la lechuga y oteando más arriba veía los árboles cativales que se elevaban tan alto que parecían besar las nubes. Empezó a comer cosas distintas: caimito, plátano sande y palma mil pesos, pez sierra, sabaleta, bagre blanco, dentón y moncholo.

Se enculebró con la mapaná, la boa verrugosa y huyó de la talla equis que pasaron a visitarla. Oyó el canto del colibrí cola de oro, el tominejo y la torcaza piquicorta. Bailó con la danta, el manatí, el bichichí y el mono rojo. Y siguió encorrinchada con la comadre araña, le gustaba ver crecer su tela suya de ella y su compañía. Ananse hacía que no extrañara al negro Bailón. Había olvidado hasta sus pichadas de barro, adormidera y pringamosa.

Un amanecer sin luna y sin aguacero, muy tempranitico explotó la barriga de Tomasa, la Docordó mientras seguía intacta la telaraña de la comadre Ananse, la araña.

Cuando empezó el meneo dentro de su barriga, ella, Tomasa miró pa arriba y vio a su comadre araña sonriendo. Sintió que si algo salía de ella en ese momento tendría que ser recorriendo el camino de entrada, en contravía como las aguas de su río Atrato.

Entonces se paró de su cama suya de ella y caminó bajo un aguacero inexistente, sintió los pies untados del barro ganado a la tierra por el aguacero, gozó las manos del negro Bailón, acariciando un barro inexistente con unas manos inexistentemente lisonjeras y arrechadoras.

Y allí, antes de que el río Atrato se derramara en el mar, mientras paría, Tomasa voltió los ojos y vio a Ananse parada sobre el agua, y le pareció otra vez que Ananse le sonreía, es más, tuvo la absoluta certeza de que Ananse se carcajeaba y aplaudía estrepitosamente con todas sus patas.

Y salió de las aguas del río Atrato cerquitica de su desembocadura en el mar, una niñita de mirada dormida y triste como de dormidera, a la que se le notaba que iba a tener la arrechera de haber sido concebida al lado de la pringamosa. Se movió con agilidad en todas direcciones como Ananse, como la comadre araña de Tomasa su mamá. Ella Tomasa pensó en ese preciso momento que la niña debería llamarse Betsabelina Ananse Docordó.

Docordó como Tomasa y Alegrantina y Ananse como la araña que caminó sobre ella cuando era barriga solamente y que aguaitó cuidando todos los días de soles y las noches de aguaceros, hasta que Betsabelina abrió los ojos en el agua y lloró dentro del agua.

Y que siguió tejiendo la telaraña esperando a que Betsabelina fuera ombligada con su cuerpo, sus patas con pelos y su cabeza llena de sueños, teñidos de achiote y olorosos a aguardiente.

Betsabelina, ombligada de Ananse, empezó a mirar el mundo con unos ojos negros de destellos rojos, nunca nadó, pues caminaba sobre el agua, tenía la piel mullida, era autosuficiente y embaucadora para no permitir que ningún hombre como Bailón, su papá suyo de ella, le untara barro de los pies para arriba y jugara con los sueños de su cabeza para no volver a aparecer jamás.

Ella Betsabelina Ananse Docordó llegó a las selvas del Chocó y a las aguas del Caribe, por un hilo que fue saliendo de la barriga de Tomasa su mamá, bajó por el manglar a los esteros y saca de sus entrañas la red que une a todos los negros de África, con los negros, sus negros de América.

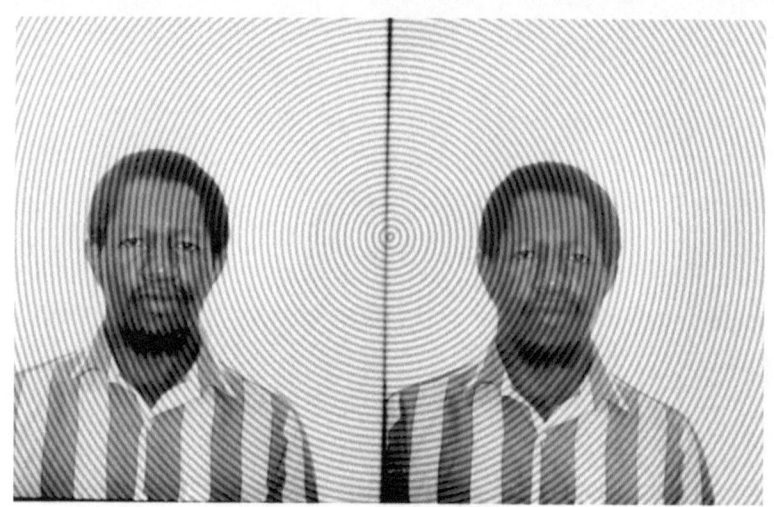

PEDRO
WALTHER
ARARAT
CORTÉS

(Guadalajara de Buga 1954, Cali 2008) Poeta, ensayista, narrador, traductor, gestor cultural y maestro. Fue profesor de la Universidad del Valle; se preguntó acerca de los procesos educativos de todo el sistema escolar en relación con el lenguaje, la cultura y la globalización. Explicitó en su práctica pedagógica cierta itinerancia literaria como buscador de la palabra libertaria con personas como Manuel Zapata Olivella y otros pensadores. Publicó algunos cuentos y piezas de drama bajo los seudónimos de UMMUS y WACO en revistas como Revista *Barcalebrio* y *Revista Poligramas* y realizó traducción de poetas ingleses, Mimeo, Universidad del Valle, 1981. El maestro Ararat Cortés dejó esta esfera de la existencia el 11 de mayo de 2008. Posterior a su fallecimiento, la Universidad del Valle publicó un libro decididamente compendiado por el mismo antes de su deceso: *La calle del negro* (2011).Estos cuentos son una forma de honrar su nombre y su obra. Agradecemos inmensamente a su familia por la generosidad de entregarnos sus manuscritos, especialmente a su esposa Elba Mercedes Palacios Córdoba y a sus hijas.

Todos estaban muertos

Al despertar lo escuché claramente. Lo decía la radio: "Todos los profesores que viajaban en el bus han muerto". No lo había presentido cuando me negué obstinadamente a subir al vehículo. Desfilaron por mi imaginación escenas dantescas de dolor y sufrimiento; vuelvo a recordar cómo el bus al principio partió muy lentamente, como dando tiempo para que yo cambiara la decisión que a todos había sorprendido; dirigí mis miradas en otra dirección hasta que dejó de escucharse el ruido del motor, devorado por las curvas del camino.

Durante todo ese día había estado inquieto; un ansia inexplicable me impedía realizar el trabajo que me había propuesto adelantar mientras los demás profesores se iban a la excursión fatal. Es curioso, pero durante el día no me topé con ningún pensamiento de muerte; imaginaba a mis colegas en traje de baño, sacándose fotografías grotescas, diciendo chistes vulgares para afirmar una complicidad que se estuviera viviendo; otros, sentados alrededor de la cocina, conversarán seriamente, tratando de hallar una explicación lógica a mi cambio de planes, en desprecio de este viaje de regalo tan merecido después de tan arduas labores desarrolladas con los estudiantes. Alguno diría, acaso, que me sentía enfermo, o tenía otro viaje o, quizás, y era lo más posible… -aquí estallaría una maliciosa carcajada- tenía una seducción pendiente y a punto de coronarla.

Fue por la noche, muy tarde ya, cuando pude concentrarme en la lectura de Iliada; la sangre de los aqueos, los gritos guerreros, las armaduras deshechas y los juramentos se amalgamaban para anunciarme la tragedia que ocurriría, la que aún sigue sin clarificarse con mi presencia que se pasea en medio de fantasmas. Ya no intento siquiera tocarles. Desde el momento de llegar al colegio comenzaron a sonreírme, como si nada hubiera pasado por sus existencias, como si la muerte no les hubiese cambiado en absoluto. Cuando les hablaba con referencia a la excursión, sus rostros dibujaban espanto. Ninguno recuerda mi decisión de no ir. Por lo contrario, me cuentan divertidas anécdotas, locuras que cometí después del lamentable accidente que sufrí, el afanoso viaje para llegar conmigo al hospital; hay quienes recuerdan la firma del acta de mi defunción.

Pero todos están equivocados. Ellos son los fantasmas. Si acaso vivieran y estuviesen trabajando, habría alumnos a quienes dictar clases. Nos dirigimos a los salones después de habernos reunido en la rectoría con un rector que es solo un esqueleto al que le falta una pierna; una secretaria descabezada y sin costillas, y un coordinador de disciplina que apenas es una espina dorsal que suena como matraca cada vez que el rector le da una orden que él no puede ejecutar porque le faltan la cabeza y las piernas. Nos ponemos luego a repetir en esos salones llenos de telarañas y de polvo cosas que ya hemos dicho muchas veces, acaso siempre; a fuerza de no entenderlas nosotros mismos, de masticarlas sin poderlas digerir, han perdido el sabor, el aroma y ahora, más bien… hieden un poco.

Llego al salón de clases después de haber desistido en mi intento de interpretar el horario absurdo que ahora se lleva, con materias extrañas que, para ser sincero conmigo mismo, nunca antes supe que formaran parte del currículo, acerca del cual nada sabemos. Algunas son: "Cálculo existencial", "Lingüística del dolor", "Elementos informales de la poética militar", "Ecuaciones del espíritu", "Materialismo de las formas ocultas", "Biología de los animales vestidos" y otras tantas, que antes no se enseñaron, y si se ha hecho ha sido de manera inconsciente, o inconsecuente como el rector esquelético define los objetivos de la educación moderna.

En el salón recuerdo, invento, e invoco nombres de alumnos, los recreo uno a uno en la imaginación y comienzo mi clase de "Salud del Alma" citando estas sabias palabras: "La hepatitis y el traumatismo del corazón divino, a veces del humano, se contentan con recetas de carnes sintéticas y jugos artificiales; debemos exigir al gobierno que destruya las propagandas de harinas y detergentes, porque las primeras atentan contra el estado físico del alma, mientras que los detergentes obstruyen las cañerías de la razón". Los estudiantes encienden cigarrillos y anotan sus impresiones en los pupitres; luego, salen en silencio y regresan alborotando casi inmediatamente; se burlan, ríen a carcajadas. ¿De qué se burlan tanto? No es de mis palabras, ninguno las ha escuchado. Se ríen del letrero que lleva colgando uno de ellos en la espalda; el burlado se yergue con actitud orgullosa y, sin proponérselo, me permite leer el contenido del mensaje: "SE VENDE PROGESOR CON MAQUINA DE AJEITAR". Es un problema serio la falta de conocimientos ortográficos que poseen los jóvenes.

Esta situación es absurda; algunas veces, cuando apenas estoy iniciando la colección de estudiantes, suena el timbre para salir al descanso. Salen gentes aéreas, deslizándose sin ruido; hablan y se tocan como las personas de los sueños. Van y vienen personajes de todos los años y épocas; un día, el general Simón Bolívar estaba sentado, tomando el sol al pie de una de sus múltiples estatuas y lanzó duros reproches contra quienes le habían robado su espada desde hacía muchos años y no había existido medio alguno para recuperarla. A don Cristóbal Colón se le puede ver en la cafetería del plantel en compañía de jóvenes de dudoso aspecto, a quienes trata de convencer para emprender un viaje maravilloso en pos de descubrir el Viejo Mundo; los próceres de la Independencia, como niños, hacen alboroto en el patio, chocando sus espadas en interminables torneos a los que nadie asiste. Solo los santos y los gramáticos son escuchados y atendidos en los mítines que se organizan en la biblioteca para incitar a los estudiantes contra los profesores que han deformado el sentido de sus enseñanzas. Los alumnos saludan y hablan de cosas que jamás han acontecido; todos están locos, locos y muertos. Si no consigo equilibrar mi imaginación terminaré enloqueciendo como todos ellos.

Aquella mañana, tras la noticia escuchada, mi rostro se vistió con el gesto más profundo del dolor, la desolación y la tristeza. Recorrí sin afanes el camino hasta el colegio; me detuve en muchos recuerdos de ternuras, en una estudiante que me hizo bajar la mirada hasta sus piernas; me tejía discursos que hubiera querido desenredar en algunas clases sobre el amor en las sociedades antediluvianas, el influjo de los clímax en el desarrollo de la filosofía, los fenicios que contemplan su destino en la luz de las estrellas; hablar del sueño, ¿por qué huye si despierta la vigilia? Luego, pensé en mis colegas.

—¡Muertos…!

Despedazados algunos, casi sin raspaduras los otros, pero muertos, a fin de cuentas. Imaginaba la bola de gentes adoloridas y gimientes, las casas revueltas por la noticia, las caras descompuestas de los estudiantes aterrados por haber perdido a sus profesores, los segundos padres. Y más aterrados aun cuando me vieran vivo; imaginaba lo que me correspondería hacer. A toque de campana, deberían acudir todos los vigilantes del colegio, los perros, las mujeres del servicio, los curiosos del pueblo, el cura, y les diría: "¡Ciudadanos de Tunía…! Antes de emprender cualquier acción, guardemos una hora de silencio para que reflexionemos seriamente sobre la tragedia que hoy nos enluta y nos conmueve…". Aquí sorbería algún sollozo, cerraría los ojos después de haber consultado con ceremonia la hora en el reloj…

Pero me fui decepcionando cuando llegaba al colegio con notable retardo y pude ver a los profesores que desfilaban por los corredores, cargados de libros y bolsas con tizas y borradores, apuraditos todos, con la meneante insolencia acostumbrada. Alguno de ellos, no digo cuál, pareció sorprendido de verme; murmuró algo para sí y sin dejar de mirarme se alejó como levitando sobre los corredores interminables, sucios, con floración profusa de malezas en las baldosas y el piso roto del patio.

Fue entonces cuando me convencí de que tan solo eran fantasmas. Que sus aparentes vidas no eran más que resultado de mi imaginación, afiebrada por el impacto emocional de la noticia recibida esta mañana. Ni siquiera los perros se paseaban por aquí, se marcharon porque no soportaban el deambular de fantasmas profesorales por el colegio, cuyas voces, hechas con hilos de silencio y miedo, tejen en los salones de clase de día y de noche; regañan, ríen, se lamentan y maldicen, como lo hicieron en vida.

Salgo a las horas acostumbradas al medio día; me paseo por la casa durante largos momentos, deteniéndome en alguna de sus estancias, pasando de una a otra sin abrir las puertas, desde hace tiempo selladas para siempre. Preparo mi curso sobre los beneficios de obtener una muerte sin dolor y sin miedo, porque la carne, así, no coge mal sabor. Es casi un curso para mí sólo, porque los estudiantes no son reales y mis colegas son apenas espíritus, recuerdos o imaginaciones. Alguna que otra vez se reúnen a recordar otros tiempos y me involucro en sus charlas. Intento bromear algunas veces, pero desisto al final, convencido de que en la muerte se pierde el sentido del humor.

Esto debió haber pasado hace mucho tiempo ya porque nadie se asoma por aquí; las ratas se pasean sin sentirnos por los corredores, aún durante el día. Cuando algún caminante curioso viene, nos escondemos todos, tironeados por un resorte secreto; con sigiloso paso nos acercamos al intruso; incapaz de vernos, se siente invadido por el terror. Tiembla, suda, los pelos se le ponen de punta en su cuerpo que cae, que resbala y se agita con temblores feroces; camina a cuatro patas, cae aquí y allá, huyendo, invadido por el pavor mientras nuestros mudos gritos y carcajadas se pierden en las telas de la noche entre los gritos de las ranas, los chillidos de las aves nocturnas y el eco de la nada de estas montañas devoradas por la selva. Una telaraña inmensa nos protege de cualquier mirada de la razón de los hombres del pueblo vivo; cantan los sapos lúbricos en la charca, se columpian en el aire húmedo que agita las aguas del espeso lago. El viento se ocupa de agitar todas las hojas y transporta la silueta de los alegres murciélagos persiguiéndose bajo la luz de la luna, en busca de reses para beber su sangre con lenguas veloces.

Anoche estuvimos en el cementerio reunidos todos porque era el día de los difuntos. Estuve entreteniéndome, paseando entre las gentes allí congregadas; llevaban flores, velas, rosarios de cuentas para rezar y pedir a sus muertos, contarles historias, noticias frescas de la familia. Se busca consuelo en la muerte. Pero el hecho grandioso de la locura que habita este pueblo aconteció en mitad de la ceremonia religiosa que se celebraba en la capillita, alrededor de la cual nos sentábamos todos, en las tumbas. De pronto, alguien subió el volumen a su transistor para corear, con el locutor de turno, el gol que le daba el empate al equipo nacional. Todos callaron durante un segundo, mientras se miraban las caras de alborozo, ansiosos por abrazarse y gritar con el fanático y el locutor. El señor cura se dirigió con un gesto severo al emocionado radioescucha para preguntarle quién lo había hecho.

—¡Gol olímpico, padre…!

—Los contrarios alegaban que había un fuera de lugar. Pero, hombre… ¿A quién se le ocurre reclamar esa falta en pleno tiro de esquina…? —dijo el cura dando fin a la ceremonia con un emocionado "¡Podéis ir en paz!".

El cascabel del gato

Cuando el viejo ratón se dijo aquella frase de desafío, cuando se interrogó acerca de quién le pondría el cascabel al gato, temblaron los bigotes alargados, las caras enflaquecidas y los cuerpos desgarbados de los habitantes de la madriguera; temblaron de impotencia. En la mirada brillante del viejo sabio era notable el esfuerzo por ocultar la amargura sonriente de que no era esa la primera vez que escuchaba la propuesta del cascabel. "No hay mal que dure cien años, ni cuerpo que lo resista", sentenció. Dobló su cola pelada, se atusó los escasos bigotes en sus delgadas mejillas, cerró los ojos, y se quedó dormido.

Se miraron con desconfianza, unos a otros; atronaban la madriguera los chillidos de los ratoncitos, quienes reclamaban su porción de leche materna; de esa leche triste que las señoras ratonas les daban ahora, producida a base de paja de las paredes y de los musgos que salían del piso humedecido por sus orines, alisado por tantos años de ratoniles carreras. Se escuchaba una música fantástica que brotaba de la vivienda de los humanos y penetraba por los diversos orificios practicados con paciencia o con desesperación.

En la puerta de la madriguera maullaba el astuto, desesperado por no poder entrar a gozar del juego con los ratones; a pesar del gran tamaño del gato, los roedores temían que lograra ampliar la entrada de la guarida para colarse en ella. Se le veía muy fuerte. Aunque fuera verdad que se trataba de un gato perezoso, que solo quería cazarlos para jugar un rato y después dejarlos muertos, por allí tirados, entendían bien que no valía la pena ofrendársele.

—¡¡Quién le pone el cascabel al gato...!?, ¡¡Quién!? —gritó la voz aguda de una ratona vieja.

—¡Yo lo haré...! —hablaba un ratón joven y avezado, cuyas historias y aventuras en la casa eran famosas—. Pero si entre todos acordamos la decisión de hacerlo. Somos bastante numerosos, conocemos la casa, las costumbres del gato, y los chicos manifiestan cierta simpatía hacia nosotros. Muchos de nosotros vivimos gracias a los bocados que nos dejan a la entrada de la madriguera; además, en mi caso particular, ya he perdido el miedo a morir en mis salidas.

El ratón viejo despertó y, sin demostrarlo, admiró al joven ratón. Advirtió —como lo hicieron todos— que las señales de mil luchas se mostraban sobre su piel, y en la manera de renguear cuando se desplazaba al ofrecerse para cumplir con la difícil misión. Se paraba frente a cada uno, le tocaba con el hocico y repetía: "¡Yo le pondré el cascabel al gato!".

—¡Muy bien…! Que agachen las orejas quienes no estén de acuerdo —ordenó el ratón viejo.

Un ratón amarillo, a quien faltaba una oreja, agachó la que le quedaba y pidió que aceptaran su nominación para cumplir tan honrosa tarea.

—Comprenderán que no agache ambas orejas…

Un murmullo de admiración se extendió por todo el claustro de ratones. Recordaban la noche cuando el gato le alcanzó a deshacer la oreja de un zarpazo; un chillido de negación estalló en el aire; sabían que buscaba recuperar su orgullo desgarrado y, de manera automática, fue rechazado su ofrecimiento. El ratón rengo fue escogido de manera unánime.

El elegido y el rechazado se acercaron, restregaron sus hocicos y pidieron la palabra. Les fue concedida. En atención al honor ganado hablaría primero el ratón gris. Miró a todos lados y escuchó la música que atronaba al otro lado de la madriguera.

—¿Dónde conseguiremos un cascabel? No tenemos ninguno.

—Los niños tienen uno encima del fogón.

—Si ha de ser ese, entonces, emprendo mi empresa desde ahora mismo, aunque en ello se vaya mi vida.

—¡Hermanos ratones…! —terció el ratón amarillo— propongo pedir el uso de la palabra a los humanos. Son ellos los que dominan al gato; que sean ellos quienes dispongan la colocación del cascabel. A ellos obedece y, sobre todo, a los niños.

—Piensas muy bien y, así mismo has hablado —dijo el viejo.

Todos lo aprobaron, y el ratón gris fue comisionado para que hablara con los habitantes del otro lado de la madriguera. Los habitantes de la casa escuchaban, con intensa atención, un concierto barroco para trompetas; no estaban enterados de que los ratones debatían acerca de cuál era la solución adecuada para salvarse de la cacería del gato. El grupo conformado por una pareja de ancianos, dos niños y un hombre cuarentón, de barbas y barriga escasas, estaban hipnotizados por la música. El gato estaba somnoliento como los ancianos cabeceantes; cada uno se dejaba arrastrar por el sonido de una flauta que perseguía las escalas de una vibrante trompeta. De repente, parecieron entrar en un ensueño. Todos, absolutamente todos, fijaron sus miradas en la entrada de la cueva. Parecieron despertar cuando un pequeño ratón gris, que arrastraba un poco la pata izquierda, hizo su aparición en la entrada de la cueva; exhibía sobre su cola un sinfín de cicatrices.

El primer impulso del gato fue el de abalanzarse sobre el ratón y capturarlo entre sus garras afiladas y sus fauces sedientas. Sin embargo, se retuvo cuando observó que en ninguno de los humanos se presentó miedo, ni se expresó ansiedad. El ratón se alzó sobre sus dos patas, levantó las manos en gesto de llamada de atención, y dijo:

—Solo por haber vencido el miedo a los humanos y a las fieras cazadoras, por haber burlado a los sapos gigantescos que abundan en el patio de esta casa, por haber escapado a los lances de las serpientes que persiguen nuestros rabos; y por haber eludido las trampas tendidas con venenos y gomas que capturan nuestra libertad, vengo para hablar. Por haber sobrevivido, es posible este momento.

Hizo una larga pausa; el grupo de los humanos aprobaba con admirado silencio el relato de las roedoras hazañas. El vocero de los habitantes de la madriguera, construida bajo el fogón de la cocina, continuó.

—Muchos de sus autores más renombrados han mostrado en sus obras que todos los ratones podemos hablar, que gozamos de entendimiento y que, además, nos mueve el deseo de conseguir que nuestra especie perdure; no pueden extrañar, ahora el que un ratón les dirija la palabra. Vivimos en el reino de las fábulas y en ellas nos podemos encontrar. Animales y hombres podemos hablar en un mismo lenguaje y representarnos las pasiones que nos arrastran en este mundo inventado por la fantasía.

Mientras así hablaba, miles de ratones habían salido de la cueva; grises y amarillos ratoncitos se acomodaban junto a los cuerpos de sus madres; todas las ratonas estaban rodeadas por docenas de estos pequeños de hocicos agiles.

—¡Hemos decidido pedir a ustedes, los humanos, que cambien de estrategia: la del gato silencioso y en acechos permanentes es una manera desleal de combatirnos! ¡Exigimos que lleve un cascabel sonoro que nos prevenga de su presencia…!; así, solo aquellos ratones incapaces de evadir su agilidad anunciada serán los condenados a su cacería… Como pueden darse cuenta, no le negamos al gato su derecho a ejercer su pasión por la persecución y por la sangre; solo pedimos una garantía para nuestro tránsito por esta casa, la que habitamos desde antes de la llegada de aquel, ahora convertido en nuestro flagelo de la noche a la mañana… Que actúe sin ataques traicioneros.

La intervención del ratón fue acogida con respeto por los ancianos y por el hombre de barriga escasa; los niños, movidos por un resorte invisible, corrieron hasta el fogón, tomaron el cascabel, lo amarraron alrededor del cuello del felino, y se quedaron contemplándolo durante un largo rato.

Cuando terminó de sonar el concierto barroco, volvieron todos a la realidad y buscaron al ratón orador. Nada vieron: ni al magnifico orador, ni a los miles de ratones que habían ocupado la sala con sus ojillos brillantes y la nariz nerviosa. El gato saltó del sofá y el sonido del cascabel atado a su cuello anunciaba sus movimientos bruscos. En la madriguera bailaban los ratones. El gato, furioso, metía su zarpa por el orificio de la pared, provocando un agradable tintineo del cascabel.

—¿Pueden hablar los ratones? —preguntaron los niños al unísono.

—Claro que sí. Entre ellos se entienden —dijo el señor de la escasa barba. Pero nosotros no podemos comprender lo que se dicen.

—Yo sí entiendo lo que hablan —dijo uno de los chicos.

—¡Yo, también! —replicó el otro.

Después del trato y el rato pasaron los días y volvió a cazar el gato. Su primera víctima fue el ratón gris, quien se embelesó escuchando la música del cascabel; luego cayó el viejo ratón quien, incrédulo frente a la hazaña conseguida, salió a husmear y fue cazado. Mientras los adultos creían haber soñado, los niños sabían lo que habían visto: un ratón había conseguido que un sonoro aviso les prolongara la existencia.

¿Volvió a cazar el gato? ¡Claro! Pero ahora el sonido de su cascabel llegaba mucho antes de que lo hicieran sus patas. ¡Eso sí, aunque la mayoría de los ratones corrían, no faltaba el que embelesado por el tintineo se entrega perplejo a las garras del gato!

ADELAIDA FERNÁNDEZ OCHOA

(Cali) Premio Casa de las Américas (2015) con la novela *La hoguera lame mi piel con cariño de perro*, publicada por la Editorial Seix Barral bajo el título *Afuera crece un mundo*; ganadora de la residencia en creación literaria, convocada por el Ministerio de la Cultura y el Instituto Caro y Cuervo, con la novela *El amargo sabor de las lentejas* (inédita). Primer puesto en el concurso de cuento infantil escrito por docentes del Eje Cafetero (2011). Finalista en la Convocatoria Nacional de Novela (2005) con *Que me busquen en el río*, una novela sobre el campo colombiano, la violencia, las mujeres y el ejercicio de enseñar. Su novela más reciente es *Toques de son colorá* (2017) publicada por Seix Barral.

Narcisa

Vestida que fue la marquesa, saya de granadina, camisa suelta de batista, media calada y chapines de tafilete, como corresponde a su dignidad, aunque no a su real estado, que para este resulta inconveniente semejante atuendo, hermoseada, entonces, queda lista para sacarla a caminar. La brisa húmeda despierta aromas de la mejorana, inhala Narcisa, su servidora, entornados los ojos, dice: Marquesa, si sumercé respirara este aire que respiro, y no, lejanías. Le ajusta el chal y un cadejo de pelo que se le ha soltado del peinado. Una trenza la corona, sin flores ni cintas, con la esmerada artesanía y el recuperado brillo del cabello basta.

Del interior llaman las doñas Rosalía y Luz, han venido a darle la vuelta de la mañana; darle la vuelta es un decir, la que la asolea, a ver si se despabila la flor de su vida, es Narcisa, las señoras madre y hermana no correrían el riesgo, ahora no sé si de untarse de sus miserias o de tornarla a la vida. En todo caso, vienen a verla. Ya tiene otro semblante y ellas jurarían que hasta quiere hablar: ¡Mírala, ya se parece a la de siempre! O, vos qué pensás, mamá. ¡Pero si parece un pimpollo! ¿Qué, qué, qué, mi Barbarita? A su pecho se lleva doña Rosalía la mano de su hija. Mano muda. Su servidora sonríe; de carrera a servir el refresco, sonríe. A doña Luz la embargan los sofocos, gracias a Dios y a su gordura embarazada, precisa beber. Precisan beber los hombres cuando llegan de velar por su industria, tanta sed produce el oro. Los visitantes llegan a deshoras, cuando la reintegrada servidumbre anda ocupada en otros menesteres, de modo que, entre almohadones en fundas de encaje, la sienta Narcisa. Y, en tal acomodo, que aparenta ser de pura holgura, habrá de quedar mientras su servidora dispone todo cuanto es menester para atender la visita; no escatima detalle, voluntad de la marquesa fueran agasajo y finura. De buena gana cedería su jarra y su cristal, y su taburete y, para la vajilla entera, su mesa de peaña vestida con mantel que no ha mucho sostuviera su fatiga recostada. Fatiga de marquesa y dueña de minas de oro en Yolombó. Ella, en llegando, de camino a su aposento se detenía a beber su limonada.

Las doñas Rosalía y Luz, a la expectativa de las pesquisas, que más suscitan incertidumbre que fe, por ir a paso de mula y a lomo de champán, y porque el caso lo amerita, aunque no la circunstancia, comentan: Para mí que alguna pista darán las autoridades de río, dice la madre. Y ¿el consejero de Indias? dice la hija. ¿Para cuándo vayan lejos?… dice la primera. Y, ¿si se fueron para Lima?, dice doña Luz. Letras al alférez…, y letras al virrey; a la misma corona… si es preciso. ¿Habranlo dicho todo inspector y hospederas?, dice la madre. La marquesa emite un quejido. Su servidora, que sirve el refresco, quiso advertir sobre los riesgos de tan elocuente discreción, pero una sola es la alternativa que le cabe ante las doñas Rosalía y Luz: callar. En actitud de altiva sumisión se retira. La madre ha acudido a fingir que acomoda los almohadones a la marquesa.

Cuando sueña su pesadilla se queja, luego convulsiona, defeca. Por adelantarse menos a sueño profundo que a movida visita es que su servidora la ata a la cama por las noches. Y, siendo que estas ataduras no son cadenas, que Narcisa, portadora de laceraciones y profundas huellas, las ha ingeniado con tal arte que no laceran ni ahorcan, y dejan buen margen de movimiento, y ella desecha de plano una atadura para el cuello, nadie lo debe saber. Durante el día, no la pierde de vista, la trastea, incluso cuando, a su servidora, le urge ir allá atrás. Sentada permanece, ausente de los actos que, manejados en privacidad y a horas, la devolverían a su ser, para provecho de su alta dignidad y alivio de Narcisa.

Suele cantarle cantos que las dos cantaban a dúo, acrecentado el acento de nostalgia a causa de faltar la otra voz que fuera telón de fondo, una especie de ámbito para ese tono suyo de altísimo vuelo capaz de posarse, entre ornamentos y melismas, en umbrales de lo sublime. Gracias a las artes de Narcisa, la marquesa permanece apaciguada, creatura de este mundo que come y se deja hacer: ya alimentar, ya vestir, ya asear. Abluciones y todos los procedimientos de la esmerada higiene que lleva a cabo su servidora y que, puntuales, hacen menos dispendiosa la tarea, la ponen en amable contacto con la humanidad; casi todo es físico, de la espiritualidad se encarga el canto. Juntos sostienen un equilibrio que las doñas y demás familiares asimilan al progreso.

Con los días, su servidora logró recuperarla para su propia causa, y la dignificación de la marquesa. Una depresión de muerte alternaba con ataques de locura tan violentos como el que sufriera en la posada cuando, al cabo de equívocos y turbias aclaraciones, ella entreviera la ruindad de su amado: sumercé está equivocada, esa no soy yo. Entonces quién va a ser…, el buen hombre le hizo el favor a don Fernando de traerla. Yo llegué aquí con mi marido que así se llama, Fernando, Fernando de Orellana. No, a él se lo llevaron los alguaciles para Yolombó antes de llegar a puerto. De Yolombó vine con mi marido. Usted llegó acá con don Gaspar. ¡Gaspar! ¿Cuál Gaspar? Ustedes venían de San Nicolás de Rionegro; iban para Mariquita. Íbamos para las Españas; yo soy Bárbara Caballero, marquesa de San Lorenzo de Yolombó. Para Yolombó se llevaron a su marido dizque a revisarle los tercios por el robo de un oro. Y, usted no es Caballero sino Martínez, doña. ¿Con quién dice usted que yo llegué? Con un señor Gaspar, él la instaló en el aposento. Él era Fernando. Él dijo que era Gaspar, que don Fernando estaba por llegar y que no lo esperaban porque debían conducir a Cartagena unos minerales para su majestad. Minerales, caudales, eran los que yo llevaba en mis tercios. Ni ladrón, ni bellaco, ni hideputa grita, sino ¡Fernando! Llora, tiembla, se arranca los cabellos, corre al puerto, corren las hospederas detrás; ellas, el inspector y los tres carabineros de resguardo debieron coordinar fuerzas para impedir que se lanzara al Nare, de turbulentas aguas. Sometida debieron conducirla a la barraca.

Entendidas fueron las mujeres de las palabras de don Gaspar con respecto al juicio de la marquesa, los reales que recibieran por los gastos ocasionados, si bien pagaban con creces el sorbo de café que lograron hacerle tragar, a medias compensaban la molestia de manejar a la señora fuera de sus cabales. La amarraban a ratos, que no sucediera estar de vuelta el hombre de alcurnia en busca de su loca y ellas, no pudiendo dar razón de equimosis o sogas en la piel, fueran enjuiciadas. Tan pronto estaba suelta, ella volvía al río. En una de esas la encuentra Guamo.

Su servidora la pensaba feliz y ella se sabía desorientada, que pronto no dieran destino a la casa las Doñas Rosalía y Luz, ella necesitaba tiempo para decidirse por el ardá, vistos, aprobados, casi en cueros de tanto ojo y contacto se tenían el uno al otro, y el palenque los acogía, pero ella albergaba sus dudas. En procura del brío necesario para ingresar a un medio en el que sus artes y estilo tendrían un nebuloso futuro, necesitaba permanecer en la casa. Conveniente fue argüir, ante las doñas, percance, crecida del río, quebranto de salud derivado de las jornadas de viaje, o dolor de familia, y aquí se incluía su servidora, camarera mayor, a sabiendas de la convicción con que la marquesa quiso conservarla a su lado: Narcisa por sobre su madre y su padre bien amados, a tal rango la elevaban sus artes. Entonces mantuvo los hábitos de la casa: aguamanil, vaso, afeites y camisón en el aposento de la marquesa; vivísimo el rescoldo; en la mesa de peaña la jarra y, bocabajo, el cristal. Atenuadas hasta donde le fue posible las huellas del desmantelamiento, pues, en casándose, la marquesa había repartido los enseres más valiosos entre las amistades. Confió en que las reverberaciones de la real presencia demoraran en disiparse. Al mismo tiempo, su servidora temía que le resultara un nuevo dueño a la casa que, o bien la expulsara, o bien se apropiara de su humanidad.

El palenque celebra bunde con los nuevos libertos, el grueso de los servidores constaba de libres y sometidos por disposiciones firmadas y selladas en los mercados de Cartagena y las reventas del Atrato, Narcisa formaba parte de los primeros, aquellos que, teniendo carta de libertad, continuaban en esos parajes de la provincia de Antioquia, al servicio de la marquesa que decidió liberarlos a todos como muestra de bondad y celebración por su boda. Narcisa se dispone a los festejos que serán de varios días; disfruta el rencuentro con compañeras de infortunio, hablan en yolofo, en congo, en la lengua de Calabar, se muestran las cicatrices, algunas, sobre ellas tienen otras heridas. En el corrillo de mujeres se entera sobre él: natural de San Thomé, llegó como intérprete al servicio de un jesuita y abrazó el cimarronaje cuando aquel sucumbiera víctima del mal de loanda. Ahora ha llegado a Remedios con el fin de reordenar el correo de postas con ocasión de un golpe a las recuas del virrey. Coinciden todas en lo hermoso que es; a Narcisa, especial atención le merece el tatuaje, tres rayitas muy juntas, pero bien definidas debajo de los párpados que le ponen acento a esa mirada de punzante dulzor.

La estremece una idea, enamorarse. Una premura física la acosa, pero ella la despista, se atrinchera en el corrillo de mujeres, en grupo va y vuelve durante cuatro días. De la espera ella sabe derivar placer. El ardá selecciona la lengua en que mejor se entienden, la corteja con vago instinto que apenas acierta en el habla y en un pedido cordial de un pedazo de la carne que ella se comía, los usos lo inclinan hacia el amor no mediado, lo suyo son la ocasión o el asalto y sin continuidad. Pero Narcisa le da la pauta, conciencia tiene de sus aires, artífice de cosméticas y estilos que, con parecer de apariencia, también lo son de esencia, el trato que ella imponga para sí ha de ser con adornos y minués. Llegado el momento que ella dilató hasta donde se lo permitieron urgencias de vientre y ocasión, se trenzan en el vórtice del bunde y el mapalé: *Remenean las caderas en convulsivo zarandeo; tiemblan los senos…, jadean aquellas bocas; serpean aquellos cuerpos…, se estrechan en un espasmo; tornan a inclinarse, tornan a erguirse…, lanzan los bustos hacia atrás, arrojan las teas…* Ahora es menos lo que hablan y más lo que hacen, luego lo deja dormido en su estera, vuelve a la casa. Satisfechos ambos, ella no se quedaría fabricando gustos para el orgullo o el paladar del ardá de San Thomé.

Entre el rescoldo, el agua de las tinajas y la exhalación puntual del jardín esbozan una presencia de consuelo, sus propias faldas suenan rumores de faenas que, aunque a medias justificadas, mantienen la temperatura de la casa, estables los pulsos. Incluso los parientes Caballero Alzate registran esa huella viva de la marquesa. Pero donde más presencia cobra es en los aposentos, contiguos el de señora y el de camarera mayor. En el suyo, Narcisa hace cálculos, estudia contrastes, ingenia fórmulas ya relacionadas con la cosmética, ya con la moda. Tiene su pila de redomas y marmitas que expiden esencias florales. Ocupada en sus artes, cantando bajo, que el cantar si bien se ha tornado susurro no deja de manifestarse, se encuentra la mañana en que el hijo de Guamo llega dando manotazos en la puerta y llamándola a gritos.

El revés providencial le augura claridades, otra cosa no manifiesta una nota del más alto vuelo, con trino, y en nítido yolofo que ella suelta, para alivio de su espíritu. Ríe y llora, la dicha, cuando no cabe en el cuerpo, se manifiesta por contradictorias vías. Abstraída estaba, desentendida de buscar otra pauta para su futuro cuando cundió la noticia de la marquesa en desgracia, un hijo de Guamo se adelantaba a la imagen sobrecogedora que calaría los huesos de Yolombó, las sorpresas en este pueblo tienen dos apariciones y una sola realidad. Su servidora fue destinataria privilegiada de la noticia junto con los padres de la marquesa; hermanos, sobrinos y demás parientes lo supieron por terceros, y a oídos de todo el pueblo llegó por el rumor que se echó a rodar recogiendo, en cada estación, detalles inspirados en una intuición general que sembrara en el aire la llegada del forastero sin antelación de fanfarria ni de letras. Gana gibas, vadea aguas, pierde el camino, entre subir y bajar, recupera la imagen de la trocha, y de pronto se perfila, saliendo del último recodo, la silleta de Guamo. Con una mujer de trapo.

En brazos de su servidora cayó desgonzada. Esa especie de despojo que bajaban de las espaldas de Guamo aterrorizó a los padres, la una soltó en lágrimas, el otro en improperios y clamores de venganza, Narcisa inició el proceso de cura con abluciones tibias y tomas para inducir el sueño que fue conveniente además para sacarle piojos y nuches. Mientras Narcisa se atareaba en la cabeza cundida, Pacha, la otra sanadora, cazaba nuches con el humo del tabaco. Entre ambas preparaban tomas y otras curas contra una diarrea perniciosa que se prolonga hasta estos días.

Ellas la atribuyeron a aguas pútridas y alimentos revenidos, pero a estas alturas, en observancia estricta de una dieta sana con miramientos y a horas, su servidora juzga ser causada en la mente, por lo cual la maneja con los mismos guantes de seda, le aplica abluciones y sahumerios y ha renovado su cosmética para hermosearla. En sintonía con su actual condición, ha proscrito la pasta de la reina, ya no tendrá la cara blanca para tapar las pecas, encuentra Narcisa que estas le confieren un aire juvenil, usa un producto de su invención para ponerles rubor a las mejillas, le ha corregido esas ojeras, en ocasiones le pusieron cierto enigma a su mirada, ahora con la desolación de sus ojos basta. El labial, a base de manteca de cacao, pone el toque final al arreglo para que su espíritu haga un batir de alas. Luego le muestra el espejo, la marquesa se queda mirando, y a medio esbozar, su servidora ve una sonrisa.

Suele soñar pesadillas, y los murmullos del amor le producen no sabe si dolor o ansias; en todo caso cuando siente al ardá, gime. Esta emoción, no por voluntad infligida, no es cosa de todas las noches, espaciados serán los encuentros, casi furtivos, así lo ha dispuesto Narcisa porque nada quiere comprometer, ni correr riesgos, negado tiene el corazón para los suspiros, que fueron esos perdición de la marquesa, y quedan otras posesiones no por materiales menos valiosas: una que otra joya y algunos reales. El asunto entre los dos será cosa de la alta noche, un santo y seña, costumbre cimarrona, se ha convertido en ritual de cortejo. Le espolea la sangre. Él imita un ruido selvático, ella abre la puerta que comunica la cocina con el jardín, se van comiendo a besos, reculando hacia el interior y se detienen ya, al borde del paroxismo, cerca al aposento. Al alcance, sino de los ojos, al menos de oídas ha de quedar la marquesa. Ella parece no olvidar sus ganas de precipitarse en otros abismos.

Ni un momento Narcisa cejará en su empeño de recuperarla para la vida de ambas. Más, mucho más efectiva será con dominio sobre sus esfínteres y en mediana posesión de su autoridad. Teme su servidora que, de continuar enajenada, cierren la casa, y las trasladen adonde los progenitores, don Pedro y doña Rosalía, las reduzcan a un aposento que, junto con carantoñas, menos afectivas que inspiradas en la culpabilidad, y movimientos domésticos ajenos, le pueden significar una recaída a la marquesa. A Narcisa no sólo le va a coartar su renovada libertad, sino que la dejará al acecho de predadores y otros abusos que no han de faltar, con todo y ser de entendimiento general que sin ella la marquesa queda en condición de discapacidad, vulnerable a bruscos manejos. Y queda limitada doña Rosalía. De ordinario, ocupada en lo cotidiano, que los nacimientos y las defunciones y los actos litúrgicos y los rumores de vivo sabor, nada sabe de limpiar miserias; por eso entra en pánico cuando se acerca a fingir que acomoda los almohadones mientras se ingenia frases para apaciguar a su hija que se ha fruncido de seguro por esa charla cifrada. Hace el gesto de contener la arcada o su producto, se retira en busca de aire y frescor, se ofusca, grita. Lo propio hace doña Luz. Al baúl corre Narcisa, escoge bata y toallas, de paso por la mesa, recoge el aguamanil.

De tiempo

(…) que los otros soy yo tanto y en cuanto las identidades humanas
se imbrican y reconfiguran en contradicción y continuo.
La literatura narra estas imbricaciones cada vez más impuras,
más descentradas y frágiles.
Mayra Santos-Febres, *Sobre piel y papel*

ESTERCILIA SIMANCA PUSHAINA

(Comunidad Wayuu Paraíso, Resguardo Caicemapa, 1975) Abogada y escritora con reconocimiento nacional e internacional. Entre sus obras se destacan: "Manifiesta no saber firmar", "Nacido 31 de diciembre" y el "Encierro de una pequeña doncella", contenidas en la antología *Por los valles de arena dorada* (2017) de la editorial Santillana. Estercilia es considera una de las autoras indígenas las más influyentes en América Latina. Ha sido reseñada en distintas obras de académicos e intelectuales de Colombia y Estados Unidos, siendo la más reciente *Abogados de Ficción* (2021) de la universidad del Rosario.

Echa'o palante

"Niña Tellita, ¿cuándo vas a escribir del Real del Obispo?"
Empecé a llevar comida a la casa a los nueve años de edad.
Tuve que hacerlo. Sé lo que es pasar hambre, pasar de seguido
el desayuno, el almuerzo y que la cena sea un café sin azúcar,
con más agua que café, lo que me provocaba una fatiga mientras trataba de dormir. No se puede dormir con hambre. Mi
barriga y las barrigas de mis hermanos crujían de sentir, desde
muy temprano, el olor de la manteca caliente reusada del rancho
vecino, porque el dueño era un pescador. Entonces ahí sí había
qué comer. En la casa de los pescadores no se pasa hambre. No sé
si lo escuché o si fue el propio yo quien me lo dijo, mientras ex-
halaba el olor de la manteca vieja de pescado, para engañar a mi
estómago y salir a vender los bollos que mamá hacía, pero que
nadie quería comprar. Hasta hoy, no sé si era por ella que nadie
me compraba. Regresaba con el collar de bollos blancos a la casa,
aburrido y cansado de caminar, tratando de alcanzar los tracto-
res, cuyos choferes me compraban por lástima, porque habían
conocido a papá. Porque si papá no se hubiera estrangulado, mi
destino hubiera sido otro y no este que forjé, porque fue forjado.
No tuve sueños, no tuve ilusiones, las pocas que tuve me fueron
arrebatadas, destruidas, pisoteadas, como aquella de Catalina,
que se fue del puerto del Real sin despedirse de mí. La busqué
como todas las mañanas, sólo para verla. El propio yo me decía
que estaba muy andrajoso para acercarme a Catalina, pero esa
era la que me gustaba. La niña acomodada del Real, la niña que
escapó del pueblo, para huir del padre, que la abusaba; y de la
gente que la señalaba y la señalaba, porque su madre, cuando lo

supo, decidió quitarse la vida con un raticida. Estaba Catalina, con sus teticas de virgen, expuesta bajo la bata de dormir transparente que su padre le había regalado y que había encargado en las Barrancas de San Nicolás. La misma batica transparente que me puso a soñar con ella cuando también la vi cerca del pae, muy cerca, mientras yo cargaba la leña y la dejaba en su patio. Entonces, una mañana, cuando ya habían pasado las nueve noches de la muerte de su mamá, no la vi. No sé por qué, pero corrí al puerto. Mi propio yo me lo dijo: "Búscala que se te va". Solo alcancé a sentir el olor de su jabón piel de armiño en el puerto. De Catalina no supe más, hasta que escuché…

Catalina, ven acá.
Una tarde en la playa no se olvida.
Yo me fui para el mar con catalina.
En la tarde estival se presentía
que la felicidad no duraría:
el mar se llevó a Catalina…

Ahora que la niña Tellita me lo pregunta, esas fueron mis ilusiones, que Catalina me viera, me saludara, que tocara mi pelo ondulado, pero nunca me vio cuando entraba por detrás de su casa a dejar la leña que mi hermano Raúl cortaba y que después yo entregaba en los patios de los acomodados del Real.

Este retrato siempre ha estado en la casa que les construí a mis hijos. Siempre se dirigen a él como "el abuelo" el pae de su pae. No lo conocí. Murió antes de que yo naciera; o nacido nunca fue a verme. En todo caso, sin un dato preciso. Nunca fui reconocido por mi pae, por las razones arriba expuestas. Si llevo su apellido, es porque "los hijos naturales" podían ser presentados por testigos ante el cura párroco. Siempre me he referido a él como "mi difunto padre", del que conozco lo que me han contado, que navegaba en una piragua por el río Magdalena llevando contrabando. Tuvo varios hijos de sus amores en cada puerto, del que solo conozco uno. Por eso quiero dos veces e infinitamente a mi pae, por ser mi pae y por el cariño del abuelo ausente, al que nunca conocí.

De esta fotografía creo que era la que dejaba mi pae a cada amor, en cada puerto para llenar el vacío del ausente con ella…

¿Por qué es que te resientes,
si apenas he llegado?
Sabes que estaba ausente
y mi amor no ha cambiado.
He vuelto lleno de cariño
y con ansias de amarte y quererte más…

Y así, el ausente iba de puerto en puerto, entregando un amor corroncho. Todas seducidas por mi pae, lo dejaron de querer cuando mi mae salió embarazada. Le perdonaban lo mujeriego, pero no el embarazo de su cuñada. Sí, el padre ausente, el padre difunto era el novio oficial de una hermana de mamá. Imagino el dilema entre ellas, imagino el dilema de mi pae entre él "ella y tú" …

Ella y tú, mi amor, me tienen loco y desesperado.
Ella y tú, mi bien, me tienen mal, sin saber qué hago.
Ella y tú, mi amor, me tienen loco y desesperado.
Ella y tú, mi bien, me tienen mal sin saber qué hago.
Sí, sí, ay, me tienen triste y desesperado.
Que sí, mi amor, ay me tienen loco y desesperado

La niña Tellita se acaba de enterar de que su pae y su abuela paterna sacaron sus respectivas cédulas el 19 de septiembre de 1961. La estremeció ese hallazgo, ella que está rodeada de objetos viejos y seleccionando lo que sirve y lo que no para hacer una hoguera. Se encontró con varias cédulas viejas, aquellas primerísimas llamadas "cédula de ciudadanía laminada" y esa fascinación que tienen los abogados que escriben como ella por los documentos antiguos. Empezó su examen. Lo primero que vio fueron las fechas de nacimiento y expedición y le asombró ese hecho, porque se imaginó de todo: que mi mae era madre soltera, que me parió a la edad de Cristo y que también estaba indocumentada. Siguió averiguando y se dio cuenta que el 18 de julio de 1961 expidieron la Ley 39 de 1961, la cual entró en vigencia de inmediato. Ahí se dictaban normas para la cedulación y otras de carácter electoral. Es decir, también pudo ocurrir que hicieron una jornada de esas que se hacen en los pueblos. Porque resulta que, según el Artículo 1°de esa ley, *"A partir del primero (1°) de enero de mil novecientos sesenta y dos (1962), los colombianos que hayan cumplido veintiún (21) años solo podrán identificarse con la cédula de ciudadanía laminada, en todos los actos civiles, políticos, administrativos y judiciales"*. En todo caso, no deja ser épico para ella que su pae y su abuela hayan sacado la cédula el mismo día. Yo me fui muy joven de la casa, muy niño, pero siempre le di vueltas a mi mae. Entonces regresé a sacar mi cédula en el Real. Estos son los eslabones perdidos que ella ha ido encontrando y uniendo para determinar su origen negro. Solo cuando se sabe de dónde uno viene, el camino que uno escoja será consecuente, responsable y sin imposturas. Fue lo que dije a la niña Tellita. Que de los años mil seiscientos a mi nacimiento, me unen trescientos cuarenta y un año; y hasta la fecha de hoy cuatrocientos veintiún años; y que ella está ahí también como una diáspora que transita por territorio Wayuú. Su universo de pulowi se cruza con el mohán del río grande de la Magdalena en sus sueños de madrugada y conversan. Que entre más años pasen, más se une. Que nada, ni el tiempo, ni las generaciones, te separan del origen.

Tuve que salir muy joven de la casa. Quizás tenía trece años. La pobreza y las condiciones extremas de un pueblo de la ribera del río Magdalena me hicieron tomar esa decisión. Sabía pescar, bogar, cargar bultos y sabía decir sí a cualquier trabajo que implicara esfuerzo. Vendí naranjas y limones hasta altas horas de la noche, hasta que me salió un espanto que me dio fiebre y temblor. Vendía agua en balde, que llevaba en una especie de balanza cuyo eje era mi cuerpo; y mis hombros, el soporte. Me alegraban los telegramas o marconis que llegaban al otro pueblo y cuyo viaje significaba para mí una dulce bolita de coco, cuando me pegaba al cartero esperando recibir una carta de Catalina. Me monté al ferri, al barco de vapor y me llevó a diferentes partes de Colombia donde era navegable el río Magdalena. Hice ese

viaje de amor de Florentino Ariza y Fermina Daza. A los diecisiete años escuché de Venezuela. Volví al Real a llevarle algo a mi
mae y me fui. Siempre sueño con ella y pronuncio su nombre
para mantenerla viva en mi memoria…

¡Mama!
Mama,
Ay, mama.
Qué bello sueño tuve ayer
Mama, pero mi mama, ay, mama.
Yo me volví a enniñecer.
Íbamos los dos, en un gran barco de papel.
Donde yo era el capitán en el país de la ilusión.
Y qué orgullosa estabas tú

Comencé mi travesía hacia una tierra hostil de la que se hablaban muchas cosas: La Frontera. La crucé y me instalé quién sabe
en qué parte de Venezuela. Aprendí a cortar cabello y entre mis
clientes estaban los de la guardia. Un día, sin previo aviso, fui
deportado y dejado en la raya. En el camino, mientras me daban
culatazos, supe que era porque había trasquilado a uno de ellos.
Allá escuché de Maicao, y fue ahí donde cargué bultos, empaqué
mercancías y ahorré…

Oh, yeah.
Escúchalo, Maicao.
Roberto Solano,
Bacano.
Uehh
Sonriente viene Rosario
por las calles de un lugar.
Ada ba da ba da da ba da ba da ba pa
Galante luce su traje
por las calles de un lugar.
Mientras de arriba una nube,
su llanto de granizado,
corre y se ampara la gente,
la niña pierde un calzado.

Resbala y cae
en los charcos del mercado.
Tolón tolón, dicen las gotas,
por los charcos de un lugar

No me gusta ser subyugado y, a la primera oportunidad, mandé hacer una chaza, que surtí de cortaúñas, peinillas y cosas de cacharrería. Mis clientes fueron los ciudadanos venidos de todas partes de Caribe, en busca de Venezuela. Algunos no regresaron. De ellos se dice que, después de limpiar terrenos baldíos, fueron asesinados y tirados en fosas comunes. Otros, abandonados en medio de la nada. Y otros, aparecieron cuando, después de casi 40 años y varias repúblicas, el presidente Hugo Chávez Frías les diera la cédula de ciudadanía.

Cuando mis hijos nacieron, había sorteado toda clase de obstáculos. No me gustaba que mis hijas barrieran, ni que se levantaran temprano; y todo lo que ellas querían, se los daba. Les di a mis hijos lo que el niño aquel del Real no pudo tener.

Esta fue mi segunda adquisición. Después de ahorrar por un tiempo pude adquirir esta colmena en la entrada del Chacaíto. Primero fui sastre y después me dediqué a la venta de zapatos de cuero, los cuales traía de Bucaramanga. De allá traía los vestidos de encajes de la niña Tellita. Aquí pasamos muchas temporadas de vacas gordas y flacas. Eran más gordas que flacas para todos aquí en Maicao: para el que cambiaba bolívares, para los revoleadores, para los empacadores. Para todos había. Antes de aprender a sumar, la niña Tellita acomodaba los billetes de ambos países, que yo tiraba al piso, porque había mucha gente que atender. Las navidades eran extraordinarias. Creo que a mis hijos no les perturbaba estrenar, porque se hacía en cualquier momento. En cada llegada mía de Bucaramanga con sus vestidos de encajes, sus medias veladas y zapatos blancos de hebillas plateadas.

Quizás tenía como siete años la niña Tellita cuando vio varios hombres armados llegar a la colmena. Como ahí se vendían zapatos de cuero y en esa época gustaban mucho las botas y los revólveres, al estilo de la serie "Bonanza", yo abría las cajas donde venían las botas fabricadas en Bucaramanga, ellos las olían y se las ponían, preguntaban los precios y pagaban sin pedir rebaja ni esperar el cambio. Hubo uno que no encontraba acomodo, ni con las botas, ni conmigo. En esa época de intolerancia fastidiaba todo porque sí. Disparaban por ver caer al muerto, por mi acento, mi forma de hablar rápido y gotpeao; y ese "uff, carajo", que uso y usaré, desató la furia del hombre de las botas y revólver niquelado, quien se levantó y pretendió llevar las botas sin pagar. Mi mujer y la niña Tellita vieron todo detrás de la vitrina.

—Valen $150 la botas —le dije—, mientras los demás pagaban.

—Me las llevo, y no te las voy a pagar.

—Las pagas o te las quitas —dijo mi mujer detrás de la vitrina.

Yo solo imaginaba lo peor, solo esperaba el primer disparo.

El marimbero pagó, mirando fijamente los ojos de la "chinita". Fue mi primera lección de la fuerza de las mujeres Wayuú.

Ahora sí que les gané
al chisme y hasta el no sé qué.
Me paré, me paré.
Echao pa' lante y preparado.
Oye, es que ya estaba muy bueno.
Echao pa' lante, ahora tú va a ver.
Echao pa' lante, ahora tú va a ver
¡Cómo!
Ahora tú va a ver.
Ahora sí que les gané.
Ahora tú va a ver.
Al chisme y hasta el no sé qué.
Ahora tú va a ver.
Derroté, derroté.
Ahora tú va ver

Lo que nunca logré fue que mis hijos comieran morrocoy e hicoteas. Cierta vez llegaron unos parientes con una costumbre de Semana Santa que los marcó para siempre. Había en mi casa un corral de morrocoy y a todos los querían. Tanto me di cuenta del cariño, que si tuve otras intenciones las dejé a un lado para no verlos sufrir. Los veían haciendo el amor y celebraban cuando muchas lograron poner sus huevos. Pero el corral pasaba mojado y nunca fue posible un nacimiento de morrocoy en la casa Simancas. Los parientes que llegaron a la casa iban de paso para Venezuela y no sé por qué se les dio por pasar por mi casa en semana santa y fijarse en los morrocoyes para su cena. Entre todos ellos, bajo la mirada horrorizada de mis hijos, se les dio por matar a garrote certero en el caparazón duro a una de ellas, todo porque estábamos en semana santa. Todavía la niña Tellita me reclama: "No entiendo por qué esa costumbre de matar a los animales en esta época, para que la carne de ellos te borre los pecados". Ella, mientras rezaba el rosario, le pedía a María que hiciera que la morrocoya pusiera muchos huevos en el estómago de los comensales y brotaran de sus intestinos morrocoyitos, hicoteas y tortugas y se comieran sus tripas de trogloditas, como se comían las verdolagas que nunca dejaron de nacer en la casa.

Taba la tortuga bajo del agua, bajo del agua, bajo del agua,
haciendo su ruido como cosa mala.
Taba la tortuga bajo del agua, bajo del agua, bajo del agua,
haciendo su ruido como cosa mala.
Taba la tortuga bajo del agua.
Taba la tortuga de corazón.
Taba la tortuga bajo del agua.
Taba la tortuga de corazón

Hay noches y despertares en que siento estar de nuevo en el rancho de mi mae, en donde una tarde llegó un fotógrafo y nos retrató a todos sus hijos con ella, a la niña Cristi, a mi hermano Raúl y a mi hermano Manuel, que vino a ser para nosotros como un niño dios en un pesebre, blanco y terso. Mis hermanos y yo éramos una sinfonía distinta de apellidos, rostros y piel. Mi hermanito era blanco, hijo de un blanco que heredó lo esclavista, porque aún tengo cicatrices de los latigazos que me daba. Un día llegaba un envuelto de los Portillo para la niña Cristi. Otro día un envuelto de parte de los Pérez para mi hermano Raúl. A mí nunca me llegó un envuelto que tuviera así fuera ropa usada y panela.

Los pacs dc cllos vivían y sc acordaban dc cllos dc vez cn cuando y de cuando en vez, pero el mío estaba muerto.

Mi mayor temor, cuando veía crecer a la niña Tellita, era que se encontrara con un caminante como yo. No quería para ella un hombre que llevara los pasos infinitos que me tocaron a mí. Porque cuando un caminante duerme, no sueña; recuerda mientras duerme y la mente lo lleva nuevamente a esos pasos de niños, sobre todo de niño. De niños, los caminantes nos tropezamos seguidamente, se nos caen las cosas de las manos y vive uno con temor a un regaño, como si la vida nos enseñara que ese será nuestro camino. La vida me quería enseñar, pero no me dejé enseñar de ella. Esa fue mi primera lucha. La vida quería que me quedara vendiendo limones, jarreando agua en el balde que llevaba en una especie de balanza, cuyo eje era mi cuerpo; y mis hombros, el soporte. Eso era lo que quería la tal universidad de la vida. Por eso fui un caminante, y no les digo las veces que desperté al lado de una mulata dejándola dormida y seguir mis pasos infinitos. ¿Qué habrá dicho cuando le preguntaban quién fue tu amante?

Llevo el paso infinito del caminante.
Yo nací en una tierra lejos de aquí.
Si alguna vez preguntan quién fue tu amante
diles que fue un caminante que la vida trajo aquí.
Llevo el paso infinito del caminante.
Yo nací en una tierra lejos de aquí.
Si alguna vez preguntan quién fue tu amante
diles que fue un caminante que la vida trajo aquí

Los ecos de estas voces que ustedes logren escuchar, aquí mientras leen, se los llevará el Magdalena. Quizás, es posible que quizás, se acuerden de este negro chombo, cuando tengan la oportunidad de navegar por él y puedan ver los manatíes de mi inocencia, los manatíes que no huían, pero que ahora se esconden. No hace poco mataron a una manatí hembra en Tasajera. Los pescadores no somos así. Hay un eslabón perdido en ese oficio, porque los manatíes se cruzaban con nosotros como si fueran sirenas y no los levantamos a palo, como hicieron en la ciénaga grande de Santa Marta. ¿Qué más tiene que ocurrir en Tasajera? Las veces que llevaba a la niña Tellita a Barranquilla y pasar por Tasajera, un pueblo completamente gris y con olor a pescao. Después que me leyó "El ahogado más hermoso del mundo", ha creído ella en esa idea de que Gabo lo escribió pensando en Tasajera; y en su mente de niña y ahora sigue creyendo que ahí todos los hombres se llaman Esteban. La recuerdo preguntándome:

—¿Papi, aquí todos se llaman Esteban?

—¿Qué inventas niña Tellita?

Entonces escucharan esos ecos del niño que cantaba quién sabe qué canciones. En todo caso cantando con un corazón lleno de ilusiones arrebatadas y renacidas una y otra vez...

El eco de mi canto se lo lleva el Magdalena.
Negro Chombo va cantar, pa' que venga su morena.
Aehhhh ehhhh aeh chevere vere vere bembem.
El eco de mi cantó se lo lleva el Magdalena.
Negro chombo va cantar, pa'que venga su morena.
Aehhhh ehhhh chevere vere vere chevere vere vere bembem

A veces la niña Tellita me pregunta: "¿Qué sonidos escuchas?" Cuando guardo silencio escucho sones de pajarito y bailo, como el niño que vendía limones y naranjas en el puerto del Real del Obispo, en el mismo puerto donde cuenta la leyenda que un obispo que iba a Tenerife se detuvo y perdió un real. Estando en Tenerife se dio cuenta que lo había perdido y se regresó. Un niño como yo lo esperaba con el real que se había encontrado y se lo devolvió; y desde entonces lo llamó "El Real del Obispo". Pero ahora escucho un...

Notan un tongo africanizao
No es mi intención tocarla así.
Dicen que yo soy negro enrazao.
¿Qué culpa tiene papá? No sé.
No hay corazón tan duro aquí, que mi tumbao no ponga a gozá.
La música no tiene tabú, te cambia tristeza por gozo

¡Upa!

Colofón

La otra parte de mi vida comienza contigo. Casi no te menciono, pero no hay un día en que no piense en ti. Me abruma la incertidumbre pensando en el pasado reciente cuando tú me enseñaste a pensar en el futuro cercano. Estoy tan arraigada al pasado por una desconocida necesidad de saber por qué estoy aquí. Por qué me equivoco tanto y por qué opté por el camino más peñascoso, cuando tú te afanabas para que caminara por los senderos que limpiaste y las espinas no hincaran mis pies. Todas las mañanas buscaba tu olor en la camisa que dejabas tirada en el piso, en la cama o en el sofá, porque pensaba que tu sudor me daría la fuerza que siempre he querido tener. Soy dueña del color de tu piel, de tu cálida mirada y de la danza constante de tus pasos al caminar. Soy la dueña, porque los heredé de ti. Mi petición nocturna, cuando los gatos azules acechan en el techo, es amanecer abrazada a la fuerza de tu alma.

Al dueño de la fecha de mi nacimiento, mi papá.

La niña Tellita

URIEL CASSIANI

(Palenque de San Basilio, 1971) Es un afroconsciente, columnista de la revista *El Comején* (Madrid, España). Ha sido invitado a la FILBO (Bogotá, 2011); a la Fiesta del Fuego (Santiago de Cuba, 2017); al Primer Simposio Palabra Tomada, sobre Literatura Afro-latinoamericana (Cartagena de Indias, 2018); al Primer Encuentro Internacional de Poéticas Bilingües de Abya Yala (Santiago de Chile, 2019). Autor del poemario *Alguna vez fuimos árboles o pájaros o sombras* (2011); la novela *Música para bandidos* (2019) y del libro de cuentos *Variaciones lógicas de la memoria* (2020). Entre sus trabajos inéditos están *Conjuros para detener la tempestad* (prosa poética).

Rí nda patilo rí maya, rí jende ngandé abieto
El origen de la quiebra del sistema monetario mundial

Todos los ahorros, todos los esfuerzos de la familia los consumió la banca en un solo día, en un santiamén, en un abrir y cerrar de ojos. El banco no pudo responder por sus ahorros y los ahorros de Marcela de veinte años de trabajo. Lo único que ofrecía como reparación era ponerlos en una lista, para cuando el gobierno diera respuesta al problema. Con pavor, Alejandro escuchó al gerente del Banco BBVA. Alcanzó a preguntar: "Señor gerente, ¿cuándo nos dará respuesta con el problema de nuestro dinero?". El gerente, sin compasión, le respondió: "Señor Alejandro, solo mi Dios lo sabe".

Alejandro se levantó de la silla como buen cliente adiestrado por el sistema para no protestar. Hundido en una enorme tristeza se dirigió a su casa. Recordó los días de hambre, los esfuerzos para hacer los dos pregrados y la maestría. Su madre, consumida por un cáncer despiadado, no alcanzó a gozar el fruto de su trabajo.

La quiebra del sistema monetario mundial fue la noticia que comentaban hasta los niños en la calle. La prensa hacía su festín morboso cada vez que una persona saltaba de Wall Street o la encontraban colgada en un apartamento de cualquier ciudad del mundo, por la misma causa.

Su mujer, desde la ventana, lo vio venir caminando como quien carga encima un muerto. No hubo necesidad de palabras. Al abrir la puerta se abrazaron y lloraron. No había alternativa.

A los cuatro días sonó el teléfono. Alejandro corrió a contestar pensando que era el gerente del banco, quien en persona quería darle la noticia de que sus ahorros estaban a salvo. Que todo obedeció a una lamentable confusión bancaria. Pero solo era el dulce deseo de querer cambiar la realidad, lo que por él pensaba.

Al otro lado de la línea estaba el hijo menor del matrimonio. Llamaba para decirles que ya no tenían comida, tampoco dinero para transportarse a la universidad. Erasmo hablaba cuando su hermano gritó: "¡Dile a mamá que tenemos hambre!". La madre de los muchachos corrió a la habitación. Al día siguiente, cuando Alejandro regresara de exigirle una solución a quienes confió su dinero, la encontraría con los ojos abiertos para siempre.

En el banco ya no era tratado con ese cariño de cliente *Gold*. Ya no le ofrecían té inglés. Ahora era un indeseable. La última vez que fue a reclamar su dinero, el gerente ni se dignó a recibirlo. Le mandó decir que estuviera pendiente a las listas que pondría el gobierno en los periódicos. Que, si en un año tenía noticias, lo llamaría a sus teléfonos o le escribiría un *email*. Alejandro, al levantarse de la silla, abrió los brazos al cielo, para preguntarle cosas que tenía atragantadas: "Dígame, ¿qué voy a hacer ahora? Pensábamos irnos a vivir con nuestros hijos a Londres; vendimos las casas, las fincas, los autos, y todo ese dinero también se lo confiamos a ustedes, díganme que es una broma, por favor".

Los otros clientes, ahora compañeros de tragedia, se acercaron a su dolor, era el mismo que llevaban en los ojos. Lloraron. En algún momento se sintieron ridículos y cada uno salió a andar sus pasos. Camino a casa, Alejandro pensaba en Marcela, ¿qué le dirá ahora? No sabía que Marcela ya no estaba. Le llamó la atención que no estuviera en la ventana donde últimamente lo esperaba. Estaba sentada al lado de la mesita del teléfono, con los ojos abiertos, sin esa sonrisa que debían tener al morir las personas que descansarían en paz.

Tuvo deseos de beber de un frasquito que ella dejó caer seguramente en la agonía. No tuvo valor o recordó que aún le faltaba cumplir algunas tareas en la tierra de los hombres, aunque no pudo recordar cuál era. La abrazó, la besó y lloró hasta que tomó consciencia que estaba muerta y debía enterrarla.

Sus hijos se enteraron a los pocos días por una llamada que él mismo les hizo. Lloraron porque la mala suerte se les vino encima sin aviso sin alguno. Le rogaron abandonar la ciudad, que fuera a Londres. Allá había oportunidades, y juntos lucharían por la memoria de tan buena persona. Alejandro les suplicó un tiempo más en la ciudad de sus amores, y les pidió que por el momento se concentraran en terminar sus pregrados. Sería el mejor homenaje que podrían hacerle a su madre.

Dos años pasaron, y Alejandro, quien tenía el aprecio de mucha gente en la ciudad, consiguió un buen empleo y empezó de cero con éxito similar al que tuvo al lado de Marcela. Había pasado el año que señaló el gerente y no lo llamaron del banco. Su nombre jamás apareció en las listas del gobierno.

Dos años pasaron desde la muerte de su esposa. Encendió velas por cada aniversario de su matrimonio. Esa noche soñó con Marcela; le decía que tenía Sarc Covid 19, una pandemia que había dejado treinta y ocho millones de contagiados en el mundo y doce millones doscientos cincuenta y dos mil muertos. En el sueño, porque la enfermedad la ahogaba, le pedía que se apurara en descubrir cómo funcionaba el virus. Que ella no quería morir, sino verlo destruido. La volvió a ver, pero el rostro de su amada era ahora el del gerente, quien reía burlón.

Alejandro era un genio informático, pero su primera profesión había sido la microbiología. Por lo tanto, pudo comprender la composición molecular del patógeno a partir de la publicación que hizo el Ministerio Popular de Salud de China, y de sus propias investigaciones. Descubrió como las más importantes farmacéuticas del mundo lograron dar en tiempo récord con las vacunas necesarias. Le llamó la atención la estructura de las vacunas de Spunink y Pfizer. Eran unos algoritmos biológicos, los que a través de un mensaje daban aviso al sistema inmunitario de la presencia de un virus letal, por lo que le pedían al organismo aumentar exponencialmente sus defensas. Alejandro entendió esos algoritmos y dedicó sus horas a observar cómo funcionaba el sistema de redes, cómputo y transferencia del sistema bancario, sus cajeros, transacciones nacionales e internacionales. Estudió el Bitcoin y su funcionabilidad virtual. No fueron menos de dos años cuando logró crear un virus que se ramificaría por todo el sistema monetario mundial, como lo hizo el Sarc Covid 19 en tampoco tiempo. Su virus consumiría todo billete, como lo hace el fuego con el papel. Pero el suyo sería un fuego invisible, quiso ir un poco más lejos y trabajó ocho meses más, para que la misma lepra consumiera el sistema de monedas virtuales. "No tendrán refugio", se repetía. No quería dejarles opciones a los multimillonarios de la Tierra. A los amos de la avaricia. Todos pagarían por la muerte de Marcela, asegurándose de que por fin las clases populares y las clases medias del mundo reaccionarían del adormecimiento y asesinarían a quienes los expoliaban sin piedad alguna en todos los rincones del globo terráqueo. Habría un efecto dominó en la reacción de los usuarios de los bancos, desde Beijing hasta las otras tres esquinas del mundo.

Llamó a sus hijos a Londres para preguntarles si le habían obedecido en eso de no volver a poner una sola libra esterlina en la banca. Ellos respondieron que tenían mucho dinero guardado, como él les explicó que se hacía en el tiempo del abuelo. Tenían cuatro cajas fuertes repletas de dólares y euros; y otras cinco con yuanes, rupias y rublos. Habían convencido a sus amigos (a esos que les dieron la mano en los más duros momentos de sus vidas) de hacer lo mismo. Eran sus amigos más queridos. Alejandro los felicitó. Después de hablar con sus hijos, reservó virtualmente tiquetes para ir a la capital de la Gran Bretaña. Pasó su carta de renuncia el otro día. En ella agradecía al gerente esa oportunidad que salvó su vida y la de sus hijos.

Al final del mes, veinticuatro horas antes de abandonar su ciudad, llegó al banco BBVA sede SAO, con cincuenta millones de pesos en efectivo. Les explicó que la mitad de esos recursos deseaba invertirlos en una moneda virtual.

La noche anterior untó el virus en los billetes donde no podría ser detectado por maquina alguna, porque era incoloro e inodoro. Puso en todos los billetes una especie de algoritmo que iba dirigido a la moneda virtual. En sus ensayos pudo comprobar que el virus resultó ser tan agresivo que en veinticuatro horas volvía ceniza, pero sin fuego, todo papel moneda que encontraba a su paso, haciendo de algún modo inservible todo el metálico.

Cuando el gerente supo que ahí estaba su cliente estrella de otro tiempo, salió en persona a recibirlo, a darle un abrazo de reconciliación con el sistema bancario. Alejandro no aceptó condolencias o cosa parecida por la partida de Marcela. Sin resentimiento, le hizo saber al gerente que la vida era así:

Doctor Eustolfio Tartufo -dijo con fingida resignación-, si nos dejamos llevar por las emociones, el mundo del capital se estanca. Vengo a consignar dinero. Estoy recuperado. Además, deseo que comisione a alguien del banco, porque voy a entrar en el negocio de la moneda postmodernista: el Bitcoin.

El gerente, emocionado, le respondió que sí y preguntó qué cuánto consignaría en efectivo y cuánto invertiría en Bitcoin. Alejandro le entregó un papel con las cifras y el gerente le ordenó a la auxiliar de cocina atender a don Alejandro. Le trajeron ese té inglés que enamoraba su paladar. Cruzado de piernas en la oficina del gerente, esperó su turno sin afanarse. Las empleadas le volvieron a decir lo buen mozo que estaba a sus sesenta años. El gerente hizo una broma cruel cuando le dijo que deseaba que su mujer muriera, para escoger una muchacha de buen talle y rostro por esposa, como esa Minora Patricia que atendía con gracia a los clientes. Alejandro estuvo de acuerdo y le habló de esos amores que no tenía. El gerente le dijo: "Alejandro Reyes Cañate, usted es un ejemplo de la resiliencia de nuestro sistema capitalista".

Alejandro se despidió con una sonrisa que resplandecía un poco más frente a la cajera, quien tomó el efectivo, lo contabilizó y le puso cintas y sellos de BBVA. En el acto empezó a prestarles dinero a sus compañeros, por lo que la sonrisa de Alejandro creció en satisfacción. Tomaron el dinero que les indicó para convertirlos en Bitcoin, por lo que debió esperar. Después de un rato le imprimieron un documento y le entregaron unas claves, que debería cambiar por otras que tan solo él podía conocer. Al otro día un carro blindado recogería parte de ese dinero para llevarlo a la bóveda. Los técnicos pondrían muchos fajos contaminados en los cajeros. El virus pronto estaría en el corazón del sistema bancario. Su objetivo misional era el Banco de la República y La Reserva Federal de los Estados Unidos. Salió del banco, y un auto con sus maletas lo esperaba. Se despidió de la ciudad de sus amores y se fue a Londres. Se encontraría con sus hijos para reponer, de algún modo, los días de felicidad que el sistema bancario le había robado.

A los tres días almorzaron en la 326 *Garratt Lane Earlsfield*. La BBC de Londres interrumpió la programación habitual para dar la noticia que esperaban, y conmocionaría nuevamente al género humano. La presentadora, con su sonrisa exclusiva, informaba a la sociedad londinense y al mundo que a cuatro años de haber superado el Sarc Covid 19, la humanidad debía prepararse para enfrentar un nuevo virus. Desconocían los científicos financieros si alcanzaría a ser pandemia. Era un virus que volvía ceniza los billetes en los bancos o en las manos de la gente sin una pizca de fuego -el noticiero mostró imágenes. La periodista, consternada, continuó relatando-: "en todo el planeta los billetes se queman por arte de magia. Y la moneda virtual, al intentar cualquier tipo de transacción o movimiento, cambia sus algoritmos y se vuelven letras de un idioma desconocido. Los bancos, las bancas virtuales y los bolsillos de la gente, a setenta y dos horas de haber sido descubierta la nueva plaga, prácticamente se quedaron sin una libra esterlina, dólar, euro, yuan, rupia y sin un rublo. Es el fin de los tiempos".

Los clientes del restaurante saltaron conmocionados. Alejandro y sus hijos hicieron lo mismo, para no despertar sospechas. En el mundo los medios de comunicación y las redes sociales, empezaron a dar cuenta de todo tipo de teorías conspirativas. Lo cierto fue que a los pobres de los países se les agotó por fin la paciencia, y empezaron a matar a sus presidentes, primeros ministros y a quienes los acompañaban en el gabinete. En masa fueron por los banqueros y sus empleados, porque en un mes el virus llegó hasta la última latitud de la Tierra. Alejandro, sus hijos con sus esposas, y algunos de los amigos de sus hijos con sus familiares, quince días antes de la crisis global, alquilaron aviones privados. Y, antes de que todo tomara un profundo color de hormiga, decidieron cambiar de vida: se fueron a vivir junto a unos monjes, cerca de un pueblo olvidado de India, Rusia o China, nadie lo sabe. Los científicos y las principales agencias de inteligencia del planeta no han podido descubrir la composición molecular ni el origen del virus, que es incoloro e inodoro. En cualquier caso, al igual que el Sarc Covid 19, atribuyen el virus bancario a la naturaleza humana.

GIUSSEPE RAMÍREZ

(Cali, 1990) Magíster en escritura creativa del Instituto Caro y Cuervo. Escritor habitual de cuentos. Ha publicado en colecciones como el *Maletín de Relatos Pacíficos* (2017) y la antología *El Pacífico Cuenta* (2018); así como en las revistas *El Malpensante* y *Literariedad*, y los periódicos El Espectador y El Pueblo de Cali.

Cebras galopan en mi cabeza

Hasta ayer, la única instrucción era hacer la compra en la misma tienda todos los días, pero variando la ruta y el horario, con cuidado de pisar las hojas secas desprendidas por los algarrobos y los arrayanes.

Para llevar a cabo la acción, para completarla, debía armarme de una paciencia firme que no hiciera saltar chispas antes de tiempo. La jefa me llamaba y me decía, siempre desde un número distinto y a veces con indicativos de otro país, que me calmara y que fuera paciente.

Una vez pregunté si este sería un acto de martirio.

La jefa dijo que eso dependía de la logística y de cómo se desenvolvían las cosas, de la voluntad del enemigo. No lo descartaba.

Apenas hace un rato, frente a frente, la jefa me ha dado el ok. Hoy, después de todos estos días aguardando la señal, sentada en la misma posición, cansada, leyendo periódicos durante horas, mientras intentaba controlar la ansiedad con cigarrillos y chicles, vuelvo a preguntarme quién soy, si lo que hago servirá de algo, si mi acción cambiará en algo la historia, aunque sea un simple canje.

La jefa dijo que sí, que mi acción se precisa, que hoy acaba la espera; y me miró con firmeza los ojos irritados. Que vaya, fue lo último que dijo antes de levantarse.

Acaba de irse de la casa, no podía quedarse mucho tiempo.

En la mesita de centro hay una taza con ripio de café en el fondo, un cuenco amarillo con inscripciones indígenas, lleno de monedas (acuñadas hace dos años, pero convertidas en piezas de museo por mano de la inflación), inscripciones de insectos y de ranas formadas sobre todo por líneas rectas, y un cenicero que contiene un par de cigarrillos que aún echan humo. Sobre el sofá, forrado en cuero marrón, hay una cobija y un computador. En el navegador hay tres pestañas abiertas de webs de periódicos que informan sobre la crisis.

コンドルの土地は燃えます

BANANENREPUBLIK IN DIE KRISE

THE TYRANT'S SUITS

Un metro más allá, cerca de la ventana, Celia está tumbada sobre la colcha de sol, que se proyecta a través de las rejas de la ventana hasta el centro de la sala de piso ajedrezado, en casillas ocre y teja. Un gruñido hambriento, feroz, emerge de su panza. La crisis también ha pateado el estómago de Celia. Alcanzo a escucharlo mientras mastico chicle. Escupo el chicle en mi mano derecha y lo lanzo, presumida, hacia la taza del café (intento matar el tiempo con estos juegos tontos). El chicle avanza veloz, atraviesa el humo del cenicero. Cae dentro de la taza. Hago un gesto de fanfarronería frente al espejo —marco caoba, grabados coloniales— de medio cuerpo donde se refleja la sala. Pero mi expresión cambia de repente y los ojos se me van al fondo del espejo.

Me estudio detalladamente, como si fuera una extraña que me causa aprensión. Reparo en mi frente, en las líneas de expresión que de ayer a hoy parecen haber aumentado brutalmente, sin misericordia, en la piel estragada por el sol. Deben ser resultado de este último día, de la ansiedad que está a tope, agitada, bullendo, encaramada sobre el pecho como un íncubo salaz y asqueroso. Pienso todo esto y vacilo.

Siento especial curiosidad por lo que deben pensar los demás cuando los miro y los estudio. Siempre me he preguntado si mirar es como tocar. He intentado descubrirlo varias veces. Lo cierto es que nunca lo he logrado. Advierto los detalles en las pupilas y el iris, las zonas más claras y oscuras, los gestos imperceptibles de un ojo a cierta distancia. Los músculos del cuello se contraen, se tensan como en un calambre.

Una sensación de intranquilidad se aloja debajo de mi pecho, justo en el centro, adentro del tatuaje. Respiro profundo para espantar, para exorcizar, lo que sea que fuere esa presencia. No puedo. Percibo la desfiguración de mi cara. Entonces me detengo y vuelvo a tomar aire.

El fresco olor de los geranios me llega desde el comedor. La voz del presidente, que gesticula y se expresa con ademanes enérgicos, teatrales, atraviesa el espacio desde la pantalla hasta mis ojos. Al fondo de la imagen, en medio de dos guardias, la bandera tricolor con el ave de rapiña posada sobre el mapa como escudo. Lo insulto mientras me ato el pelo con una cinta delgada y extiendo un pañuelo bastante largo frente al espejo. La tela del pañuelo es verde y en ella cabalgan cebras en mosaico a través de la sabana. No es el que más me gusta, pero me sienta bien. Lo doblo por la mitad e intento pensar en otra cosa fuera de la realidad mientras realizo cada paso, pero me viene la imagen del tirano.

Odiar al presidente es fácil. Continúa al mando, a pesar de que está allí desde antes de que yo naciera. Ya no se ve tan fuerte, pero aún le temen. Ya no aparece tanto en la plaza. Tiene el pelo blanco, los labios gruesos de los hombres que se practican cirugías, y ese gesto en la cara de que va a hacer lo que quiera, porque ya lo ha hecho, porque el límite para mantenerse allí, en ese asiento como trono, lo ha borrado desde hace tiempo. Ahora se pasa la mayor parte del día hablando lento, como si hiciera un esfuerzo para articular cada frase, por cadena nacional. Si no es él, es un ministro o un alto mando de las fuerzas militares. Solo pienso que algún día va a acabar, que se va a morir (ojalá en la plaza, colgado, o con la cabeza rodando por los adoquines). Por lo pronto, hoy es mi turno.

Extiendo la tela. Un cuarto de mi cuerpo se pierde en el espejo bajo el cuadrado. Doblo la tela a lo largo de su diagonal. Coloco el triángulo que se ha formado en la parte posterior de la cabeza, como me enseñó mi abuela. Paso las esquinas por la frente y realizo un nudo bien apretado. Doblo uno de los extremos por la mitad y lo escondo del lado derecho. Hago lo mismo con el otro extremo y lo escondo del lado izquierdo. Giro la cabeza un par de veces, para comprobar que ha quedado como lo haría mi abuela.

Voy hacia el televisor y lo apago con furia. Me ataca el súbito deseo de escupir la pantalla, de atravesarla con un martillo y ver el chisporroteo. Me domino. Trago saliva. Aún sabe a chicle.

Las sandalias de cuero relumbran cuando me paro sobre un rayo de luz que entra en la sala. Levanto a Celia, le acaricio el lomo y palpo sus costillas. Le digo chao, Celia. Ella entiende.

Me pongo unos lentes oscuros. Voy hacia el cuarto. Agarro una bolsa de debajo de la cama. La dejo caer un poco, dos veces, para comprobar el peso. Salgo hacia la tienda.

A medida que me alejo de la puerta, la bolsa empieza a tallar mis dedos, a marcarlos. La cambio de mano. Una hilera de árboles me protege. Las calles están desoladas, como después de una batida. Bajo por la calle del Cañaveral, atravieso el Túnel Bicentenario. En la esquina, en plena avenida Varela, doblo a la derecha y después agarro derecho por Feijoo.

Uso la mano como visera. Dos palomas —una negra, la otra gris— se enfrentan por un hueso lleno de hormigas que está abandonado sobre el andén. La lucha es circular, larga, cruenta. Observo la violencia con que sacuden sus alas, los sablazos con el pico para ganar, desesperadas, el bocado. Por fin la más gorda y negra, la de pico más mortal, doblega a la gris y devora su trofeo.

Una mierda de perro, grande, húmeda, se atraviesa en mi camino. La esquivo a pocos centímetros dando un pequeño salto hacia la izquierda. Ahora los andenes son un tapiz de mierda. Digo perro, pero podría ser mierda humana o de cualquier animal que aún no se haya extinguido por el hambre. Es posible tropezar con esqueletos o con diversos ejemplares, aún con piel y pelo, aplastados en las calles como trofeos de chalet. Otros, con mejor sabor, fueron exterminados para saciar el hambre.

Ahora me tallan los dedos de la otra mano. Vuelvo a cambiar la bolsa de sitio.

Dos hombres fuman en el andén. Están recostados contra el viejo muro de una casa abandonada. Sus nalgas apoyadas sobre un grafiti fluorescente: un extraterrestre sosteniendo un perro persa y un gato egipcio que dice, con letras superpuestas y ajenas a las figuras, "El gobierno no creó orden sino sumisión". El humo flota alrededor de sus caras y después, como succionado por los cañones, baja hasta los viejos kalashnikov que llevan terciados. Debo caminar con atención, tomar precauciones. Cuando paso a su lado, le hacen un barrido a mi cuerpo. Los hombros se me endurecen, pero, antes, un temblor los atraviesa. Miran la bolsa. Bajo los lentes, muevo los ojos como un búho. Lo peor sería una requisa, que esculquen la bolsa, porque con ellos no es con quienes se ha acordado el canje. Lo más probable es que roben la bolsa y no haya canje ni haya nada. Pero ninguno salta sobre mí, ni silba, ni grita lo que me hará. No se acercan. Reina el silencio y la densidad. Solo oigo un pito a lo lejos que se pierde rápido y el silbido del viento que baja del cerro. Sin embargo, el silencio está cargado de miradas. Procuro seguir andando segura, pisar bien para no tropezar. Les doy la espalda y sigo mi camino hacia la tienda. Sé que aún me miran. Siento el peso de sus ojos en mi culo, en mi espalda que duele, y sus fusiles apuntándome mientras me alejo.

La calle huele a pólvora. Me rasco la nariz. Aún quedan partes de barricada que echan humo.

La extensa sombra de otra hilera de árboles se desparrama por la calle y me protege. Descansaré del sol por tres cuadras y eso me parece una bendición. Tengo el puño cerrado y está húmedo. La bolsa se me escurre. Me seco el sudor en la falda y soplo suavemente el cuenco de la mano para refrescarlo. También siento los pies húmedos, las yemas deslizándose por entre el cuero. Observo mis uñas sin pintar y muevo los dedos para que entre aire por debajo de las plantas.

Paso frente a una vitrina vacía que está fuera de la tienda. Sigo deprisa. Los hombres que se encuentran en el interior no me oyen entrar. Son tres y están concentrados en un juego de cartas. El sonido áspero de los extractores es un arrullo metálico que los tranquiliza y los mantiene desprevenidos e hipnotizados. De los tres, el más delgado, Kid Chocolate, empuja hacia el centro de la mesa, con fuerza, todo lo que le queda. "Voy todo", dice con cara de póquer, como si nada. Recorro la tienda. Las existencias sobre las góndolas pueden contarse con los dedos. Una res flaca, rodeada de moscas, cuelga de un gancho oxidado y renegrido. Exhausta, descargo la bolsa. Un golpe seco se escucha en el lugar. Una nube de polvo se arremolina sobre mis sandalias de cuero. Los hombres, al fin, sacan la vista de la mesa y del suelo. Dirigen sus ojos hacia mí. Manteca asiente. Me seco el sudor que me baja del turbante con el dorso de la mano. Digo:

—Un cuarto de mantequilla, dos panes grandes, media libra de café y un paquete de cigarrillos —es el código.

Pantera me inquiere.

—¿Lo trae?

—¿Qué cree que hay en la bolsa? —respondo con disgusto mientras me miro las cutículas.

Manteca se queda sentado. Kid Chocolate y Pantera dejan cuidadosamente sus cartas en la mesa y se levantan de sus sillas. La sombra de los extractores los corta en pedazos.

No sé por qué usan apodos de boxeadores, si no durarían más de un minuto en una pelea. El único poder que tienen estos hombres se los da el arma que cada uno lleva en la cintura.

Kid Chocolate, nervioso por cómo responderán los otros dos a la apuesta, busca mi pedido entre los estantes. Pantera abre la bolsa, se cerciora de que todo esté bien y la lleva hasta la balanza electrónica ubicada al lado de una vieja nevera de gaseosas.

Los extractores giran con esfuerzo, pero el bochorno es aplastante y se sostiene terco en el ambiente.

Kid Chocolate va hacia el fondo del local. Vuelve en menos de un minuto con algo en su mano izquierda. Toma una chocolatina vieja de la vitrina, casi derretida, de seguro chorreada toda al interior de la envoltura, y también la empaca. Mientras hace esto me mira. Tiene una mirada compasiva y triste. Pone la bolsa al frente y deja caer algo más encima. Desde un lugar que no alcanzo a identificar, empieza a salir un pitido insistente, apremiante, hasta que se detiene.

Desde la mesa, Manteca comienza a decirme lo que me haría. Su imaginación es muy pobre. Si pudiera le cortaría la lengua. Sin embargo, no es momento de sacar chispas, de hacer saltar fuego. Entonces salgo con la bolsa que me ha dado Kid Chocolate.

El cielo está sin nubes, cegador, imposible de mirar sin lentes. El sol golpea de lleno mi cara y su explosión me envuelve, me narcotiza. Una bandada de golondrinas cruza hasta perderse detrás de las montañas. Enciendo un cigarrillo. Seco los arroyitos de sudor que bajan por la frente a pesar del turbante. Doy una calada que se me filtra hasta el cerebro y ahora gravito entre una nube de humo. Expulso una bocanada densa, subliminal, y estudio el humo que sube lentamente acariciando mi rostro. Fumo hasta que la mitad del cigarrillo se consume. Ahora pongo el extremo encendido del cigarro dentro de mi boca, la brasa apagándose en mi lengua, sofocada en la zona donde advertimos lo dulce. Tiene sabor a tierra erosionada, retostada bajo resolanas inclementes, a humo de cañaduzal en medio de la noche, y a dulce lluvia de ceniza que cubre la ciudad. Agolpo todo el tabaco en mi boca, la amargura anudada en mi garganta, y escupo un hilo oscuro, café, malsano. Es más que solo tabaco y saliva.

Es hora. Estoy lista. La vitrina de afuera me devuelve mi figura, los márgenes de mi cuerpo en medio del bochorno, las montañas a mi espalda como un cuadro, las cebras que galopan en mi cabeza… también refleja, como cazadores acercándose, la imagen de unos hombres armados que descienden de una camioneta. Adentro de ella, en el asiento trasero, quedan aún dos personas. Una de ellas tiene la cara cubierta por un paño negro.

Me arrebatan la bolsa.

Preguntan mi nombre.

Callo.

Documento.

No me muevo.

La Jefa me ha advertido que si esto pasaba no debía hacer nada.

Me empujan lejos de la vitrina.

Uno de ellos separa mis piernas. Mete su mano por debajo.

Escarba. Limpia, dice.

Los hombres de la tienda salen y les entregan la bolsa que yo les acabo de entregar. Conversan con uno de los hombres y me apuntan con el índice, dibujan figuras en el aire. Desde la tienda, uno de los hombres armados hace una señal con la mano.

Movete, dice el otro y mete el cañón entre mis costillas. Con un golpe de la culata me quita los lentes, que caen lejos. Me viene un mareo. Sujeta uno de mis brazos y después, desorientada, se suceden, en mi campo de visión, tonos de oscuridad. En mis ojos ahora solo hay una mínima evocación de la luz, como una migaja. Me ha cubierto la cara con una capucha negra. Me ha atado las manos por la espalda.

Me arrastra tomándome por la axila. Sé que estamos en medio de la calle. Ahora me empuja por la espalda. Caigo de rodillas contra el pavimento. Una pesada gota de lluvia roza mi frente y se desliza por la nariz. Sé que afuera todo cambia. El sol se ha escondido. Rápidamente, el regusto de luz se disipa. Imagino una gran mancha, una nube cargada que abarca toda la Tierra y oscurece las cebras, la sabana, mi cabeza.

Me levanta y vuelve a arrastrarme. Hago lo posible por caminar y que mis pies no se raspen. Baja mi cabeza con brusquedad, como para que no me golpee contra algo. Subite, puta, dice. Levanto una pierna, luego la otra. Cuando me siento, escucho una voz de mujer a punto de llorar que se aleja. Cada sílaba, a una distancia mayor, dice: «Gracias».

La camioneta vibra en rachas cuando suben los que, imagino, son los mismos hombres que vi reflejados en la vitrina. Sobre la lata del techo cae la lluvia como una ráfaga de balas. Arranca y los neumáticos chillan. La cabeza se me golpea cuando tira hacia atrás. Alguien tira una bolsa entre mis piernas. Aunque tengo la cara cubierta, puedo imaginarme el aspecto de los hombres que acaban de subir, la acidez de su olor los dibuja gordos y sudorosos, con mugre debajo de las uñas.

RUBÉN DARÍO
ÁLVAREZ
PACHECO

(Cartagena) Soy periodista del diario El Universal, de Cartagena de Indias. Mi especialidad es la crónica periodística y las columnas de opinión. Ganador del Primer Concurso Literario de la Universidad Autónoma de Caribe (1992). He recibido varios premios por mi trabajo como cronista. Soy uno de los conductores del programa radial *Música del Patio*, de la emisora UDC Radio, de la Universidad de Cartagena. Tengo el blog *Que no se te salga el blog*, del diario El Universal, fui alumno en el curso de guion para series web Lxs negrxas del Caribe cuentan, he sido tallerista de la Fundación Nuevo Periodismo Iberoamericano y me ha publicado la revista alemana *Otras inquisiciones.*

Jalila me está esperando

Avanzaba la madrugada cuando el pianista alcanzó a ver, entre la penumbra atravesada por unos cuantos reflectores azulados, la cara de la señora elegante acompañada de dos damas, igualmente ataviadas con informales pero finos atuendos.

Era rubia, de estatura regular y aparentaba unos cincuenta años. El pianista había subido al bar del hotel en compañía de otros tres músicos con quienes ingirió unas cuantas cervezas en los kioscos de las playas y comió algo ligero mientras regresaba al escenario.

No miró el reloj, pero intuía que era la una y treinta. A esa hora llegaban más clientes (entre turistas y huéspedes del hotel), crecía el humo de los cigarrillos y las conversaciones se hacían ininteligibles contra el sonido de los partidos de béisbol que transmitían los televisores. Pero en el momento en que la banda se aprestaba a entregar un nuevo recital, las pantallas se apagaban y las miradas se dirigían al escenario.

Esa vez no fue diferente. Sin dejar de hundir los dedos en las teclas, el pianista paseaba la mirada suavemente sobre el perímetro del bar, y más de una vez se tropezó con los ojos de la cincuentona, quien se había dedicado a observarlo.

Se llamaba Jalila Jassier. Pertenecía a los descendientes de la comunidad sirio libanesa asentada en la ciudad desde el primer cuarto de siglo. A sus veinte años había sido una de las mujeres más hermosas que integraban la élite, pero solo contrajo matrimonio a los 27, cuatro años después de haber egresado de la facultad de Administración de empresas. Compartió aulas con Demetrio Scaff. Con él logró establecer una cadena de negocios que incluía hoteles, flotas de taxis, locales comerciales y hasta acciones en algunas de las principales empresas de la zona industrial de la bahía.

Confiada en la capacidad de trabajo y en el manejo de poder económico y logístico de su esposo, Jalila pudo haberse conformado con el papel de ama de casa que muchas de sus contemporáneas prefirieron asumir. Pero, en vez de eso, se arrogó el manejo de sus propios hoteles y flotas de taxis mientras Demetrio participaba en negocios que lo mantenían viajando dentro y fuera del país.

Tuvieron dos hijos, quienes optaron por vincularse a universidades extranjeras, de las cuales egresaron para presenciar de cerca el divorcio de sus padres y la manera como cada cual administró la recuperada libertad: mientras Demetrio se ennovió con una antigua compañera de trabajo que le igualaba la edad, Jalila vivió un tiempo con sus hijos hasta que forjaron espacios en solitario y lejos del ambiente de la crianza.

Fue así como la aguerrida empresaria se reencontró con sus amistades de la adolescencia y programó periódicas reuniones y periplos que incluían paseos a sitios exóticos nacionales e internacionales, pero sobre todo la exploración de la ciudad nocturna.

A veces ideaban fogatas en las playas y bailaban hasta la madrugada en discotecas y bares de hoteles con agrupaciones musicales de planta, instrumentistas o algunos de los cantantes famosos que pasaban por la ciudad. La agenda variaba teniendo como patrón los estados de ánimo de las compañeras de turno, acaudaladas y separadas como ella o en trance de acometer divorcio.

Ahora estaba ahí, detrás del pianista, quien, concentrado en guardar su instrumento en un estuche negro, no se percató de la presencia de la admiradora hasta que esta lo elogió.

—Que buen pianista es usted. Lo felicito —le dijo.

—Gracias—, respondió él girando la cabeza, mientras seguía empacando.

—¿Tiene velada todas las noches?

—No. Solamente de jueves a domingo.

—Entonces, estaré pendiente para volver uno de esos días.

—Cuando guste.

Jalila se retiró suavemente hasta donde le estaban esperando sus amigas. El pianista terminaba de organizar sus envoltorios sin dejar de aspirar la estela de perfume delicado que la recién conocida había dejado en la pequeña tarima. Era, según sus apreciaciones, el aroma del buen gusto y la distinción. Ya lo había olfateado otras veces, de manera que lo más probable era que la ponderación de la simpatizante se le olvidara en el transcurso de las siguientes noches.

No fue así. Jalila Jassier, esta vez sola, regresó al jueves siguiente. Pero, para encarar al pianista, no esperó a que se terminara el recital. En cuanto lo vio le hizo señas de que se acercara a su mesa, le ofreció bebidas e iniciaron una conversación. O más bien, un interrogatorio dirigido por ella, que solo se interrumpía cuando al pianista acudía al llamado de la orquesta.

Un poco más allá de las dos de la madrugada Jalila se retiró del bar con la promesa de regresar antes de que se acabara el fin de semana. Al pianista se le quedaron en la memoria el gusto de la empresaria por el cigarrillo, la lentitud y la elegancia con que lo fumaba y el glamour con que tosía.

Jalila volvió el sábado un poco antes de que la orquesta estuviera instalada y esperó el arribo del pianista, quien llegó una media hora después. Le hizo señas y, en cuanto lo tuvo cerca, lo invitó a cenar en el restaurante del hotel. El resto de la noche no solo se la pasaron conversando y compartiendo vasos de whisky; también bailaron por iniciativa de ella y ante el desconcierto del pianista, quien por primera vez tenía un acercamiento personal con una mujer de las altas esferas sociales de la ciudad.

Su ámbito era otro. Aunque el hotel funcionaba en la exclusiva zona turística, más exactamente en el cordón de playas acondicionado para los visitantes foráneos, el pianista y sus amigos de la orquesta estaban acostumbrados a conquistar jovencitas y señoras de diferentes ciudades y nacionalidades, pero sin los tintes distinguidos de las damas de alta alcurnia. Más bien eran mujeres descomplicadas, con alguna solvencia económica que les permitía una que otra estadía en destinos vacacionales, pero no más.

A su vez, el pianista emergía de uno de esos barrios populares del sur de la ciudad, donde el machismo, la imposición y la agresividad se aprendían desde los primeros años.

En su casa no fue diferente. Entre sus padres mediaba la acostumbrada relación de imposición y sumisión que, desde luego, comandaba el padre. Los hijos eran instruidos, directa o indirectamente, en la continuación de la brusquedad oral y física como una forma de hacerse respetar entre la montonera.

El pianista (mestizo, como buen habitante del sur) había crecido atlético, apuesto y lanzado en el aspecto de las conquistas amorosas, pero también con voz de mando en el terreno de las amistades. Más de una vecina, joven o madura, había experimentado las embestidas de su libido sin tregua, pero solo Sandra, tan agresiva y fogosa como él, le ralentizó la existencia. Resultó embarazada, parió una niña y se acomodó en la casa de los suegros donde nunca faltaron los desencuentros, los chismes, las discusiones, el mal ambiente, la convivencia venenosa...

Por los días en que el pianista se conoció con Jalila Jassier las cosas en su casa estaban llegando al punto máximo de la irritabilidad. De modo que en cuanto se dieron el primer beso y los alcoholes nocturnos lo animaron, le contó sus desventuras hogareñas. Ya le había recibido regalos, algunos de los cuales rechazaba con cierto pudor. Las dudas, la incredulidad (o tal vez los complejos) no le permitían dimensionar que una mujer de la altura de Jalila estuviera interesada en él como para formalizar mucho más que un romance fugaz, al mejor estilo de la francachela nocturna.

Empezó a convencerse mediante dos invitaciones que, para él, resultaron trascendentales: una visita a una exposición de pinturas y una cena en la casa de los padres de la empresaria. Fue un martes en la tarde cuando acudieron a la muestra de arte. El pianista intentó ataviarse con atuendos diferentes a los que usaba en el bar. Ella apareció sobria, pero sin abandonar su elegancia y clase. Al final, nadie se fijó en la indumentaria de la pareja sino en la inocultable diferencia de edades. Ambos intentaban ignorar las miradas indiscretas, pero el nerviosismo se notaba más en la sonrisa forzada del pianista.

—¿Qué impresión le han causado mis cuadros? —le preguntó la pintora capciosa.

—Muy bonitos—respondió él.

—Ya lo sé, pero ¿cree que logren un aporte a la estética figurativa de estos tiempos?

—Eeeh... yo creo que sí. ¿Por qué no? Usted pinta bien.

Una vez inaugurada la exposición, y de haberse escuchado varios discursos laudatorios en torno a la trayectoria de la artista, los asistentes fueron conducidos al patio de la mansión colonial donde se organizó un aperitivo por cortesía de la casa.

—¿Te gustaría llevarte un cuadro de esos? —Le preguntó Jalila al pianista.

—¿Y eso para qué?

—No sé...tal vez para que adornes el estudio donde practicas el piano, allá en tu casa.

—Jajajajajaja, yo practico en la sala. Ojalá tuviera un estudio. Además, esos cuadros están muy malucos como para que sean tan caros. Mejor regáleme otra cosa.

—¿Como qué?

—Por ejemplo, ropa que sirva para acompañarla a sitios como este.

El lunes de la semana siguiente se organizó la cena en la casa de los Jassier. Ahí estaban los padres y los dos hermanos de Jalila. El pianista lucía las ropas casuales que la empresaria le compró dos días antes. Su intranquilidad era evidente.

Antes de llegar a la cena se imaginó la típica reunión acartonada de las familias ricas de las telenovelas, pero fue todo lo contrario: los atuendos modestos y las conversaciones chistosas fueron el tópico de la noche, sobre todo cuando pasaron del comedor a la terraza del apartamento, desde donde se divisaban las luces centelleantes de la zona exclusiva y la atronadora oscuridad del mar.

Abraham Jassier, el padre de Jalila, se permitió algunas bromas con el pianista, quien, al mismo tiempo, notaba que los hermanos de la empresaria se esforzaban por parecer espontáneos y sin prevenciones. Pero la intuición callejera del pianista le decía que no encajaba del todo en el cuadro. "¡Qué hijueputa! —se dijo—. A la hora del té, la que me importa es Jalila".

Esa noche las volutas de humo y los leves estertores del pecho, como cosa habitual, acompañaban a la empresaria, quien siempre lograba integrarlos a sus gestos de inocultable exquisitez.

—¿Fumas mucho? —se atrevió a tutearla el pianista.

—Sí. No puedo negar que me encanta.

—Pero parece que te hiciera daño.

—No. Más bien creo que la tos se me volvió una manía. Ya casi ni me doy cuenta en qué hora ocurre.

Quince días después, durante los cuales siguieron viéndose en el bar, el pianista se sorprendió cuando Jalila Jassier le comunicó que estaba dispuesta a visitar su barrio. Ya él había ostentado hasta la saciedad con los regalos que ella le hacía continuamente y hasta había provocado que Sandra resolviera abandonarlo. Sus amigos, no sin cierto dejo de envidia, le comentaban que oportunidades como esa muy raras veces se repetían.

Pero de todas maneras lo sorprendió el interés de Jalila, quien siempre había mostrado poco conocimiento sobre el sur de la ciudad. Para ella y sus amigas sólo existían el centro histórico y los barrios tradicionales, sobre todo los recién convertidos en áreas turísticas. "Lo más lejos que he pisado es el mercado; y eso, acompañada de mis muchachas del servicio", solía revelarle al pianista como quien cuenta un chiste sin gracia.

A mediados de la semana siguiente se efectuó la visita. La empresaria permitió que el pianista condujera el vehículo, mientras ella veía por la ventana el congestionamiento vehicular, las esquinas atiborradas de tanques y bolsas de basura, el agua corriendo al filo de los bordillos, los solares enmontados, los equipos de sonido y los parques inútiles.

La reunión fue en la terraza de la vivienda hasta que la madre del pianista llamó a la cena, exhibiendo los platos, vasos y cubiertos que guardaba celosamente para las ocasiones especiales. Tanto los progenitores como los hermanos medían sus palabras y sus gestos, hasta que los vasos de whisky desinhibieron, las máscaras se hicieron añicos y las procacidades salieron a relucir.

Un poco avanzada la noche apareció Sandra en busca de la hija, a quien había dejado pasándose el día en casa de los padres del pianista, quien no tuvo problemas en presentarla con Jalila.

Al término de la velada, la empresaria nuevamente permitió que el pianista condujera el vehículo, a pesar de que se le notaban los efectos del whisky, pero en aquellas épocas las restricciones de tránsito no eran tan rígidas. Estacionaron el auto a las afueras del edificio y decidieron tomarse el último trago en un estadero cercano.

—¿Te gustaría venirte a vivir a mi apartamento? —preguntó Jalila sin ningún preámbulo.

—Que, ¿qué?

—Lo que oíste.

—Me gustaría, pero... ¿cómo haríamos con la mamá de mi hija?

—¿No me dijiste que te había abandonado?

—Pero ya volvió. Siempre que coge rabia, arranca para donde sus papás y regresa cuando se le pasa.

—Está bien. Piensa en lo que te propuse. Pero eso sí: la única mujer que te acepto es la mamá de tu hija.

Los días subsiguientes el pianista se los pasó barajando mentalmente la propuesta. Unas veces la veía negativa, por su poca costumbre de tratar con personas de los altos estratos. Pensaba en los padres, los hermanos y las amigas de Jalila, quienes lo trataban con mesura, aunque no podían ocultar del todo su incomodidad con la idea de tener un mestizo en su círculo familiar y social. Pensaba en los desacuerdos de su casa, las discusiones con el padre y los hermanos, y los estallidos de celos de Sandra. Pero las reflexiones llegaron a su fin una noche en que faltaron pocos segundos para que intercambiara puñetazos con el padre borracho, brusco y ofensivo. Sandra cargó nuevamente a su hija y regresó a la casa paterna. Una vez calmada la reyerta, el pianista llamó a la empresaria:

—Me voy a vivir contigo.

—¡Qué bueno! ¿Y cómo hiciste con Sandra?

—Otra vez se fue para donde sus papás.

—¿Y no hay posibilidades de que vuelva a buscarte?

—Es posible, pero no creo que se atreva a llegar a tu casa.

—Bueno, te espero.

En medio de la limpieza permanente y los lujos, donde lo único que le resultaba familiar era el olor a humo de cigarrillo, el pianista no dejaba de preguntarse el porqué de estar ahí, tomando en cuenta que Jalila, con su poder y su fortuna, bien pudo procurarse un compañero de su misma etnia y clase social. Se preguntaba si acaso estaba siendo víctima de sus complejos de niño criado en la rusticidad de las barriadas del sur. Pero el trato que recibía de la empresaria lo hacía sentirse seguro y hasta parecía recibir por ósmosis un poco de la supremacía que ella irradiaba, sobre todo cuando asistían a las reuniones de sus amigas, donde a veces coincidían con la familia Jassier en pleno.

Una que otras veces surgían debates politemáticos en los que el pianista pugnaba por no dejarse opacar, aunque también brotaban sutiles coqueteos desde algunas miradas femeninas cuya única intención era avergonzarlo ante Jalila, pero su experiencia de cazador arrabalero le prendía las alarmas a tiempo.

Una de esas noches, compartiendo whiskys y carne asada, el viejo Jassier lo introdujo en una repentina conversación:

—¿Qué necesita usted para sacar adelante su oficio?

—Eeeh... me gustaría tener mi propia orquesta.

—¿Y qué se lo impide?

—Que no es un proyecto barato.

—¿Y cómo de cuánto estamos hablando?

—Tal vez de unos 30 o 40 millones de pesos. Todo depende del formato.

—Entonces, consiga las cotizaciones y me informa. Lo único que necesito es que haga feliz a mi hija.

El pianista amaneció pensando en que el ofrecimiento del viejo Jassier podría ser una ligereza motivada por los efectos de los tragos y por la emoción de ver a su hija contenta, exhibiendo al amante joven en medio de sus amigas tan divorciadas y ansiosas como ella. Pero salió de dudas cuando se lo contó a Jalila, quien le hizo saber que el padre era de pocos ofrecimientos; pero cuando los hacía, debían tomarse en serio, aunque hubiera tragos de por medio.

Esas palabras bastaron para que el pianista emprendiera las averiguaciones correspondientes y entregara al suegro putativo un informe profusamente detallado. A las pocas semanas tenía las dotaciones. Y no sólo eso: Jalila desocupó uno de sus locales comerciales y lo convirtió en un ensayadero refrigerado con equipos de audiograbación, alfombras, cortinas y mobiliario para la comodidad de los instrumentistas. Seguidamente, lo relacionó con los clubes y empresarios más cotizados de la ciudad, para que siempre lo tuvieran en cuenta a la hora de organizar espectáculos musicales.

Las buenas entradas que generaba la orquesta dieron también para que, en su barrio, el pianista aprovechara la ganga de un local comercial donde abrió un estadero, que los fines de semana se llenaba de muchachas atraídas por la música en vivo, la cerveza fría, las comidas rápidas y el ambiente de latinidad newyorkina que allí se respiraba. Jalila Jassier y sus amigas procuraban asistir cualquiera de los tres días.

En el lecho de la empresaria, el pianista se esmeraba por expresar sus agradecimientos de la manera más enérgica y creativa, y de ese mismo talante eran las respuestas que recibía de parte de ella.

Sin embargo, no dejaban de inquietarlo las jóvenes del círculo social de Jalila, lo mismo que las muchachas del servicio, que se la pasaban recorriendo los tres niveles del apartamento, algunas veces tratando de insinuarse, pero él prefería aprovechar la flota de taxis para formalizar uno que otro flirteo en los barrios del sur, hasta donde no llegaran las miradas inconvenientes.

Durante los avatares de la nueva agenda vital y laboral que manejaba el pianista, Sandra regresó, pero esta vez exigiendo que la involucrara. Trató de ignorarla, pero las pretensiones de la mujer se tornaron más incisivas hasta que el pianista se vio en la necesidad de buscar la orientación de Jalila, quien no lo pensó dos veces: la empleó en uno de sus almacenes y le dio una recámara en su apartamento para que viviera con la hija. La misma Sandra no podía creerlo, pero entendía que le resultaba más conveniente tomar las cosas con naturalidad que estar reclamando afectos del hombre que le apasionaba, pero que ya no sentía nada por ella.

Los viajes nacionales e internacionales de Jalila y el pianista se sucedían con frecuencia, aunque a veces era ella quien viajaba por cuestiones de negocios, en tanto que aquel aprovechaba para complacer a las amigas que arribaban al estadero los fines de semana.

Su fogosidad parecía incandescente. Siempre que podía, recorría la piel de la menos madura de las sirvientas que se mantenían en el apartamento, hasta que Jalila, recién llegada de uno de sus viajes, lo sorprendió en plena trastada carnal y fue allí donde se inició un silencio glacial que el pianista desconocía en la personalidad de la empresaria.

Sin pronunciar palabra le hizo entender a la sirvienta que debía marcharse. Ni el más leve sonido salió de su boca (salvo la tos del cigarrillo) cuando hizo que el pianista, Sandra y su hija regresaran a su barrio, pero sin empleo, sin orquesta, sin estadero, sin ensayadero y sin más relaciones con los clubes y empresarios del espectáculo. No hubo más palabras.

El pianista trató de recuperar el trabajo que tenía en el bar del hotel donde se conoció con Jalila, pero ya lo habían reemplazado con mejores condiciones económicas para los administradores.

Pasadas varias semanas pretendió iniciar la reconquista de la empresaria con llamadas telefónicas que nadie respondía. Hasta llegó a imaginar que Jalila conocía el sonido del teléfono cuando él marcaba el número del apartamento.

Nunca le faltaron las compañeras de jolgorio, pese a las virulentas protestas de Sandra, pero el rostro de Jalila no se le salía de la mente. "Es la persona que más me ha querido en este mundo. Ni mi mamá me ha querido tanto. Hasta me propuso que nos casáramos", se decía y comentaba entre sus amigos; y hasta se atrevió a enviarle esa frase en una tarjeta a Jalila.

Intentó acercarse a los hermanos y a los padres de ella, pero el tanteo sólo sirvió para que se sinceraran revelándole que se alegraban de la decisión de la hermana y que nunca se sintieron a gusto con él, porque jamás lo consideraron uno de ellos ni podían hacerse a la idea de que un negro se les colara entre su parentela.

Frecuentaba los sitios donde sabía que se reunían las amigas de Jalila, de quienes suponía que ya estaban enteradas del rompimiento. Algunas lo saludaban o le permitían cortas conversaciones, pero jamás le abrieron campo para que les pidiera ayuda en una hipotética reconquista.

Cientos de llamadas, y el silencio era cada vez más profundo. Tan profundo que los porteros del edificio recibieron la orden terminante de no dejarlo entrar, y de ni siquiera permitirle que se acercara a la garita.

Transcurrido un año y medio, el silencio se fracturó. El pianista y Jalila coincidieron en un evento del Centro Internacional de Convenciones. Él hacía parte de la orquesta que amenizaba la noche. Ella se hacía acompañar de sus dos hijos. Tal como en el bar donde se conocieron, el pianista hundía los dedos en las teclas del instrumento, pero esta vez no era él quien giraba la cabeza a través del perímetro del lugar, pues sus ojos estaban fijos en el rostro, el humo del cigarrillo y el carraspeo de Jalila.

No sabía con precisión si era por la nostalgia o el entusiasmo renovado, pero esa noche la notó más bella y fresca. Tan bella, que poco se diferenciaba de la hija.

En uno de los descansos de la orquesta intentó acercársele, pero un repentino ataque de prudencia (extraño en él) lo detuvo. Caviló varios segundos hasta que se le encendió el bombillo: escribió unas líneas en una servilleta y la entregó a un mesero con la recomendación expresa de que lo señalara, en caso de que le preguntaran de quién era el envío.

No sucedió así. Ella recibió la servilleta, leyó las líneas, escribió al respaldo y se la devolvió al mesero. "No te acerques. Mis hijos se disgustarían. Llámame el lunes en la tarde", decía la nota. Una emoción indescriptible se apoderó del pianista. Por lo visto, y según su muy particular percepción, la reconciliación venía en marcha. El lunes a las cuatro de la tarde la llamó. Fue la voz de ella la que se escuchó al otro lado.

—¿Qué quieres?

—Sólo tres cosas: que me disculpes, olvides todo y volvamos a estar juntos.

—Eso debe hablarse personalmente.

—¿Cuándo?

—Yo te aviso.

Preso de una incertidumbre que le carcomía la existencia, el pianista invertía sus horas libres en la sala de la casa paterna, esperando la llamada de Jalila. Sus hermanos se habían marchado en busca de sus propios caminos. Sandra, vencida por la indiferencia, hizo lo propio. Los padres guardaban el silencio y la lentitud de las marcas seniles.

Una noche sonó la llamada y el encuentro se dio en el bar del hotel donde se produjo el primer encuentro. Jalila, irradiando la clase de siempre, no lograba ocultar el maltrato de la nostalgia. Pero, sin tapujos, como era su estilo, le hizo saber al pianista lo espinosa que resulta la soledad cuando el enamoramiento envenena la vida. Él ofreció excusas. Ella les achacó a sus orígenes populacheros el poco conocimiento del respeto y la lealtad. Él pidió una nueva oportunidad. Ella le propuso que intentara ganársela.

De ahí en adelante siguieron numerosas conversaciones telefónicas mediante las cuales iba creciendo el mismo fervor de los días del bar en el hotel, hasta que Jalila le propuso una cena íntima en su apartamento. Fue esa la última vez que hablaron.

Pasaron quince días en los que el pianista salió de la ciudad a responder por compromisos musicales, pero llegado el lunes señalado para la cena llamó varias veces al apartamento de Jalila sin que alguien le respondiera. La imaginó inmersa en su océano de ocupaciones y decidió no importunarla más hasta que se aproximara la noche, para darle la sorpresa en persona.

Llegada la hora cero se atavió con las mejores piezas que obtuvo cuando vivía al amparo de la empresaria. Su comportamiento en solitario había sido el de un santo redivivo, con el fin de merecerse esa segunda oportunidad. Compró un ramo de rosas blancas en el Parque de las Flores y se bajó del taxi sonriendo, optimista y expectante y hasta intercambió un saludo con los vigilantes del edificio de Jalila.

—¿Cómo le va?

—Muy bien. ¿En qué le puedo servir?

—Voy para el apartamento de Jalila.

—¿Qué se le quedó allá?

—Nada. Jalila me está esperando.

—¿Cómo así?

—Que me está esperando.

—O sea, ¿usted no supo?

—¿Qué cosa?

En cuestión de segundos el pianista se enteró de que el sábado en la mañana Jalila fue encontrada muerta en su cama. La mayor de las sirvientas llegó temprano, como era su costumbre, y abrió la puerta con cuidado para no despertarla. Pero después de varias horas en que no bajaba a desayunar, tocó varias veces la puerta de la recámara sin ninguna respuesta. Luego se comunicó con uno de los hermanos y con el viejo Jassier, quienes arribaron a los pocos minutos y resolvieron forzar la cerradura. El cuerpo estaba frío y oloroso a cigarrillo. El médico dictaminó paro cardiorespiratorio.

La cremaron el domingo en la tarde en una ceremonia discreta a la cual solo asistieron sus padres, hermanos, hijos, exesposo y una que otra amiga cercana. Nadie se preocupó por avisarle al pianista.

Enterado de la mala nueva, volvió al bar del hotel donde se conocieron y bebió unos cuantos tragos escuchando la música de sus amigos, quienes compartían el pesar como si la difunta fuera la parienta de todos.

En los años subsecuentes el rostro de Jalila jamás se borró de la mente del pianista. Ninguna mujer pudo reemplazarla. Ni siquiera aquella con la que acometió matrimonio y le dio tres hijos. Muchos calendarios después y, habiendo alcanzado la misma edad que tenía Jalila cuando se conocieron, el pianista sigue recorriendo las fotografías y los recuerdos de una etapa de su vida que jamás se ha repetido. Ni muestra indicios de repetirse.

TRILCE
ORTIZ

(Bogotá) Es comunicadora social de profesión y bruja intuitiva. Ha dedicado los últimos años de su carrera a trabajar el potenciamiento femenino, la sanación y la sexualidad desde el placer. Reside en Nueva York. Trilce ha publicado piezas literarias y periodísticas en español e inglés en plataformas como Univison.com, Shock.co, Wearemitu.com, Tribe the Mama y Sexual Health Expo. Fue una de las autoras que contribuyó a la serie de cuentos cortos ilustrados Color Piel (2013), basados en las experiencias de afrodescendientes. En el 2018 publicó en formato digital su primera novela *El delantal negro*, basada en su experiencia como migrante en Estados Unidos.

La carcasa

Mi tercera noche durmiendo con los ojos abiertos. A metros de distancia, el picaporte de la puerta del baño, una silueta de metal brillante refleja la luz de la calle. Concluyo que son las doce de la noche y mi cuarto, cuyos ventanales tienen la vista del patético muro de enfrente, parece la más intensa de las noches invernales. Cualquier ladrón furtivo se tambalearía, sin rumbo, si se le ocurriera entrar a robar. Yo lo veo todo: las finísimas líneas de pegante desgastado que mantienen juntas las tablillas de parqué del piso, el espejo en forma de estrella de cuatro puntos clavado en la mitad de las escarapeladas puertas del closet, incluso veo la vela con pétalos de rosa muerta que me regaló mi hermano, acomodada en el extremo izquierdo de la repisa.

De otro lado, el silencio es infinito, casi punzante. Si tuviera un reloj, sus manecillas retumbarían en mi cabeza hasta hacerla estallar. En mi cuarto no hay relojes, ni noción clara del tiempo. Las horas se alargan o se contraen, al compás de mis deseos de hacerlo todo en un minuto o no hacer nada por días. En este momento sé que es tarde, demasiado tarde. La avenida principal queda al lado opuesto de mi cuarto. A horas decentes el bullicio se me enreda en los oídos, por más que tenga la puerta cerrada. Este silencio mortuorio habla de calles deshabitadas, botellas vacías y seres errantes. Es tarde.

En mi habitación del último piso de un edificio antiguo del centro, me hago bolita tras un día de trabajo, a llorarle pasito a unas almohadas que no tienen oportunidad de secarse entre un torrente y otro. El maquillaje abandonó hace rato mi cartera, para no gastarse innecesariamente en lo que terminará siendo una sinfonía al amor en notas de odio. Metida en una cama que no me es familiar siendo mía, trato de ahogar las lágrimas, temiendo despertar a los fantasmas.

Lucho contra el pánico que me produce salir de mi cama. Así y todo, es importante que me sacuda la tristeza antes de que termine por consumirme. Los vellos de mis brazos se despiertan al contacto con el frío. Las cobijas parecen enredarse en mis pies descalzos y yo las empujo con rabia. Una punzada bajita me devuelve al borde de la cama, lo logro por escasos milímetros. Nunca pensé que se tuviera tanta agua por dentro. Se me escapa un gemido tímido. Mi mano no sabe qué hacer con el dolor en el estómago, trato de sobarme con suavidad, pero los dedos caminan torpes y nerviosos.

El dolor del cuerpo pasa, queda el del alma. Hace cinco semanas que ambos son un carrusel. El pasar del tiempo me paraliza. Hace unos días una enfermera estirada, vestida de blanco hospital y con labial rojo sangre me entregó un sobre, en un gesto inexpresivo. El cansancio, la hinchazón, las náuseas, la incomodidad en los pezones encontraron su respuesta en una palabra. Positivo.

El marco adorna la calle vacía. Sin embargo, quienes sabemos leerla, distinguimos a aquellos que viven en ella, ocultos bajo capas de mugre, como coraza contra el frío, como todo alimento, como absoluto refugio y el mejor camuflaje. A la fuerza aprendí a ver a quienes la mayoría ignora, aprendí a qué sabe la calle triste, la pobre, la de verdad. Sin entenderlo sé lo que significa no llegar a casa una noche, y perseguir a un coqueto gato moribundo de lomo pelado.

Reviso las calles por encima de los techos de las casas aledañas con la esperanza de distinguir al único hombre a quien reconozco a kilómetros de distancia con su andar sigiloso. Apoyo mis manos en el marco, parándome en puntas, queriendo que mis ojos lleguen a una cuadra particular, a tres de la mía. Deseo verme en sus ojos y susurrarle en silencio que lo estoy esperando. El pinchazo en la barriga me dobla hasta el piso.

Los pasos no suenan sobre la madera porque tengo las medias puestas, casi siento como si los pies no tuvieran consistencia y se deslizaran sobre una plataforma viscosa. Camino de un lado al otro del salón, acompasadamente, tratando de cantarme alguna canción feliz para confundir los malos pensamientos. En mi mano derecha a duras penas sostengo un celular gris que llevo al oído de tanto en tanto. Sistema correo de voz. Yo ya sé que es lo que oiré, aún así me sobresalto un poco con cada llamada, mientras mi corazón se encoge como un trozo de carne al contacto con el aceite caliente.

El sofá de la sala es larguísimo e incómodo. Me muevo de un lado al otro, buscando un área suave. La imitación de gamuza que cubre la estructura en L se adhiere al pantalón de mi pijama, que acaba a mitad de los muslos. La sala es mucho más caliente que el resto del apartamento. Quienes vienen por primera vez sienten incluso, por breves instantes, que se han trasladado a la costa. El saco de capota verde se me hace innecesario y me lo saco de un tirón. Desconozco la figura esquelética que aparece bajo la tela, aunque la piel color ébano altivo aún me sea familiar. Los morados que decoran las costillas me recuerdan a aquel hombre que aún no llega.

Pienso en la conversación que tuve con mi madre por la tarde. El recuerdo de sus manos consintiéndome el pelo son la mejor medicina los días cuando mi único deseo es no existir. Ella me escuchó tranquila, con la serenidad maravillosa que logran tener las mamás.

—Me parece un poco complicado, nena, sobre todo por el tema económico. Yo la verdad ahora no estoy en capacidad de darte plata. Igual te apoyo en lo que decidas. En realidad, no sé bien qué decirte.

El peso regresa de golpe a los huesos, empujándome hacia el piso, rasgando un poco el cuerpo. Me levanto contra mi voluntad y voy marcando el camino hacia al baño con gotas saladas. Oigo una llave en la puerta, escucho atenta esperando sentir un abrazo por la espalda que detenga mis pasos. El frío de la baldosa del baño atraviesa mis medias de lana. Estiro la mano hasta perderla en la gaveta. Le hago el quite a unos ojos rojizos y acusadores que me revisan de abajo a arriba en el espejo. Siento que la columna se me resquebraja y las rodillas se me doblan. Menos mal no hay nadie para verlas retorcerse como pollos en víspera de día festivo. Saco la mano de la gaveta y el sonido de la bolsita de plástico hace eco en los azulejos.

Hace dos días él y yo subimos la cuesta completa hasta la quinta avenida. Yo me conozco ese camino desde pequeña, cuando visitaba a mi hermano los días que él se quedaba con su papá. Seguí sus pasos presurosos hasta la farmacia de la esquina escondida en la curva antes del puente. Llegué con la camiseta empapada. Abrí la boca sólo para tomar aliento.

—¿Quién me los mandó para acá? —Preguntó el señor de pelo blanco y cara de roedor, sin edad definida y que definitivamente no era farmacéutico.

—He venido muchas veces, —masculló él.

—Ah sí —dijo el de la farmacia—. Pues mira reinita, así es la cosa, son cuatro, te introduces dos y las otras dos te las tomas y te quedas con las piernitas levantadas. Toma jugo de lulo con ruda, eso te ayuda a limpiar. Si te dan muy duro los cólicos te tomas una de estas y ya por ahí en dos días ya estas bien para volver al trabajo y eso. Es mejor si te las tomas...

—¿Cuánto es? —Pregunté cortándole la explicación.

—Así todo son 80, reina —respondió el señor mientras olfateaba los alrededores y me pasaba la bolsita blanca de plástico.

Me siento pesada. Busco despacio la fuente de este sudor, que contrasta con el frío de mi cuarto. Los dedos tocan una camiseta seca. La humedad viene de adentro. Siento que el dique que la contiene está a punto de romperse.

Las pastillas hexagonales son demasiado pequeñas para su efecto. Cuatro pastillas con rayita en el medio, otra cara inexpresiva que no me ofrece respuesta. Suena la puerta. Esta vez ha sido claro, oigo pasos densos que arrastran un cuerpo medio moribundo. Mi corazón está de fiesta haciendo un coctel de sabores: el ponqué campesino de la abuela, las hamburguesas teriyakis del distrito universitario, las cerezas biches del patio trasero, una margarita con un toque de sal.

Lo llamo emocionada, y la voz le hace eco al silencio. El segundo intento apenas logra salir de la garganta. Las sílabas se deshacen en un gemido de cachorro perdido. La raja se hace más profunda mientras el alma quebrada ansía unirse en una danza demoniaca. Los dedos intentan en su último aliento agarrarse de la pared derecha, mientras la carcasa cae sin huesos, sin músculos.

—Mamacita, levántate del piso, mira que está súper frío —me susurra al oído una voz suave.

A duras penas siento el lado derecho del cuerpo adormecido por el peso sobre la fría baldosa. Estoy abrazada a mí en el estrecho espacio entre el lavamanos y la ducha, como pasó sus primeros días un perrito que alguna vez recogí en la calle. No siento, así lo elijo, porque ni mi cuerpo ni yo podemos soportar una lágrima más.

—Princesa, ven acuéstate en la cama —insiste.

Unos brazos fuertes me abrazan por la cintura y despacito, como quien admira la colección de porcelanas de una abuela, me levantan del piso. Los míos se entrelazan a ese cuello que les es tan conocido. No volteo la cara, no quiero, ya para qué. Mis labios no tienen nada que decirles a esos ojos cafés claro, que a veces son tan negros. Clavo mi mirada en el picaporte de la puerta del baño, la luz encendida se debilita frente al sol que se va adueñando de cada rincón. Llevo tres noches durmiendo con los ojos abiertos, en un letargo entre realidad y sueños. Siento una mano acariciando mi espalda, un tacto suave y engañoso que me habla de un te amo, que ruega que no lo deje, aunque nunca se ha quedado conmigo, que me jura que estaremos juntos hasta el final de los tiempos cuando nuestro tiempo ya se ha acabado hace rato.

Inhalo un olor familiar, a calle, a casa esquinera decadente, a trasnocho, a sudor, a anhelo de más droga sin plata para comprarla. Me giro lentamente a encontrarme con unas pupilas dilatadas y una mirada hueca que mi terco corazón insiste en amar. Miro sus huesos a través de una camiseta a la que el tiempo ha vuelto de papel mantequilla y me pregunto de dónde habrá salido la fuerza que me levantó del piso. Sonríe mostrando unos dientes blanquísimos que parecen sinceros. Ha logrado esconder la mancha rosadita de nacimiento que juguetea en su mejilla derecha. Yo sonrío solo para responderle el gesto mientras el dique termina al fin por romperse. Las lágrimas, su caudal.

—Mami, lo que pasó fue que me quedé tomándome unos tragos. Tú sabes cómo es, primero una media, luego que unas frías. Por eso me demoré mamacita, pero no estés triste, no llores; tú sabes que yo estoy aquí para ti y el baby —me dijo él con un aliento que me derretía la cara.

Sus ojos habían sido entrenados para vender falacias. En mí, en cambio, generaban duda constante. Mi mente hace un recuento de los últimos meses. Memorias de drogadictos moribundos en callejones con una única salida. La boca lenta y sus comisuras negras hablan más fuerte que las palabras.

Lo suelto de pronto, furiosa más conmigo que con él. Quiero correr, quiero levantarme, ser por fin amiga del tiempo para pedirle que se devuelva. Deseo vomitar o transportarme a una realidad donde esto no esté sucediendo. Cierro los ojos alejando su humedad y trato de concentrarme en alguna de las historias fantásticas que creo a veces. No logro saber si mis ojos están abiertos o cerrados, si es de noche o de día. La raja me rompe, desgarrándome en pedazos que sólo une el dolor. Siento nauseas, pero no vomito. Sin nada que hacer ya, quedo vacía.

JUAN SEBASTIÁN MINA

(Cali, 1996) Licenciado en Literatura por la Universidad del Valle y miembro del Grupo de Investigación Narrativas en donde desarrolla sus líneas de investigación en Literatura Afrodiaspórica, Ficción y Construcción de Nación, Prácticas pedagógicas y Traducción Literaria. Actualmente es alumno de la Maestría em Literatura Comparada de UNILA. Ha participado en eventos académicos como X Simposio Internacional Jorge Isaacs (2018), Latin American Studies Association -LASA (2020) y Congreso Internacional Negritudes Latinoamericanas (2021). Ha publicado en revistas como *MARLAS*, la *Revista Temas Antropológicos* y la *Revista Poligramas*, así como en las antologías *Maletín de Relatos Pacíficos* (2017) y *Marea Literaria* (2018). Colabora con el Periódico Cultural *La Palabra*, Universidad del Valle.

De camino a casa

Esta mañana la profesora repitió que algún día los blancos querrán ser como los negros, así como hoy los negros querían ser como los blancos, y la razón iba a ser la misma. Arnoldo siguió sin entender, pero asintió con aire de suficiencia como hizo en aquella clase de historia cuando dijo que mirar el cielo era ver el pasado. Esas palabras no eran suyas y eso había quedado atrás. La profesora siguió con la retahíla de males que aquejaban a las negras del pueblo, que trabajaban mucho y comían poco, que vivían en condiciones lamentables, ¡y qué decir de los hombres! Esos pécoras que preferían a las mujeres blancas que porque tenían las manos suaves, y que ella también podía tener las manos suaves, ¡claro que podía!, si no tuviera que salir de la escuela a recoger yuca para dar de jartar al embustero de su marido. Y la inseguridad… una cosa es que desaparezca un perro o un gato, pero ahora hasta matan niños. Pobre Melkyn… Mientras la profesora hablaba, Arnoldo se quedó imaginando la escena del muerto; se preguntaba si la muerte olía a fruta podrida como le habían dicho y quería saber los motivos del matón, porque alguno habría de tener.

Esa mañana antes de salir para la escuela, como era costumbre desde hacía algunos días, su papá le había rimado tres golpecitos en la espalda: "no andés solo". Y para su sorpresa, había añadido que iría a recogerlo, y los papás no mienten. El calor del salón lo sacó del embeleco. A esa hora de la mañana los cuadernos se convertían en abanicos deshojados. Seguro las niñas también tendrán calor, pensó el niño e imaginó las gotitas de sudor en la piel de Cora. Se vio experto navegante en las olas de aquel pecho. En ese momento deseó estar tumbado en el piñal de su abuela. Tenía una erección y también sudaba. La profesora seguía hablando y Arnoldo asentía y sonreía como hacen los que se dan buena vida en el colegio sin entender mucho, pero eso de que los blancos querían ser como los negros le silbaba en la cabeza. Y más cuando escuchó que alguien dijo que quizá los blancos habían matado a Melkyn, y quedó tieso.

El miedo de los adultos mueve la curiosidad de los niños. En el descanso los pequeños solo hablaban de la cabeza totiada por una piedra, la sangre seca en el matorral y el cuerpo junto al camino. "¿Cómo será eje animal que lespellejó las pierna?", "Debio jeruna piedrota". Melkyn era un buen muchacho y nadie se explicaba por qué tanta crueldad. Algunos decían que fue por la gorra, que era muy áspera; otros recordaban haberlo visto salir de la escuela para nunca volver. Arnoldo escuchaba y aun sentía una leve erección; buscó con la mirada a sus amigos y se sintió huérfano al ver que ya estaban jugando a los dados y Tressor, a quien el calor le producía alergia, terminaba su ritual de *ruera ruera, cabo 'evela, y pará ronde puera, negramenta*. Era turno de Hanyer. El niño guardó los dados entre sus manos, los sopló, hizo sobre su cuerpo la señal de la cruz mirando al cielo y lanzó. Uno de los dados rodó por la maleza y fue a parar a la meca de un juego de canicas. "¡Siete! No, no, volvé a tirá. ¡Veg!, saqué siete. Volvé a tirar, so ajqueroso. Tirá pue, maricón. Voj no me hablejasí que yo te he visto a vo'tirao en el piñal de tu agüela".

Unos niños corrían detrás de una pelota desinflada mientras un grupo de niñas se sentaba a verlos. Incluso Cora. Ella se protegía del sol con la mano derecha mientras la otra descansaba entre la rodilla y el borde de la jardinera azul. Sudaba, siempre sudaba. Alguien pateó el balón y golpeó a la profesora que estaba sentada debajo de un palo de mango seco. La profesora rio. Arnoldo se vio tentado a acercársele y preguntarle que por qué los blancos querrían ser como ellos, ¿acaso estaba ciega? Su papá le había contado que en el otro pueblo los niños blancos tenían balones inflados, aunque eran malos jugadores, y que las niñas llevaban jardinera que hacía juego con los zapatos, no como las de aquí que usaban los que estuviesen menos rotos. ¿Será que se equivocó la profesora? Porque si hay algo cierto es que los papás no mienten. ¿O será que un día los blancos se iban a aburrir de sus balones siempre inflados y las niñas querrían andar descalzas? Eso esperaba verlo.

La profesora parecía distraída soportando el calor. Era una mujer con pies largos que sufrían en unos zapatitos de tacón bajo que usaba cada viernes. Ella combinaba zapatos y camisa. Era la única mujer del pueblo que podía hacerlo porque a su regreso trajo mucha ropa. Buena parte de ella terminó acabada por el clima y ahora andaría en cualquier casa sirviendo de limpión o de trapero; aun así, la restante era suficiente para satisfacer el citadino capricho de combinar colores. De la cintura para arriba era otra mujer; una espalda fuerte que terminaba en brazos amasados por las jornadas de cogienda. No era fea, pero casi. Con todo, sus rasgos físicos quedaban atrás cuando hablaba. Había que oírla hablar. ¡Qué mujer!, decía el papá de Arnoldo. Aunque no todos entendieran sus palabras que a veces eran turbias como el río que bordeaba el pueblo. Siempre decía algo que todos pensaban, pero nadie sabía cómo decirlo. Algunas mujeres la llamaban "Cianuro" dizque porque esa agua negra estaba cargada de veneno. Pero a la profesora no le importaba, sus palabras no eran para agradar a nadie. De vez en cuando las usaba contra su marido y la amante, pero con el tiempo eso también dejaría de importarle.

Algunos decían de la maestra que había estudiado en la ciudad, que ahí había cogido mundo y que la mala suerte la había hecho regresar. Otros, que le había dado juagadura a un blanco para que no la dejara, y resultó que el tipo era casado y el mal se le había devuelto. Otras, que se había cansado de intentar parir, que en realidad odiaba a los niños; incluso insinuaban que estaba metida en el cuento de la muerte de Melkyn, pero ella no se daba por enterada. Como fuera, ahí estaba parada soportando el sol, y en frente suyo correteaban vidas que parecía asumir como un reto personal. Decía que el desconocimiento no justificaba la escasez. Al menos no para ella. "Bueno, acabó el descanso ¡Paradentro!".

Antes del final de la jornada llegaron rumores al pueblo de que otro niño iba a morir. El chisme hizo nido. Los padres llegaban por sus hijos, los agarraban fuerte del brazo, miraban a la profesora directo a los ojos y se despedían con asco. Casi todos se fueron menos Arnoldo, Hanyer y Tressor. Sus casas quedaban cerca del río, en la parte más alejada de la escuela donde el rumor no era tan diligente. Los niños disfrutaron del gobierno absoluto del patio hasta que terminaron arrinconados por el calor. Querían volver a sus casas. La profesora los vigilaba de lejos recostada sobre el vano de una puerta. Le ardían las pantorrillas y los pies. Hanyer sudaba; Tressor se rascaba el cuello y los brazos; Arnoldo pensaba en sus compañeros, quizá ya comiendo o tumbados en la mecedora y sintió celos. Deseó tirarse en el piñal de su abuela. Debían irse y así fue. La profesora se arrepentiría de haberlos perdido de vista, si hubiera podido aguantar un poco más. Refrescaba la culpa con emplastos de desvanecedora sobre los juanetes. La tristeza la dejaría para luego.

Arnoldo cogió camino convencido de que se encontraría con su papá. Le había dicho que iría por él y los papás no mienten. Hanyer guiaba al grupo. Era un niño que esperaba heredar el apodo de su papá, El Diablo. Cuentan en el pueblo que fue el mismísimo cura quien le puso el mote. ¡Y bien ganado lo tenía! A Hanyer le bastaba con ser "el hijo del Diablo", aunque ya tenía en mente una jugarreta para hacerse su propio destino. Mientras andaba, pateaba el polvo, escupía tallos secos y de cuando en cuando recogía piedritas y las guardaba en los bolsillos. Tressor sospechaba y lo seguía de cerca. Era el más agudo del trío; su mamá lo había criado bien, le decían. En clase, Tressor se aprendía de memoria las lecciones y acostumbraba a contar historias de su familia durante el recreo. Arnoldo reía a carcajadas con la del tío que salió en calzoncillos por la calle principal dizque porque una bruja se lo quería llevar, pero no era más que una borrachera con viche rebajado.

Los niños hablaban del dibujo sobre sus miedos que hicieron esa mañana luego del descanso. Hanyer se apresuró a decir que no temía a nada pues su papá era el mijmíjimo Diablo. Por su parte,

Tressor había dibujado un niño sin piernas con la cabeza ensangrentada; le temía a la muerte, al asesino suelto. Mientras hablaba se echaba la bendición mirando al cielo. "¿Y vo?", le preguntaron. El niño respondió que su mayor miedo era no volver a ver a su papá; en realidad lo estremecía la idea de no entender nada. Quería saber por qué habían asesinado a ese muchacho; quería oír de su madre por qué lo había abandonado; incluso, quería saber la razón por la que los blancos querrían ser como los negros. Quizá Tressor habría memorizado la frase y sabría la razón. Se lo preguntó y como respuesta obtuvo un par de hombros al aire. Siguieron caminando. Pasaron por la casa de Pelomalo y vieron a una mujer batiendo los brazos sobre la cabeza de una niña que lloraba en silencio. Arnoldo sintió los tirones en la panza y tuvo pena por Pelomalo. Sabía que el ritual duraría años hasta que se quemara el cabello con alisadora barata; aunque era mejor curar las costras que revivir los dolores de la infancia. Arnoldo se preguntó si las niñas blancas también pasarían por algo así, pero la sed le secó las dudas. Hanyer fue el primero en acercarse a pedir agua. La mujer, sin dejar de batir la cagüinga de pelo, les dijo que estaba ocupada. Pelomalo los miró desde el suelo, no dijo nada y siguió remolineando la cabeza al son que tocaba su madre. Hanyer apretó un puño dentro del bolsillo y sonrió. Tressor lo contuvo. Arnoldo tragó seco y los tres siguieron caminando.

¿Ronde se *abrá metiro?*, pensó Arnoldo sobre su papa. A pesar del calor, las puertas permanecían trancadas. El rumor del crimen por venir se había acomodado entre los crédulos que pensaban que entre ellos vivía un asesino de niños y que lo hacía por diversión. Tressor se agachó, recogió polvo del camino y se lo untó en los brazos y el cuello. No aguantaba más. Su madre le contó que cuando empezó a brotarse probaron de todo: saliva en ayunas, agua serenada, emplastos de hierbabuena y toronjil. Ninguno funcionó. Fue su abuelo, Don Raspu, el que dio con el chiste: *Polvo somo, polvo seremo. Echare su pocoe tierra y me recí mentiroso".* Y verdad, el niño dejó de quejarse. Sin embargo, el niño creció y con él la enfermedad. Era como si su cuerpo hubiese olvidado que era polvo para ser río, patacón, queso y alergia. Necesitaba agua.

Hanyer propuso que salieran del camino para encontrar el río. Arnoldo se opuso; su padre le había dicho que iría por él y los papás no mienten. Aunque su papá también le dijo que no anduviera solo y él no se imaginaba sin sus amigos, así que terminó cediendo. Desviaron el rumbo y se encontraron con una vegetación seca y dispersa; no había trocha y Hanyer seguía llenándose los bolsillos con piedras como con las que se hacen sapitos en el río. No esperaban encontrarse con nadie y eso tranquilizaba a Tressor. Anduvieron algunos minutos hasta que a Arnoldo lo espantó la silueta de dos ancianos. Caminaban vencidos como quien ha perdido la esperanza.

Al ver al trío detrás suyo, la pareja lanzó unas palabras que los niños no entendieron, pero asumieron que eran insultos. Arnoldo recordó que su abuela le había dicho que en el pueblo "hay agüelos que se echaron pal monte y no quieren veranaides, no. Sufrieron y sufrieron, y agora hasta nojotros los negro lesetorbamo. Yo no ros entiendo, pero su doló e grande, profundo como el ciero azul". Estos ancianos eran de la generación de su abuela, de aquellos con mala suerte: los primeros en ser violados en los socavones o latigueados y tirados al río. La profesora también les había hablado de esa época. Durante esa clase Arnoldo no podía creer que los del otro pueblo fuesen gente tan mala; su papá le había contado que el patrón les dejaba recoger alguna fruta del piso, incluso que a veces les saludaba, pero les había dejado bien claro que no eran sus iguales. Arnoldo sintió lástima de los viejos y se convenció de que estos tampoco eran sus iguales, de hecho, eran inferiores. Hanyer vació uno de sus bolsillos contra la pareja mientras Tressor se remojaba en el riachuelo. Arnoldo supo que estos dos no podrían levantar una piedra para descalabrarlo y se sintió seguro; estaba a salvo, pero ¿dónde estaba su papá?

Todo pasó muy rápido. Atrás habían quedado el par de ancianos y ellos siguieron bajando por el riachuelo porque ahí estarían seguros. Los niños no le dieron importancia a lo sucedido. Se carcajeaban con ganas como solo lo hacen quienes son felices de verdad. Imitaban ruidos de animales. Entre gruñidos y cacareos, un perro les devolvió el ladrido. Era un ejemplar con las orejas y la cola recortadas; patas largas y algo alrededor del cuello. Tressor se apresuró a jugar con él y lo bautizó: "la bestia del hijo del Diablo". El nombre hizo gracia y cayó bien en el grupo; pero una voz los corrigió: "No, no. Ju nombre er Muerte". Los niños quedaron paralizados. "Muerte, asi jellama…". Sus cuerpos no respondieron a la orden de echar a correr.

El hombre se acercó. Llevaba camisa sin botones, algunas marcas de machete y pantalón de tirantes a la rodilla; usaba gorra con marquilla extranjera y le faltaba un ojo. Sus brazos eran de jornalero y su piel mostraba cruces raciales. Arnoldo lo reconoció: hace años hubo un linchamiento. Su padre fue uno de los más emputados. Luego de ese día le explicaría a Arnoldo que lo había hecho por su bien, que debían mantener las sanas costumbres y que en el pueblo no iban a aceptar maricas. Es que "Maltinto" no es como el resto, por eso lleva en la piel la marca del diablo, había dicho el cura que aquel día empuñaba un Colima y había sido el primero en arrojar la piedra. Arnoldo pensó que Maltinto había muerto ese día.

Arnoldo quiso saber el porqué de la muerte del niño y Maltinto no respondió. El hombre se vio a sí mismo en ese muchacho curioso de pantalón corto y camisa mugrosa. Él también había ido a la escuela; fue compañero de clase de la profesora; ella fue quien le dijo que parecía un café mal hecho, un "Maltinto", y el apodo caló hondo. También fue ella quien le enseñó a ver las estrellas y en cada encuentro Maltinto le decía que los del otro pueblo no tenían lo que ellos: esperanza. Luego la profesora se había ensañado con él porque no concebía un hombre así, que ni siquiera era hombre; esa era la razón de su odio: Maltinto traicionó su amor. Después vino la linchada pero ella no estaba en el pueblo, y mientras contaba la historia el hombre se tocaba el palmar y el dorsal de la mano como quien amasa bolitas de harina.

"Mínimo eja vagamunda mentirosa lejabrá decido que ros brancos querrán sé como nojotro. Eso no va pasá nunca, no. Siempre a decido romismo. Pero jele olvida que nojotros lo negros debemo acetarno primero a nojotros mijmitos. Mire loj machetazo que me metieron rizque po´marica y ella callaita no dijo nara. Solo dice pura mentira que niella se cree". Arnoldo abrió los ojazos. ¿Cómo un ser tan inferior a él decía eso? Su padre le repetía que escuchara atentamente a la profesora, pero su abuela, un colibrí de mujer que estaría esperándolo en casa, le decía que prestara más atención a los detalles del pueblo: "mijo, oí, atendé: en los detalle está er Diablo". Arnoldo empezó a entenderlo todo y quiso echar a correr, aunque Muerte le salió al paso; Hayer tuvo un impulso y vació el otro bolsillo contra el hombre mientras Tressor le rezaba al ángel de la guarda y le pedía que no lo dejara morir, que aún no conocía la capital. Muerte ladró y mostró los colmillos. Quedaron paralizados. Arnoldo sintió húmeda la entrepierna, caliente los muslos y encharcados los zapatos. Seguro su papá lo iba a castigar porque debía cuidarlos, eran los únicos que tenía.

HERNÁN GREY ZAPATEIRO

(Cartagena de Indias, 1988) Nací el mismo día del fusilamiento de Federico García Lorca, una tarde del 19 de agosto. Nunca había estado cerca de la literatura, aunque mi madre demuestra una tendencia a la pintura y a las narraciones orales caracterizadas por relatar y describir los acontecimientos diarios. En la escuela descubrí el Infierno de Dante y, a partir de este episodio de clase, mi existencia estaría marcada por un apetito voraz por la lectura. Hecho que, al cabo de un tiempo, me llevaría a la escritura de microrrelatos y luego a los cuentos que han sido publicados en revistas y páginas en internet. En la actualidad, me dedico a la escritura de un libro de cuentos reunidos bajo el apelativo de *Narraciones Pandémicas.* Soy docente de Lectura Crítica y Filosofía en el nivel de educación media secundaria, vocación hallada por error, pero que hoy en día cultivo con ímpetu desafiante.

El ratón de los dientes

"¿Qué ha pasado sobre su planeta?
Puede ser que el carnero haya devorado la flor…"
Antoine De Saint-Exúpery.

Mi mamá arrancó el diente con la ayuda de un hilo. Amarró y tiró, fue sencillo. Pensé que dolería. Es que estás creciendo, dijo, y lavó la sangre del diente. Con una servilleta lo secó, y se lo llevó al trabajo. Por la noche regresó junto con la cena. Te traje un regalo, dijo, cierra los ojos para que así sí sea una sorpresa. Cuando los abrí tenía el diente en mí mano, todo bañado en oro colgando de una preciosa cadena. No lo pierdas, advirtió poniéndome la cadena, como lo pierdas mejor ni vuelvas. Sonrió, y me besó.

En un rato papá salió del estudio. Lucía cansado y satisfecho. Escribe el día entero. Abrazó por la cintura a mamá besándola en la mejilla. Cómo va el trabajo, preguntó. Allí vamos, es duro, contestó, mientras ojeaba el diente. Lo bañé en oro, mamá lo dijo sin importarle, crece muy rápido. Abrí la boca para que papá viera el espacio vacío en las encías, pegó una carcajada y me acarició el cabello. Luego, comentó que no se dice bañar en oro, que la palabra es *dorar*, que significa lo mismo solo que con menos letras.

Eso fue ayer. Hoy perdí el diente en el recreo. No sé qué le diré a mamá. Jugaba con los compañeros y cuando regresé al salón de clases ya no traía la cadena. Me tuve que poner pálido porque el profesor me mandó a la enfermería. No estaba enfermo aunque aproveché para buscar el diente. Pensaba en el castigo de mamá, no me dejaría entrar a la casa, debía encontrar el diente. No la conocen, es una fiera, impulsiva y lo que dice lo hace, aunque papá esté en desacuerdo. Igual no creo que haya costado mucho dinero ese baño de oro.

No sé cuál es el sentido de un diente de oro, preguntó papá mientras comíamos, los dientes caídos son para dejarlos debajo de la almohada, no para dorarlos. A mamá no le gustó lo que dijo. El hada aparece en las noches y te deja una moneda, afirmó mamá cuando le pregunté. No es un hada, corrigió papá, es un ratón, un ratón con un saco lleno de dientes como Papá Noel. Mamá odia que papá la contradiga. Insistió en el hada, pero papá decía que era un ratón. No es un ratón, Roberto, decía mamá con la boca llena, es un hada con un tutú rosado. Acá no creemos en hadas, me señaló con el tenedor, las ratas son más humanas, siempre sumergidas en nuestro mundo. Mamá le torció los labios y papá sonrió. Confío en papá, lee mucho y escribe, es más inteligente. Que me perdone mamá, pero las hadas son para los castillos y las reinas. El ratón es de la casa, es callejero. Los he visto escabullirse de la casa con un rabo enorme y un chillido irritante que hace a mamá perseguirlos con una escoba.

Hallar el diente será demorado. El colegio es muy grande. Salones, oficinas, biblioteca, parqueadero, quioscos de comida, coliseo, canchas de fútbol y béisbol. ¡Ah, qué enorme! Jamás encontraré el diente. Regresé al salón de clases porque no encontraba el diente y también había dejado el morral en el pupitre. Me darían una buena paliza. Como el día que me amarró a la silla, desnudito y me levantó a correazos. Fue demasiado, le escuché decir a papá, luego ella le reprochaba cuándo iba a terminar de escribir y ayudar de verdad en la casa. Él se quedó callado. Papá tiene razón, pero quiero mucho a mamá, solo no debo provocarla.

No bajé a tomar el bus escolar. No había encontrado el diente. Seguí buscándolo. Nadie vino a buscarme. Seguro mamá sabe que lo perdí y no regresaré hasta encontrarlo. Cuando te aburras del diente me lo devuelves y lo cuido, decía mamá. Me besaba y me decía, ya eres grande, cuídalo. La verdad es que no aparece el diente. He llorado bastante, aunque no será nada a diferencia de la paliza que me darán.

Logré burlar a los celadores escondiéndome en el baño; pasaron iluminando con las linternas los pasillos. Mientras aguantaba a que se fueran a otra parte del colegio, pensé en rastrear el diente en el parque. Recordé haber jugado allá y quizás estuviera en algún lado cercano. Había anochecido bastante cuando salí del baño, todo silenciado con silbidos de insectos en los árboles. Llegué al parque del colegio, la luna redonda y plateada dejó de iluminar un poco. El parque tiene columpios, resbaladeros, sube y bajas, esas cosas para divertirnos. En el centro hay un bohío donde hacemos las reuniones de juego, tiene techo de paja y es fresco. Me pareció ver un brillo en el suelo y me acerqué lo antes posible. ¡Sí, era el diente y resplandecía! Estaba enrollado con la cadena. Qué raro que no estaba tirado como se encuentran los objetos perdidos. No me importó y me colgué la cadena. Imaginé a mamá felicitándome por no cansarme de la búsqueda.

Ya me iba cuando escuché el ruido del retrete. Pensé que uno de los celadores tuvo una visita nocturna. Esperé a que saliera para que me acompañara a la salida. Había encontrado el diente, no tenía nada más que hacer en el colegio. La puerta del baño se abrió lentamente. Casi sonreía cuando la risa se me quedó en la garganta. Quise correr, pero las piernas se me pusieron de piedra. Un ratón grandísimo había salido del baño sacudiéndose las manotas. Era marrón con zapatos largos rojos, un moño azul, y un saco lleno de dientes muy blancos. Volteó y me señaló, no a mí sino al diente de oro. Caminaba en dos patas, alto y robusto. Se acercaba y no parecía contento, creo, porque su piel era como la del sofá cuando la rasga el gato. El ratón de los dientes parece un peluche terrorífico, pensé.

—¡Ese diente es mío! —pronunció con una voz de gripa. Puso el saco sobre el suelo y pude ver más dientes que en la boca de un tiburón; hasta un uniforme de una compañera

Jamás había escuchado hablar a un ratón. Tal vez a Mickey Mouse o los chillidos dolorosos cuando mamá los aplastaba. Papá un día me contó, recuerdo su entusiasmo, que había leído historias donde los animales se comportaban como humanos. Gatos, perros, gorilas, un cuervo, incluso ratas, hijo, imagínate, me decía, ratas temerarias gobernando las alcantarillas. Mamá se lo quedaba viendo. Roberto, gritaba, no le metas ideas en la cabeza. Está bien, contestaba, me miraba y agregaba en voz baja, es una cosa de locos. Sí, tu papá siempre tiene ideas muy descabelladas, me decía mamá.

No sé de dónde habrá salido, pero de las páginas de un libro seguro que no.

—¡El diente es mío! —no sé cómo dije estas palabras. Era arriesgado sin dejar de ser valiente—. Hace un día se me cayó.

—Los humanos no tienen dientes de oro —tosió—. Los dientes de los niños son míos.

Olía mal, todo acalorado y fatigado.

—Mamá lo mandó a dorar —traté de explicarle lo que significaba la palabra, pero negaba con la cabeza—. Si no lo llevo a casa me castigarán.

Lloré. No sirvió de nada. Estiró la mano y lo arrancó, casi también el suéter escolar si no hubiese retrocedido. Estuvo observando el diente.

—No me interesan los dientes de oro —me confesó—, yo cambio oro por dientes normales —me mostró un puñado de monedas de oro—: ¿No tienes algo para cambiarlo?

Ofrecí los libros y dijo que no sabía leer. Que para él mis zapatos eran muy pequeños.

—Si vienes conmigo —comentó—. Si me acompañas te lo daré.

—¿A dónde? —pregunté, limpiándome las lágrimas. Después pensé que viajaríamos a un mundo de fantasía o a una alcantarilla siniestra de las que describe papá, y dije—: No puedo salir de la ciudad.

—No iremos tan lejos —su mirada era angustiada y profunda. No como la de papá cuando mira la ventana, fumando y sin hundir las teclas del computador. La mirada del ratón era la de un pozo con los ojos muy en el fondo—: Vamos al salón de clases.

—¿Sí me devolverás el diente? —dije. Él sonrió y movió la cabeza—. Vamos.

Subimos al salón de clases. Todavía la lección del maestro estaba en el tablero. Pude verla a pesar de la oscuridad. No quiso encender los bombillos. Un ratón puede ver en las tinieblas, me dijo, nos seguimos por el olor de las cosas. Volvió a mostrarme el diente dorado y se acercó a mi lado.

Después que hice lo que me dijo que hiciera, el ratón me dejó ir con el diente.

Llegué a la salida del colegio. Los celadores se asombraron al verme. Mamá y papá llegaron en un rato, iban en una patrulla de la policía con los papás de Carolina. Ella es otra compañera del salón, es un año mayor que yo, y muy linda. Hace un día también se le había caído un diente. Antes que mamá y papá me abrazaran llorando, escuché decir a los policías que habían encontrado a Carolina, pero yo solo veía su morral sucio de fango y una moneda de oro sostenida por su papá. Pensé en las que tenía el ratón.

—¡¿Dónde andabas?! —dijo mamá, dándome vueltas, mirándome por todos lados—: No vuelvas a hacerlo —sentenció.

—Se me había perdido el diente de oro —dije, señalándolo.

No lo determinó. Agregué que el ratón de los dientes quería quedarse con el diente. Que lo encontré en el colegio. Fue decirlo para que los policías rodearan el colegio con el ruido de las sirenas.

—No creo que lo encuentren. Es un ratón mágico, ¿verdad papá? —dije—. Vive en otro mundo.

Papá me quedó mirando con los ojos llenos de lágrimas, sin responder nada a pesar de que siempre me cuenta historias similares. Además, le comenté a mamá, él debe seguir buscando más dientes y a otros niños, como no dejé que se quedara con el mío. Hice todo lo que el ratón me dijo que hiciera, sentencié, solo así me devolvió el diente. Me preguntaron sobre lo que hice. Respondí. Mamá lloró inconsolable, abrazándome tan fuerte que parecía dejarme sin cabeza. Papá temblaba, trató de encender un cigarrillo, pero se le cayó. No volvió a reaccionar. Seguro pensaba en lo que estaba escribiendo, porque al día siguiente lo observé echando a la basura todas las hojas que había escrito, y empezó a buscar trabajo, de esos de verdad, como el de mamá. Pero me preocupa más mamá, no deja de llorar, reprochándole a papá asuntos que no entiendo.

—Un hada Roberto —decía eufórica—, si le hubieses dicho que era el maldito hada de los dientes —gritaba—; y no un ratón.

Papá asintió mirándome. Ya para qué, pensé, habían tirado el diente de oro a la basura.

Deben creer que tengo un problema delicadísimo porque mamá me lleva donde un doctor que me pregunta sobre el ratón de los dientes. Me recuesta en un sillón enseñándome manchas negras en un fondo blanco. Piensa que son pinturas. Qué observas, pregunta. Nada, contesto, no sé qué son. ¡¿Qué querrá oír el doctor?! Dice querer ayudarme, pero yo me siento bien. Soy el único que vio al ratón de los dientes y quieren que lo olvide. ¡Vaya mundo el de los adultos! Debe ser porque deseo acabar con las citas con el doctor y que mamá se sienta más tranquila, pero a nadie le he hablado que cada mañana encuentro monedas de oro debajo de la almohada, aunque no se me hayan caído otros dientes para intercambiarlos.

MARÍA IGNACIA SCHULZ

(Cartagena de Indias, 1975) Estudió lingüística y literatura en la Universidad de Cartagena y una especialización en pedagogía universitaria de la Universidad Libre de Cartagena. Es traductora del alemán al español. Por más de cinco años se desempeñó como profesora de literatura colombiana. Desde el 2005 reside en Alemania donde cofundó la revista literaria *Alba Lateinamerika Lesen* (2011), editada en Berlín, de la que fue coeditora y corredactora hasta el 2019. En diciembre del 2020 aparecieron dos cartas suyas en el libro *La urgencia del consuelo. Cartas de mujeres colombianas* de Cero Squema Editores.

Raíces

Y una vez llegarás a la cima, podrías verlo todo y sentirías tal felicidad
que te bastaría para no volver a preocuparte en toda tu vida.

Amy Tan

El viejo Stahl ha regresado a trabajar en su jardín. Días atrás caí en la cuenta de que estaba vacío, árido y la tierra se mostraba de un gris como el cemento. No se veían las plantas que, en años anteriores, para estas fechas, ya se erguían relucientes y prometedoras. Desde mi ventana observo que tiene un arado entre las manos y sus movimientos son bastante lentos. Avanza con un pie al que luego le sigue el otro. Ya casi se acerca a los noventa años y, sin embargo, hay mucha seguridad en lo que hace. La sabiduría de quien toda la vida no ha hecho otra cosa distinta que sembrar. Su jardín, una parcela de unos 800 m², tenía todo el año algo que ofrecer: al final de la primavera las lechugas se asomaban crespas y, como numerosas flores verdes, poblaban el jardín. Con el sol del verano se veían los primeros girasoles y las plantas que anunciarían unos tomates rojos, jugosos, delicados. Alguna vez, después de que mi perro se cruzara a su patio y yo apenada intentara ofrecerle mil disculpas, me hizo señal de que lo esperara y regresó con una calabaza de mantequilla y un ramito de remolacha.

Nuestro jardín también es grande y a Sebastián se le ha dado por sembrar vegetales, verduras y últimamente flores para mí. Se le ha despertado la vocación de campesino que caracteriza a los vecinos de este lado de la calle. Nuestra casa, al igual que las demás, fue en otro tiempo una granja donde se cultivaba todo lo que se necesitara para no pasar hambre y se criaban animales. Los vecinos, a diferencia de nosotros, nacieron aquí. Una generación recibe a la siguiente, así que, con el viejo Stahl y su esposa, vive su hijo y su nuera y los nietos y, seguramente, los bisnietos habitarán esa casa cuando los bisabuelos ya no estén.

La familia Stahl vendía su cosecha en las plazas de mercado y en algunos supermercados locales, pero con la brutal competencia generada por los grandes distribuidores que ofrecían cada vez más y a menor precio, no pudieron seguir vendiendo sus productos, así que decidieron seguir sembrando solo para el consumo familiar. Eso me contó alguna vez que charlamos a través de la cerca. O al menos eso creí entenderle, pues habla el dialecto de Franconia y muchas veces asiento con la cabeza simulando comprender solo para seguir con la conversación y escuchar su voz de cascada con muchas piedras. Me dijo que la situación se había puesto difícil y su hijo igual había decidido no cultivar más, no seguir con la tradición familiar. Él, en cambio, seguía levantándose entre cuatro y cinco de la mañana para empezar la faena del día: activar el sistema de regadío, quitar la maleza que osaba meterse entre sus amadas plantas, arar si era necesario y recoger los frutos que ya sabía listos para comer. Debe tener una familia numerosa que se propaga más allá de los confines del barrio, pues ellos son solo seis personas en total y no creo que alcancen a consumir tanta lechuga como ese jardín produce: mientras habla, pienso en ensalada de lechuga, lechuga marinada, lechuga al ajillo, lechuga para el sándwich, lechuga... lechuga. ¿Cómo podrán comer tanta lechuga? Nunca me regaló una, aunque me hubiese gustado probarlas. Se veían grandes, redondas, verdes y frescas. Eran lechugas frescas como una lechuga.

Me despido del viejo Stahl y regreso con mi perro a mi jardín. Me detengo en el centro y voy girando lentamente todo mi cuerpo y mis ojos con él. Este es mi jardín. Esta es mi casa. Aquí moriré, me digo, y cierto temblor va subiendo desde mis pies hasta mis orejas. Cierro los ojos y pienso en mi madre en Cartagena. Seguramente ella también estuvo alguna vez en el centro de nuestro jardín y repitió mis palabras y sintió mi temblor.

Yo ya había estado unos veinte años atrás en Alemania, de vacaciones. En aquella ocasión el mundo me pareció recién inventado. Una amplia pradera de un verde fresco, brillante, se abría ante mis ojos. El tren volaba, pero yo aún no podía preocuparme por su velocidad, solo por el amplio verde y el amarillo de los campos de colza que de cuando en cuando se atravesaban en el camino. Mis ojos se agrandaban como queriendo atraparlo todo, el color, el brillo, el verano. Imagino que una sonrisa se esbozaba en mi rostro. No podía ser de otra manera. Estaba feliz de haberme atrevido a cruzar el charco, como llamábamos entre mis amigos al señor océano Atlántico, en un intento por disimular el miedo a esa aventura que había comenzado un par de semanas atrás cuando conocí a Erich.

Nos habíamos visto solo tres veces: un mediodía la primera vez, yo iba vestida de azul y llevaba el cabello suelto y una pila de exámenes para revisar. Que cómo me llamaba, que qué hacía, que por qué aún no comenzaba la película, que si aceptaba salir con él a bailar. Le respondí que me llamaba Camila, que daba clases, que la película comenzaría a tiempo, porque en el instituto eran muy serios, que se calmara y que sí, que podríamos ir a bailar. Pero no fui. Esa habría podido ser la segunda vez. En cambio, fue en un bar de salsa. Yo miraba por el balcón hacia la Torre del Reloj, para verificar disimuladamente el tiempo y me disponía a soltar unos pasos sola cuando lo vi entrar. Allí estaba el chico de hacía un par de días, que seguramente se quedó esperándome. Intenté esconderme entre la cerveza y el ritmo de una canción que ahora no recuerdo, pero no pude evitar que se me acercara. Y otra vez una cita programada ahora para el domingo. Llegué dos horas después de lo acordado, con Isabel, mi amiga, quien me había convencido de dejar la cama. Al menos esta vez llegaste, fue su saludo. Y ocho semanas más tarde iba con él en un tren de Fráncfort a Stuttgart, mirando a través de la ventana, como si el mundo y yo hubiésemos sido creados en ese preciso instante. Sentía la felicidad de una niña que ha hecho la travesura más original, sin haber ensuciado sus tenis blancos del colegio.

Era la primera vez que salía de Cartagena. Realmente, la segunda. La primera fui con mis amigas a Punta Arena, una isla ubicada a unos quince minutos en lancha desde Cartagena. Olvidé llevar cepillo de dientes, y muchas otras cosas, porque no estaba acostumbrada a hacer maletas o empacar para un paseo. Después de eso siempre guardo uno en mi bolso, así vaya de compras al supermercado. Pero fue la primera vez que viajaba en avión. Si pienso en que he jurado no volverme a subir a uno de ellos, a no ser que sea absolutamente necesario, por la angustia y el miedo que me causa, el temblor compulsivo que se origina en mi nuez de Adán, el sudor de las manos y la necesidad de que me aten a la silla, no me puedo imaginar cómo aquella primera vez fui feliz.

Erich me llevó a su pequeño apartamento de dos habitaciones perfectamente ordenado: todo en su lugar y todo en demasía para mis gustos y tranquilidad. Baterías en voltajes no conocidos, papel de cocina que se apilaba en un estante, pacas de leche conservable, bombillos, clavos y tornillos de todas las formas y tamaños. Jabones, esponjas lavaplatos, aceite, sal… de cada cosa que hubiese en el apartamento se podría encontrar más en esa pequeña cámara que yo había descubierto accidentalmente mi primera mañana en Alemania. Estaba sola y aún recuerdo la angustia que me invadió. ¿Estaría en manos de un psicópata? ¿Cómo se puede tener de todo un poco más, milimétricamente ordenado por tamaño, color, uso? En mi casa solo había lo que había para el día. Si se necesitaba un nuevo bombillo se iba a la tienda a comprarlo. Si la leche se acababa se iba a la tienda a comprarla. Un tornillo se le pedía al vecino que era mecánico. Las herramientas llegaban de cualquier casa y se quedaban hasta que otro vecino las necesitara. Me tranquilicé pensando que había organizado ese viaje con toda la documentación en regla, la de él y la mía. Si me pasaba algo, al menos en algún momento encontrarían quién descuartizó mi cuerpo y dónde lo escondió. Lo más importante era que me encontraran viva o muerta. Así que esa primera mañana, y después de mi fatal hallazgo, decidí quedarme asomada por la ventana esperando que Erich regresara del trabajo. Me pregunto por qué no salí huyendo. Era una suerte de fascinación mística por ese nuevo mundo la que me hacía esperar mi muerte allí, frente a la ventana, mientras veía ese cielo de un azul menos brillante que el mío cartagenero.

No pasó absolutamente nada, de lo contrario no estaría escribiendo esta historia. Fue uno de los veranos más felices de mi vida. Las caminatas apacibles por los campos de vino, los paseos a los *Biergarten* o jardines de cerveza, como traduzco al español. Subirse al bus y sentir su mano sobre mi muslo cuando quería detener el impulso de levantarme y gritar ¡parada! que ya veía venir de mi cuerpo y soltar ambos una carcajada que ponía sobre nosotros la mirada de los demás pasajeros. Bajar y atravesar la calle cuando el semáforo lo indicara y no como yo quería: corriendo, mirando de izquierda a derecha y otra vez su mano frenando mis impulsos y otra vez la carcajada.

***

Regresé un par de veces más a Alemania, y él a Colombia. Y en algún momento pensé que aquí se podría morir o echar raíces (otra forma para hablar de ese querer morir en un sitio determinado). Hasta esa noche cuando salíamos de una discoteca en Dresde. Debíamos ir en el metro hasta la estación final y allí tomar el taxi que él ya había pedido. Un par de horas más y estaríamos de regreso en la casa de sus padres, a quienes habíamos ido a visitar en esa ocasión y que quedaba en una pequeña ciudad llamada Pirna. Eran pasadas las dos de la mañana. En el vagón del metro se encontraban un par de pasajeros más. Todos con sus abrigos negros, sus gorros negros, sus guantes negros. Era invierno y hacía mucho frío. De pronto sentí como si me pusieran algo muy pesado sobre mi hombro derecho y giré la cabeza en dirección a la ventana. Tres jóvenes rapados y con chaquetas anchas me miraban intensamente y al mismo tiempo gesticulaban sin parar. Se subieron al tren, pasaron a mi lado y me dijeron "*Scheißneger*". Se sentaron diagonal a nuestro puesto de tal forma que me podían seguir observando y vociferando. *Scheißneger*, lo supe después y lo aprendí para siempre, significa

153

"negro de mierda". *Negra*, para mí caso, pienso. Negra de mierda. Los demás pasajeros empezaron a inquietarse. Erich me miró y me dijo que no les prestara atención, que solo querían provocar, fastidiar un poco y nada más. Imagino que eso mismo pensaron las otras personas en el vagón, porque poco a poco fueron dejándonos solos con ellos. Quizás no tenían que llegar hasta la última estación como nosotros y mucho menos ahora que el ambiente se ponía pesado, denso. Una voz anunció la estación final y, con ello, la indicación inquebrantable de desocupar el tren. Los tres jóvenes lo hicieron primero, luego Erich y yo. Al caminar un par de metros, los vimos más adelante con palos en las manos, parecían esperarnos. Se dirigieron hacia nosotros al vernos. Erich, como siempre hacía cuando quería indicarme algo, me tomó de la mano, pero esta vez la asió tan fuerte que llegué a sentir algo de dolor y empezó a correr con ella y mi cuerpo detrás, de vuelta al tren. Subimos aprisa y, ante la mirada desconcertada del conductor, empezó una conversación que, como me enteré más tarde, se trataba de que debíamos salir, que era la estación final, que no, que unos jóvenes nos esperaban afuera con palos en la mano, que llame a la policía, por favor, que se llamó, pero dicen que no ha pasado nada; y, entonces, Erich recordó que había pedido un taxi que ya debía estar esperándonos más adelante. Otra llamada más y el taxi se acercó, se pegó a la puerta de la cabina del conductor y por allí salimos del tren. Las rodillas de Eric temblaron, me confesó más tarde. El taxista, al enterarse de lo ocurrido, comentó, en un español impecable, que él estaba casado con una mexicana y que desde hacía quince años vivían en Dresde y nunca les había ocurrido algo similar. En mí ya se incubaba la idea del árbol que echa raíces, cuando decidí en silencio que nunca viviría en Alemania. Recordé entonces que ya en Pirna me había sentido extrañamente sola. En la calle no había otra como yo, digo, negra. Ser distinta había sido la mayoría de las veces un motivo de orgullo, para caminar erguida y segura. Aquí, solo cuando me miraba al espejo descubría a otra mujer como yo. Decidimos regresar de inmediato a Stuttgart, apoyados por los amigos de Erich, quienes justo ahora le preguntaban que cómo se le podía ocurrir viajar en transporte público con una negra en el oeste de Alemania. Y yo pensaba, cuando él me lo contaba, casi ofreciendo disculpas y deseando que mis raíces de todos modos se quedaran con él, que cómo no pudo preverlo y me olvidé del árbol, de las raíces y sus hojas y de todas esas pendejadas. Juré no regresar. Una vez que el miedo se instala, no sabes cómo desalojarlo. Mi piel se erizaba y temblaba cada vez que veía hombres rapados. Muchos me devolvían una sonrisa con los ojos, sin comprender por qué de repente yo me quedaba estática al cruzarlos en la calle. *Sorry*, aclaraban. Pensaban que me habían cerrado el paso en la acera y se disculpaban. Yo solo temblaba. Y, después, en el apartamento, lloraba con un llanto catarata que no se detenía nunca y más rabia me daba, porque no tenía sentido.

***

Y así pasaron los días, como dice alguna canción. También la historia con Erich pasó. Sucedió una noche cuando acompañaba a Esteban a ver una película de un director de cine alemán: *El acordeón del diablo*. Esteban posó su mano derecha sobre la mía izquierda, sin decir nada y allí la dejó. Alcancé a sobresaltarme, pero callé, no quise darle más matices a un simple gesto como ese. Regresamos en silencio al instituto y nos despedimos. Mi cabeza daba vueltas y ya me preguntaba si debía buscarle la quinta pata al gato, si debía volver a mirar esos ojos que muchos meses atrás me habían cautivado, antes incluso de haber conocido a Erich.

***

Al viejo Stahl se lo han llevado al hospital. Vi la ambulancia acercarse y, al ver el abandono de su jardín, supe que era a él a quien buscaban. Desde la ventana de la sala que da a la calle, no puedo confirmar si es a él a quien se han llevado. Cierta tristeza se instala inevitablemente en mis ojos y me observo hacia dentro. Repaso los recuerdos: la mano alzada de mi padre en gesto de despedida, el beso suave de mi madre posado en los dedos de su mano, la nieve cayendo y mis botas sin la suela adecuada amenazando con hacerme resbalar, los padres de Esteban rebosantes de alegría. Las imágenes se agolpan y salgo corriendo al jardín. Ya son más de dieciséis años en estas tierras. Aún no hablo la lengua de Anna Seghers o de Julia Frank, no. Mi lengua es una lengua atravesada que en días cristalinos fluye sin titubeos y en otros, pareciera recién aprendida. Mi lengua habla también en acentos que saben de sus múltiples raíces y suelta carcajadas despampanantes y músicas no escuchadas. Mis hijos en cambio cruzan las aguas de los idiomas sin temores y algunas veces inventan palabras que dan cuenta de sus mundos; ellos fluyen y yo sé que se saben ciertos y pertinentes aquí. Mientras pienso en ello me veo detenida, sembrada en la mitad del jardín. Extiendo mis brazos como alas e intento dar giros suaves que me levanten, pero de mis pies emergen unas raíces vigorosas, rápidas y profundas que descienden perpendiculares al suelo. Algo de terror se apodera de mí y no puedo regresar a la casa. Soy el manzano y el árbol de nuez a la vez, y de mis orejas salen hojas diminutas.

YAÍR
ANDRÉ
CUENÚ
MOSQUERA

(Distrito de Aguablanca, Cali, 1988) Licenciado en Literatura por la Universidad del Valle. Estudiante del PhD. en Estudios Hispánicos, en la Universidad Texas A&M, Estados Unidos. Su investigación y creación se enfoca en literatura originada en la Diáspora Africana cuya temática implique procesos de migración, transformación y empoderamiento de las comunidades afro. Su trabajo se ha publicado en Colombia, España, México, Estados Unidos y Francia. Creador del taller de escritura Meridiano de Barrio.

Bastardía

Pela mulher carpideira pra nos louvar e cuspir
E pelas moscas bicheiras a nos beijar e cobrir
E pela paz derradeira que enfim vai nos redimir
Deus lhe pague
Chico Buarque

Black bodies swinging in the Southern breeze
Strange fruit hanging from the poplar trees
Abel Meeropol (en voz de Billie Holiday)

Es que mal hizo cuando invitó a sus vecinas a firmar la carta para pedir a la Secretaria de gobierno, quien tendría visita oficial a fin de mes, que usara su poder contra los poderes que pretendían arrebatar su territorio. Y es que mal hizo en insistir con lo del paradero del desaparecido nieto de la abuela de la casa gris. Primero fue el panfleto amenazante con un mensaje mucho más grave que su carencia ortográfica: "jueputa, te bas o te pelamos". El papel desprendía un hedor a muerte. Lo soltó de inmediato y cayó en su piso de tierra. Con agua y jabón lavó el asco de sus manos, pero no logró quitar el miedo por sentir tan cerca el lúgubre tacto del contacto. Agarró la escoba y mientras barría decidió que el papel en el piso sería como otro de esos que llegaban avisando cortes de servicios; así que volvió a pensar en que, con solo un par de horas de fluido eléctrico y total escases de agua, no había nada qué temer si quitaban los servicios que no daban. Como si tal cosa ocurriera, recogió polvo, papel y tierra de la tierra que le servía de suelo. Echó todo en una bolsita que se hizo basura amarrada y la arrojó en una de las cestas de camino a la plaza, cuando fue a convencer a las vecinas de firmar

la carta para decir al secretario de gobierno que el poder es pa'
poder. Y es que mal hicieron sus vecinas, puras mujeres con hijos
sin padre, al firmar la carta eligiendo pensar en que la justicia es
coja y ciega, pero llega, aunque sus adentros dijeran que escoge,
ciega, y niega, como con los padres de sus hijos lo hiciera.

A las siete de la mañana es la cita, pero muy a las once aparece
el secretario de la secretaria en la plaza rodeado de sus escoltas. La
secretaria no llegó. Él, como su delegado, desliza su altivez enfajando su redondez en camisa y pantalón blanco; impoluto. Reluce
su blancura entre la negrura del anillo de hombres que lo asegu-
ran, bajo un solazo que destierra hasta las sombras. De entre sus
escoltas se divisan formas de lo que parecen ser negros conocidos
pues, entre gafas, bufandas de milicias y cascos bélicos, no se ve
sino eso: formas imaginadas que se presuponen reconocibles para
las puras mujeres con hijos sin padre, quienes dicen haberlos visto;
a este que va con la bandera de Colombia en el maletín, ese, sí, él
jugaba fútbol allicíto en la cancha con ejtoj pelaoj ¡hajta cuando
a algún atrevio se le ocurrió ijquique vender un lote qu'era pleno
pedazo e cancha! ¿¡ah!?, deahípadelante ni máj que se volvió a vé a
esoj pelaoj haciendo deporte. También aquel, el que lleva la gorra
debajo'el cajco, ese que se ve máj flaquito, ajá, él, ese aprendió a
nadá con loj muchachos tirándose del puente hasta cuando salió
flotando el cuerpo muerto de uno que no se había ahogado; ¡jum!
en vez de pegar pa'l mar, como esperaban loj que lo habían tira'o,
el cuerpo del difunto fue a templar en la orilla empuja'o por la
puja. Y ejtecito también, ejte, ejte, ¡el de aquí mijmito!, ¿el jeñor-
político? ¡sí! mírálo y verá, sí, con ese traje blanco no se le ve bien
la piel, pero se le alcanza a ver que tiene como una cadenita con
un cristo en la muñeca, ese también ej de acá del barrio. Ese fue el
que mandó a llamar al nieto de la abuela de la casa gris ijque pa'
hablá de política; pero ejte como andaba en suj vainas se lo llevó a
una supuesta reunión en-no-sé-dónde y sehanido en un carro de
no-sé-quién… ¡jum! ¡ejte fue, tiene la piel como maj clara, pero
ejte fue! No-sé-quej quera que cargaba escondío en el carro, pero
ni-más que se supo del nieto de la abuela de la casa gris, y ejte
en cambio a loj mesej fue ijquique apareciendo con mucho tra-

je ijquique y to'o lucío con un carné ijque del gobierno… ¡jum! y la razón que dio cuando le preguntaron por el otro fue ijquique despuéj de la reunión cada cual había agarrao rumbo ¡Jum! Y niensesabe qué pasó con el otro muchacho. ¡Ejmáj! ¿Sí vej esa camandulita? Dicen que como que rezao ej que ejtá. ¡Jum! Diojmeampareymefavorezca.

Lo que se suponía iba a ser un encuentro entre el secretario y las vecinas del barrio para atender necesidades y ofrecer soluciones, se convierte en atenciones a los deseos del secretario de la secretaria en una mesa servida para la ocasión. Mientras los escoltas insisten en hacer de cada degustación un plato entero, él mastica con pretenciosa finura y masculla maldiciones contra el viento que combate con la mano con que no agarra comida. Maldice esa tierra, y cada vez que debía viajar la maldecía aún más. La primera vez la secretaria había prometido viajar para asumir la búsqueda del desaparecido nieto de la abuela de la casa gris, pero decidió no ir y delegarlo. En ese entonces el secretario tenía el cabello rubio alisado. Se fue con un cuello tortuga caqui, elegante para su oficina, sofocante en ese lugar. La lideresa dio un paso al frente con la carta en mano, pero bastó con que el secretario de la Secretaria aplaudiera al aire y de inmediato sus escoltas impidieron que se acercara, como lo habían hecho con todo el que pretendía llegar a la mesa sin un plato lleno de comida o una bandeja con bebidas. Las puras mujeres con hijos sin padre se mantuvieron a la espera. Asumieron que sería una cuestión protocolaria, pero en menos de quince minutos se levantaba la mesa sin que su lideresa hubiera podido decir algo. Ahora se la veía retorcer la carta como si su puño agarrara el cuello tortuga del secretario de la Secretaria quien estiraba la prenda que ahora parecía asfixiarlo. Se oyó a alguien decir que se le caía el pelo al mono y las risotadas de las puras mujeres con hijos sin padre lo confirmaron: en sus hombros, espalda y hasta en el piso se veían sus pelitos amarillosos convertirse en trocitos de sal. Aquella vez culpó al calor del ambiente de haberle secado el agua oxigenada y se prometió no volver jamás a esa maldita tierra después de meterse en la camioneta blanca en la que había llegado una media hora antes.

Y así lo había hecho hasta cuando la secretaria le delegó nuevamente asistir al acto de su propia posesión oficial del cargo de delegado del lugar. Ese día optó por un traje rojo ardiente que lo distinguiera en la ceremonia. Se mostró elegante alzando su copa de vino hasta cuando apareció la lideresa nuevamente, irrumpiendo en el salón con las puras mujeres con hijos sin padre a su alrededor. Tenía la carta en la mano y pretendió acercarse, pero el secretario de la secretaria dijo que le sirvieran más vino porque se le había acabado el que traía, al instante que le arrojaba la mitad de su copa encima a la lideresa, manchando justo su vientre. Las puras mujeres con hijos sin padre empezaron a quitarse la ropa murmurando rezos. Un trueno llenó la plaza y se desprendió un aguacero que en segundos hizo volar sillas y mesas. El rojo del traje se empezó a derretir en la piel del secretario de la secretaria; sus hombros, pecho y piernas estaban llenas de un rojo que tenían el inconfundible olor a sangre. En medio del silencio atroz que desprendía la multitud, corrió y corrió atravesando el barro y los charcos hasta alcanzar la camioneta blanca en la que había llegado una media hora antes, sin que se lo volviera a ver hasta esta vez, la tercera.

No hay asomo de lluvia. En vez del sofoco habitual, la brisa sopla con frescura en su rostro. Se siente seguro. Ni sombra de las sin ropa. Todo parece pintar bien. Mastica con pretenciosa finura y hasta suelta un comentario generoso acerca del sabor del vino. Se siente de buen humor. Entonces el viento empieza a golpear más fuerte. Presiente que algo va mal. Mascula maldiciones contra la tierra y combate el viento con la mano que no agarra comida. La lideresa aparece nuevamente con su carta en la mano y detrás de ella las puras mujeres con hijos sin padre. Él cierra los ojos como si su aparición lo encandilara. Aplaude en el aire. Sus escoltas rodean desafiantemente a la lideresa. Ella se empieza a quitar la ropa. Las puras mujeres con hijos sin padre se acercan y rodean a los escoltas que rodean. El secretario de la secretaria se tapa la cara para protegerse del viento, pero al intentar marcharse ve que se le cae la blancura de la piel como si se descascarara; una negrura se revela en su cuerpo y su nariz, antes puntiaguda, ahora se hace ñata, mientras sus labios, que eran pequeños y delgados, ahora se ven grandes y gruesos dando forma un rostro que lo delata como alguien de allí, que se había embadurnado con piel color de allá.

El secretario de la secretaria empieza a gritar y señala a la lideresa. "¡Vos! ¡maldita bruja, sos vos!", le grita en la cara. "¡Ustedes, todas, perras, debí matarlas con sus maridos, perras malditas!", apunta a las puras mujeres con hijos sin padre. Deja un reguero de piel blanca muerta que se le cae y ahora tiene de frente a la lideresa quien sigue con la carta en la mano, desnuda totalmente. Al mirarlo ve en sus ojos todo el tiempo que lleva ocupando el cargo de secretario de la secretaria; ve la vez cuando sus escoltas vestidos de civil se llevaron al nieto de la abuela de la casa gris con la excusa de que lo necesitaba la secretaria en la oficina, en la plena noche del día cuando él fue a la oficina de la secretaria a denunciar a su secretario. Esta no estaba y se encontró con el secretario que le dijo "ojalá los sapos como vos naden, hijueputa, si no te ahogás". Y no se volvió a ver al nieto de la abuela de la casa gris hasta el día cuando apareció lo que decían podía ser su cuerpo, río abajo, pero sin cabeza. Ese día el secretario de la secretaria llegó como representante de la autoridad diciendo para todos: "¡Yo que pensé que los sapos sabían nadar, avemaría noseahijueputa! ¡ja!", y soltó una asquerosa carcajada a la que sus escoltas le hicieron un eco que aún retumbaba en la mente de aquella que no se rio con él, sino que lo miró firme, como ahora lo hacía: "Vos sabes que es lo que te falta", dijo él metiéndole la mano entre las piernas, pero al sentir un ardor la sacó de inmediato y ahora tenía puro hueso ensangrentado con carne derretida. Empezó a gritar enloquecido y le lanzó un puñetazo con la otra mano, que también empezó a derretirse en el aire quedando en el puro hueso blanco. Y cuando ella lo escupió la cara, su rostro se empezó a caer ante sus propios ojos desorbitados que se agarraban de las tripas en su cabeza; ojos y tripas como aquella vez en su propia casa.

Cada fin de semana su papá lo llevaba a hacer la ruta de las mujeres con hijos sin padre y culminaba en casa de la madre de la lideresa. Su papá se iba con la mamá de ella a la habitación y el ahora secretario de la secretaria se quedaba solo con la aún no lideresa e intentaba tocarla. "Si le decís algo te mato con la pistola de mi papá". Ella la había visto uno de esos fines de semana cuando inocentemente había ido tras los quejidos de su madre a la habitación, y al abrir la puerta no solo la vio desnuda sobre la cama con el hombre atrás como solo a los perros había visto, sino que en el suelo estaba el arma rodeada de algunas balas. Segundos después cerró la puerta tan despacio como la había abierto y decidió que no quería ser como su madre, pero era tarde porque tenía detrás al ahora secretario de la secretaria y ya no intentó tocarla, sino que la agarró de las manos con fuerza y en la habitación contigua adonde su madre era violada por el padre de este, este la violaba a ella. Luego ella fue llanto, furia y odio. Errante buscó ayuda entre quienes creía del barrio, y luego fueron escoltas de sus violadores. Al siguiente fin de semana la violación se acompañó de una golpiza para ambas, por perra la una y por sapa la otra. Así sucedió hasta la vez cuando escuchó un disparo en el cuarto de enseguida y su violador fue a mirar qué pasaba. Al abrir la puerta se encontró con el cuerpo del papá chorreando las tripas de la cabeza y, la mujer temblando con el arma en la mano. Se lanzó sobre ella y, antes de que le pudiera quitar el arma, esta se disparó en la sien. Con el segundo disparo quien vino fue ella, la segunda violada, ahora lideresa, y vio a su violador arrodillado junto al cuerpo del violador de su madre, quien estaba hecha sangre y sesos a un costado de la cama. Se tragó un grito que su garganta contuvo como si de un dique se tratara. Cubrió su rostro y la amó aquella vez como si fuese última, besó aquella frente cual si fuese única, dio la espalda a los violadores y salió de casa; atravesó la calle con su paso tímido, ensangrentado; subió hasta la plaza como si fuese máquina, que solo veía adelante; con sus ojos embotados de barro y lágrimas se sentó a descansar como si fuese sábado, en un banco de cemento que rápidamente se tiñó de rojo; empezó a sollozar como si fuese náufraga, danzando y riendo como si oyese música, se acercaron las puras mujeres con hijos sin padre; desde el banco tropezó en el cielo y flotó por el aire cual si fuese un pájaro, a la vista de los transeúntes como recién loca; y terminó en el suelo como un bulto tímido, saco de huesos desajustados, sucios y adoloridos. Quedó a contramano interrumpiendo el público, y las puras mujeres con hijos sin marido la recogieron y quitaron de los ojos que la veían entorpecer el tráfico. La llevaron a la casa gris de la abuela del nieto. Ahí lo vio por vez primera. En boca de su violador y el violador de su madre había oído decir de él que era un hijueputa y no se quería alinear. Sin abrir la boca se supo segura junto a alguien que era un hijueputa para su violador y el violador de su madre.

El nieto de la de la abuela de la casa gris se había mantenido solo con su abuela porque no quería tener nada que ver con las de allí, pues eran puras mujeres con hijos sin padre. Él también había conocido a los difuntos que intentaron proteger sus puras mujeres que hoy tienen hijos sin padre. Su abuela le había dicho que tenía madre, pero esta cuidaba de su hermana. Y así le había enseñado a sobrevivir con base en no existir. Y así fue hasta cuando la vio llegar ensangrentada y desnuda bajo el cobijo de su abuela. Tu madre le dejó chorreando las tripas de la cabeza antes de despedirse del mundo, aquí está ella. Luego, en la noche de ese mismo día, los escoltas del secretario de la secretaria, vestidos de civil llegaron adonde la abuela de la casa gris y se llevaron al nieto con la excusa de que lo necesitaba la secretaria en la oficina.

Pasaron meses de preguntas que tenían como respuesta panfletos amenazantes que callaba. Todas las noches veía entrar y salir de la habitación a la abuela del nieto con una vela encendida; la pena no la dejaba dormir y se obligaba a constatar que la abuela lo supiera, que también lo sentía. En las madrugadas, la luz que entra por la ventana dejaba ver la luna desde la salita, y la veía atravesar ese chorro menguante cual presencia espectral. Hasta que una noche, de repente, no la vio más. En cambio, escuchó unos pasos que atravesaron la sala, corrieron la silla y sintió un viento frío que cerró la ventana. Le puso una veladora y un vaso de agua en la mesita, y salió a buscar a las vecinas, puras mujeres con hijos sin padre, para que lo supieran. A la plaza llegaron con arengas que insistían con el paradero del desaparecido nieto de la difunta abuela de la casa gris, Diosmelabendiga.

Después de la caída del pelo del mono, llegó el primer el panfleto amenazante con un mensaje mucho más grave que su carencia ortográfica: "jueputa, te bas o te pelamos". El papel desprendía un hedor a muerte. Lo soltó de inmediato y cayó en su piso de tierra. Con agua y jabón lavó el asco de sus manos, pero no logró quitar el miedo por sentir tan cerca el lúgubre tacto del contacto. Agarró la escoba y mientras barría decidió que el papel en el piso sería como otro de esos que llegaban avisando cortes de servicios; así que volvió a pensar en que, con solo un par de horas de fluido eléctrico y total escases de agua, no había nada qué temer si quitaban los servicios que no daban. Como si tal cosa ocurriera, recogió polvo, papel y tierra de la tierra que le servía de suelo. Echó todo en una bolsita que se hizo basura amarrada y la arrojó en una de las cestas de camino a la plaza, cuando fue a pedirle a las vecinas que le enseñaran la resistencia de la desnudez.

Las puras mujeres con hijos sin padre se estaban ocupando de atender el viaje eterno de la abuela de la casa gris; la habían arreglado y decorado para la ceremonia, pero el bullicio que en la plaza se sentía no dejaba marchar a la difunta, Dioslatengaensugloria. Los vasos se caían, las velas se apagaban y se podía sentir en el ambiente la tristeza y enojo de la que ahora caminaba sin pies. Entonces fueron a la plaza. Las puras mujeres con hijos sin padre irrumpieron en el salón. Ahí estaba el secretario de la secretaria con un traje rojo ardiente en su acto de posesión. Tras la lluvia de sangre, regresaron a la casa gris. La lideresa puso una veladora en la mesita de noche y un vaso con agua. Empezó rezos que se cortaron cuando escuchó que movían cositas en la sala. Se quedó en silencio como eligiendo si temer lo vivo o lo muerto, y la sintió pasar por detrás suyo arrastrando su presencia mientras recogía sus pasos en la cocina. Cerró los ojos porque solo hace falta estar vivo para temer a lo que no se logra comprender, y entonces la mano fría tocó su hombro y susurró que ya no había que buscar, sino poner otro vaso porque también los ahogados andan sedientos el camino eterno. Al amanecer, se encontró con la cabeza del nieto de la abuela en la puerta. No votaba sangre, pero estaba muy hinchada. Más tarde las puras mujeres con hijos sin padre llegaron a casa vestidas de blanco y fueron al patio sin preguntar. Empezaron a cavar con sus propias manos y a rezar bajito. Apareció la lideresa vestida de blanco y con la cabeza del nieto de la abuela de la casa gris en una mano. La puso en el hueco que habían hecho las puras mujeres con hijos sin padre, y estas empezaron a rezar caminando en círculos. Al detenerse, la lideresa se levantó el vestido, se sentó donde habían puesto la cabeza y soltó su orina tibia sobre los ojos, la nariz y la boca, penetrando fluido por donde alguna vez hubo mejillas.

Salieron a la cita que tenían a las siete de la mañana, sabiendo que muy a las once aparecería el secretario de la secretaria en la plaza rodeado de sus escoltas. Que la secretaria no llegaría y él, como su delegado, deslizaría su altivez enfajando su redondez de camiseta y pantalón blanco; impoluto. Entonces la lideresa apareció, nuevamente con su carta en la mano, y detrás de ella las puras mujeres con hijos sin padre. Él cerró los ojos, sacó gafas, aplaudió en el aire y ante sus escoltas todas empezaron a quitarse la ropa. Empezó a maldecir el viento que le arrancaba la blancura de la piel, maldijo su nariz ñata y sus labios gruesos. Maldijo a la lideresa y las puras mujeres con hijos sin padre. Dejando un reguero de piel blanca muerta que se le caía, se fue hacia la lideresa y la miró de frente. Ella seguía con la carta en la mano, desnuda totalmente. Le quiso meter la mano entre las piernas y le quedó el puro hueso ensangrentado con carne derretida. Lanzó un puñetazo que derritió su mano en el aire y, cuando la lideresa le escupió la cara, se cayó su rostro y le colgaron los ojos de las tripas en su cabeza. De la calavera se desprendían pedazos de cuero que le acompañaron hasta su camioneta blanca en la que había llegado una media hora antes, en cuyo interior aguardaba el nieto de la abuela de la casa gris sosteniendo dos vasos con agua.

LUIS
MALLARINO

(Cartagena, 1986) Premio Internacional de Poesía Paralelo Cero (Ecuador, 2020). Tercer lugar en el Concurso Nacional de Poesía Casa Silva (2016). Tres veces ganador del concurso nacional de cuento infantil Comfamiliar Atlántico (2011, 2013, 2014). Premio Distrital de literatura Ciudad de Barranquilla (narrativa, 2017) (poesía, 2013). Mención de honor en el Concurso Nacional de cuento de la Universidad Metropolitana (2015). Mención en el Concurso Nacional de Poesía Isaías Gamboa (2005). Ha publicado para adultos, *Caja de música* (2020) (poesía) y *Toda la lluvia era nuestra* (2018) (relatos). Y, para público infantil: *El abominable monstruo devorador de papel higiénico* (2011); *La venganza del salchichón cervecero* (2013); y *Tarzán contra Papá Noel* (2014).

Bobo no

Javier solo sabía escribir su nombre, al revés siempre: la jota en forma de ele y así el resto. Todo hacia atrás, como si mirara el mundo a través de un espejo.

Cuando no teníamos ganas de correr, Olga buscaba un lápiz y Javier hacía lo único que sabía hacer con un lápiz. Los demás mirábamos, éramos niños; tan niños que aún no entendíamos por qué Javier tenía cuerpo de papá si corría como uno de nosotros y hablaba como un bebé. Se le entendían tres o cuatro palabras. Pronunciaba muchísimas más, una amplia gama en un idioma lejano.

Yo pensaba por aquellos días que quizá en otro planeta existía un barrio donde hablaban el mismo idioma de Javier y escribían al revés. Pensaba también que yo había nacido para cantar y que Javier había nacido para pintar las letras de las ambulancias.

Javier vivía a dos casas de la mía y tenía por costumbre no lavarse los dientes ni las manos. Usaba pantalones desteñidos, zapatos rotos y camisas llenas de cloro y tristeza. Era como un niño grande y pobre. Todos éramos pobres, realmente, pero a él se le notaba más, quizá por su tamaño. Un pantalón desteñido de Javier equivalía a diez pantalones de nosotros.

A primera vista parecía un señor, pero no jugaba dominó ni hablaba de política o de fútbol. Tampoco era bien recibido entre los grandulones que invadían la calle como bueyes. No tenía esposa, Javier. Tenía en cambio un teléfono de plástico, una radio oxidada y un carrito con tres llantas. Y solo jugaba con nosotros, con los más pequeños de la calle.

Era la calle 19. Allí me enamoré en vano más de diez veces; corrí detrás de mil balones desinflados; besé a la mayoría de mis vecinas; caí de bruces y de espalda, de dientes, de nariz, de codo; me torcí el brazo en un par de ocasiones; caí con todo y bicicleta (adiós, rodilla); casi se me encienden las pestañas por mezclar saliva y fuego. Tuve un enemigo peligroso; fui testigo de la vez que Loly Luz se fue a los golpes con la Cintia. Yo vivía cantando encima de los árboles como un verdadero pajarraco enorme.

Cuando Javier estaba cerca y me escuchaba cantar, bailaba y reía con sus dientes horrendos (los dientes más feos que yo había visto). A veces se animaba a tararear la última sílaba de cada verso y cerraba los ojos como si entendiera.

Cuando sí teníamos ganas de correr, le gritábamos «loco». Éramos muchos. Él entonces nos perseguía infatigable en son de juego y nosotros corríamos despavoridos como si de eso dependiera la vida. Si alguien le gritaba «bobo» se molestaba y no corría. Se apresuraba a responder en su idioma, «obo no, espete», y se acababa el juego. Una sola vez me atrapó.

Me levantó por los aires, me abrazó y me obligó a pedir disculpas («tú no eres nada loco, Javier»). Solo entonces pude poner los pies en tierra. Un poco tarde, porque ese abrazo —el abrazo de un loco— se me quedó en el cuerpo de por vida.

**

Cuando jugábamos a las escondidas me gustaba esconderme con Olga, así podía sentir su piel cerquita, su respiración, sus ojos negros. El jardín de la casa roja era el escondite perfecto. Allí cabíamos todos los niños de la calle.

La casa roja quedaba en una esquina. Tenía un pequeño muro de concreto fácil de saltar y, por dentro, toda clase de arbustos, flores y árboles; desde inocentes agapantos hasta bastos almendros y mangos. Estar dentro del jardín aseguraba la libertad, la paz y la belleza. Quien buscaba no se atrevía a entrar porque de cualquier arbusto podía salir alguien gritando «libertad; libertad para todos». Quien buscaba estaba obligado a descifrar entre las sombras quién era quién y a describir con certeza el árbol que escondía al supuesto atrapado: «un dos tres por Vanessa, detrás de las flores amarillas». Y Vanessa feliz sobre el almendro.

Olga vivía justo al lado de mi casa. Era flaca como un trapero. Sus cabellos parecían espantados y era buena jugando a los karatecas. Una vez me sacó sangre, pero no fue su culpa. La hebilla de sus sandalias me hirió una pierna.

Cuando nos escondíamos no parecía tan ruda como cuando hacía de karateca. Se le ponían los ojos grandotes del susto. No quería que la atraparan de primera. Nadie quería que lo atraparan de primero porque si nadie daba libertad, tocaba buscar. Y buscar a veinte niños de la calle 19 en aquel entonces era una tarea absurda, imposible y triste; los únicos felices eran los escondidos.

El día que a Javier le tocó buscar, el juego se volvió un carnaval de risas y sustos. Javier debía contar hasta cien, como todos, pero en su idioma no sabíamos si el cien estaba más cerca o más lejos. En el idioma de Javier todos los números parecían el mismo. El resultado: cabezas estrelladas, cuerpos arrastrados, piernas cojas, corazones a punto del infarto.

En medio del alboroto Olga y yo quedamos demasiado cerca. Tan cerca que nuestros labios se rozaron detrás de unos abetos.

Sin pronunciar palabra se separó asustada, tapó mi boca con su mano y me miró con sus ojos grandes. Nunca más hablamos del tema, pero ese beso —el beso de una niña asustada— se me quedó en la boca de por vida.

***

Hoy volví a la calle 19 después de veinte años. La casa roja ahora es verde, pero no tiene más verde que el de sus paredes. Los nuevos dueños han construido una reja inquebrantable y ya no hay forma de esconderse allá dentro.

De Olga no hay rastro.

Se fue niña del barrio; un día desperté y ya no estaba. Supe después que se había ido embarazada a vivir con un gordo que bien podía ser su padre. La que era su casa es ahora una tienda de abarrotes abandonada.

Me pregunto si Olga aún sentirá miedo. Si se le pondrán los ojos grandes con el susto. Si se acordará de la vez de nuestros labios…

Javier, en cambio, está intacto (parece lo único intacto de la calle). Ahora llega y me saluda con una sonrisa cálida.

Me gustaría decirle que no volví a cantar más nunca, que ya no río ni me enamoro. Que no corro veloz tras balones de humo, que hace rato no se me queda nada en el cuerpo de por vida. Me gustaría también decirle que escribo, que hago el intento; que verlo escribir su nombre al revés me marcó para siempre. Decirle que muchas veces quisiera esconderme en el jardín de la casa roja y no salir más nunca. Decirle… pero, por la forma en que me mira, pareciera que está al tanto de todo y que no hace falta que le diga nada.

Yo creo que él piensa que me he vuelto un poco bobo.

La piel de las ciruelas maduras

No fue un son de Ismael Rivera el que irrumpió entre las luces de la discoteca y se esparció con el humo, bajó por los manteles, caminó entre las piernas e hizo temblar los vasos de la fiesta mientras Dainis, en contra de todos los pronósticos, extendía los diecisiete años de sus manos hacia las manos incrédulas de su profesor de Química. Él, contrariado, dejó a un lado el coctel con jugo de naranja, caminó hipnotizado hasta la pista, acercó su cuerpo al cuerpo de ella y supo que esa reacción no estaba descrita en ningún libro. El placer que sintió no pudo descifrarlo, no pudo siquiera darle un nombre, una tonalidad o un peso.

Ahora explicaba la nomenclatura inorgánica de los óxidos metálicos en un salón sin Dainis y no entendía por qué le era imposible evocar la canción. A menudo pensaba que si hacía un poco de memoria podía recordar con certeza qué canciones bailó con cada mujer que amó en su vida, pero esta vez la melodía se había borrado, aunque era seguro que no había sido un bullerengue de Etelvina ni un jíbaro de Florencio Morales.

José Agustín Logreira había cumplido los cincuenta sumido en una tristeza que a él se le antojaba hipoclorosa o cúprica. Tal vez por eso no mostró ningún entusiasmo cuando supo de su nombramiento en un colegio ubicado en una vereda a más de una hora de la capital. A su edad ya había olvidado casi por completo la poca química que había mal aprendido en sus días de universitario. No había olvidado, en cambio, su promesa juvenil de dedicarse a la música, pero la vida le tocó siempre la clave de un guaguancó y él nunca aprendió a entrar con la guitarra en ese compás.

Justificaba su desventura con una supuesta maldición que él mismo había construido y que lo ocupaba largas horas cada noche. Pensaba, con la cabeza en la almohada, que cada cosa en su vida había llegado con prisa o con retraso. Su divorcio, por ejemplo, se había dado por fin luego de siete años de dilaciones. Danna, su única hija, había llegado quince años antes de lo previsto. La primera guitarra la tuvo a los dieciséis, es decir, diez años tarde según sus cálculos. Jugaba Logreira a esparcir sobre el colchón estos sucesos, y concluía cada noche que no hacía falta eliminar ninguno, ni el más trágico; que bastaba reacomodarlos en el tiempo para ser feliz.

Por ahora lo único feliz de su nuevo trabajo era el viaje hacia el colegio, pues estaba plagado de árboles que dejaban caer flores amarillas sobre la carretera y vacas que, a veces, en vez de caminar, corrían. Intentaba en vano no aburrirse en sus propias clases. La química era demasiado abstracta para unos niños que solo querían trepar a los árboles de mango durante el recreo y darse un chapuzón en las represas de las fincas aledañas a la salida. La química era demasiado concreta para él, que solo quería tomar el mayor número de limonadas antes de morir.

Miró hacia la silla que ocupara Dainis el año anterior y se encontró la mirada fría de César Sarabia. Suspiró. Hacía unos meses no más, Dainis estaba hundida en esa misma silla con un dedo metido entre sus labios rojos como la piel de las ciruelas maduras, pensó Logreira, y también pensó que estaba mal hacer metáforas con los labios de sus estudiantes. El cabello abundante le cubría medio rostro y la falda recogida (por inocencia o malicia; esto Logreira nunca pudo determinarlo) dejaba ver sus muslos, que eran al mismo tiempo blancos y rosados. Era la primera vez en la vida que Logreira entraba a un salón a dictar una clase. Había cuarenta rostros y él no podía ver sino dos muslos, como una ceguera blanca y rosada en sus pupilas.

Quiso pensar que el asunto no pasaría a mayores, pero a los pocos días se sorprendió en casa pensando en Dainis, arreglándose la camisa para Dainis, tapándose la calva con los pocos pelos que le quedaban para Dainis. Preparando sus clases con esmero solo para Dainis. Buscando los exámenes de Dainis para apreciar su caligrafía y encontrar en ellos, quizá, algún mensaje oculto para él.

Ella, a su vez, cada tanto fingía preocupación por sus notas y se acercaba a Logreira con la boca húmeda a preguntar tonterías. Era claro que se sabía irresistible y que podía ver los relámpagos que caían sobre la cabeza de su profesor. Él trataba de pensar en la valencia del calcio para no decirle «bésame».

Sintió calor y fastidio, el timbre estaba lejos de sonar. Escribió la fórmula del óxido de oro en el tablero y se arrepintió al instante. Jamás en su vida había visto la oxidación del oro, ¿por qué existía entonces esa fórmula? Temió que alguien levantara la mano con la misma pregunta. El libro de consulta decía que también podía llamarse óxido áurico. A Logreira le gustó la palabra áurico. De forma casi inconsciente escondió en el bolsillo de su pantalón la mano en la que usaba un viejo anillo de oro, gesto innecesario, pues nadie prestaba atención a la clase, ni el propio Logreira que volvió a mirar hacia Sarabia no sabía bien por qué.

Era evidente que no superaba la ausencia de Dainis; en los recreos sentía su voz y volteaba a mirar para encontrarse a alguna niña con el mismo uniforme y otro rostro.

No fue el canto de Lavoe el que sirvió de puente aquella noche en que profesores y alumnos se habían separado por instintos naturales. Reían y guardaban silencio a destiempo bajo el mismo techo y la misma música. Solo Logreira se había sentado en el balcón de ese universo impuesto y, desde allí, miraba la terraza del universo vecino. Nunca antes había visto a sus estudiantes tan alegres. Le causaba una felicidad incierta verlos reír y bailar. Ver bailar a Dainis. Ver a Dainis acercarse hasta su lugar con la sonrisa pícara de la juventud y extender los diecisiete años de sus manos hacia las suyas. «Diecisiete años y medio», se repetía Logreira para sentirse menos ruin y poder apretarla contra su pecho con menos remordimientos de los que ya tenía. Parecía el fin de una condena exótica.

La condena de tener que preguntarle a Dainis la configuración electrónica del átomo de oxígeno solo para contrarrestar el deseo de formular la verdadera pregunta: «¿Por qué eres tan bella, Dainis?, dime por qué, solo por qué; lo demás no importa». Si el átomo es blanco con puntos anaranjados es lo de menos. «¿Por qué soy tan viejo, Dainis?, ¿por qué el mundo se hizo joven de repente?, ¿por qué no viene un verdadero profesor a dictar esta clase aburrida y yo, mientras, me siento a tu lado, a donde pertenezco? No tienes que responder ahora mismo, Dainis, tómate tu tiempo, mas no abuses».

Ella le enterraba sus uñas en la espalda. Y él no sabía cómo interpretar el asunto; o sí sabía, pero no podía creerlo. No era un merengue de Leandro Díaz ni un paseo de Hernando Marín; lo cierto es que Logreira no quería que terminara. Con un nudo en su garganta, en medio de la canción, alcanzó a decirle al oído «te voy a extrañar» y Dainis guardó silencio. Él quiso pensar que esa frase no lo ponía en riesgo ni en ridículo, pero el silencio de ella lo hizo dudar. Se sintió un tanto desdichado, pero los muslos de ella rozaban ahora con sus propios muslos y los senos de ella se hundían en su pecho, así que la desdicha estaba felizmente incompleta.

Cuando la canción estuvo por terminar, ella por fin habló. «Tengo que decirle algo, profesor, pero me avergüenza». Logreira se estremeció al punto de perder el ritmo de una canción que, estaba seguro, no era de Celia Cruz ni del Cacique. Tuvo que luchar para recobrar el paso. El percance los obligó a separar y encajar sus cuerpos nuevamente. Él la apretó como si se aferrara a su último baño de juventud; y, en su imaginación, besó los senos de Dainis con tanto apetito que Dainis sentía, en la imaginación de Logreira, que la besaban diez bocas.

Desde la pista, Logreira miró hacia la mesa de los docentes y se le antojó que lucían viejos y cansados. Bailó con casi todas las estudiantes sin perder de vista a Dainis. La celó con cada muchacho que la invitó a bailar. Bebió a gusto, comió hasta la saciedad, y en todas las fotografías posó con una carcajada real.

Pidió silencio al grupo del fondo con tanto desgano que nadie hizo caso. Escribió la fórmula del óxido férrico y del óxido alumínico. Pensó en el placer que le produjo abrazar el cuerpo de Dainis y lo comparó con el placer de treparse al árbol de níspero que había en el patio de su casa cuando niño. Abrazar a Dainis había sido, según Logreira, como volver a abrazar aquella rama con la edad de aquel entonces.

Cuando el vaivén de los cuerpos volvió a reunirlos, él no perdió un minuto para retomar el diálogo. Ella lo condujo hasta una mesa solitaria en un rincón del lugar y allí no pararon de reírse sin entenderse siquiera, pues el volumen de la música arrastraba las palabras que se decían y ponía un verbo en donde iba, tal vez, un adjetivo.

Ella escribió un mensaje en una servilleta y como pudo le hizo prometer a Logreira que no debía leerlo hasta llegar a casa. Él lo guardó en el bolsillo de su camisa, extasiado. Dainis se fue al centro de la pista hasta que prendieron las luces del lugar en señal de que había que marcharse. Logreira pensó al salir que Dios debió asignarle el don de la eternidad a las fiestas y no a la muerte.

Abrió los ojos la mañana siguiente con la cabeza envuelta en una tierna maraña. Salió de la cama adolorido y el viejo colchón (también adolorido, pensó Logreira) intentó en vano recobrar su forma. Revisó su celular con la certeza de que las fotos ya estarían colgadas en las redes de sus estudiantes. Por algún motivo cercano a la demencia pretendía aparecer en las fotos tal cual se sentía la noche anterior; es decir, joven y espléndido, pero la cámara no había dejado por fuera ni una sola señal de su medio siglo en el mundo. Se quedó mirando un zapato viejo largo rato. La foto junto a Dainis lo trastocó. Quiso comparar el contraste que había entre ellos dos, pero no tuvo aliento para causarse ese daño.

Alexa levantó su mano: «¿Se oxida el oro, profesor?», pero José Agustín no estaba ya en condición de asustarse, pues había sentido por fin que un fragmento de la canción se revelaba. Ahora estaba seguro de que había sido una salsa y de que no era Rubén Blades.

Buscó la camisa en el piso de su habitación y sacó la servilleta. La desdobló con el corazón en grietas y leyó al fin: *Profesor, de grado quisiera un par de zapatos.*

El salón hizo un silencio crudo a la espera de su respuesta. Logreira lo aprovechó para estirar la melodía. Alcanzó a reunir tres o cuatro compases en pocos segundos, y de golpe escuchó la voz. Era sin duda *El centurión de la noche:* Álvaro José Arroyo. El timbre sonó.

Logreira le sonrió a Alexa, y ella devolvió la sonrisa por compromiso.

«Rompe tu risa el cristal de mi soledad», susurró Logreira para sí mismo. Tomó su maletín y se marchó un tanto feliz. Estaba convencido de que haber recordado la canción era el primer paso, de una serie infinita, para olvidar a Dainis de una buena vez.

ISABELLA
SÁNCHEZ
VICTORIA

(Tulúa, 2000) Licenciada en Literatura. Crecí en casa de mis abuelos y sus recuerdos me habitan. Mi abuela se marchó, anticipando mi llegada al mundo, como legándome sus manos tejedoras de palabras que se alimentan de la fuerza de mi abuelo cimarrón, quien me atraviesa en la ficción desde donde elijo pensarme negra, saberme mujer y quererme libre.

Bámbara

El sol se entraba por un hueco en el bahareque que hacía las veces de pared. Para Pabla esta era la hora de salir a lavar al río, pues ya había preparado el desayuno, arreglado el rancho y despachado a su negro, Isaías. Sus hijos le ayudaban a bajar hasta la playita, luego Teo se encargaba de subir la ropa y Aura de extenderla, mientras Isaías, en las calles, intentaba vender sus artesanías y mirar en qué otra cosa podía ganar algo de dinero; esa fue la estrategia de la familia Mosquera Guerrero para sustentarse desde su llegada a la ciudad.

Ser desplazados turbó sus vidas, tuvieron que reemplazar los caminos pedregosos por el cemento ardiente, las chivas por los taxis, la huerta por las tiendas, su finca por una choza improvisada. La realidad que los golpeaba no les pertenecía, ellos nada tenían que ver en esa guerra tan absurda formada entre cardenales y azulejos. Así, una tarde de esas tan calurosas en las que el aire parecía fuego, a Pabla se le confundió el camino que de la galería la llevaba a su rancho; anduvo horas por la ciudad con un rumbo aparentemente no definido, y la angustia ya comenzaba a carcomerle el alma. Oscureciendo y con la perturbación del ruido, resolvió finalmente la encrucijada. Doblando una esquina reconoció al final de la calle a su hijo vendiendo artesanías en un andén. Juntos llegaron a la casa y allí Pabla decepcionada le expresó a Isaías:

—Negro, este lugar no me gusta. Estuve toda la tarde buscando la casa, me perdí desde la galería. Salí de comprar el revuelto y ya no supe cómo ubicarme. A quienes intentaba preguntarle, solo me miraban la palangana con el revuelto y decían que no me podían comprar, ¡como si yo les estuviera pidiendo! No, negro, yo solo quería llegar a la casa

Isaías nada decía ante el lamento de su esposa, pero no es que no le importara, sino que en el fondo le daba la razón a ella, y se sentía culpable por no haber sido lo suficientemente valiente para defender su hogar, su tierra. Esta queja se hizo más presente, y los silencios terminaron por sepultar aquellas voces ahogadas en el despojo de un devenir que no era el de ellos. Uno a uno se reprochaba en sus pensamientos el no haber actuado, y como siempre, la impotencia terminaba ganando para luego convertirse en resignación. Aun así, fue al filo de la orilla del río donde se refrescaba de aquella quemada tan bárbara, cuando Pabla tomó la decisión por todos: entregó la ropa a sus clientes, cogió su mochila y comenzó a empacar sus cositas sin revirar. Sus hijos se extrañaron al verla tan decidida, pero en el fondo sentían un alivio inmenso ¡volvían al campo! Teo entró a buscar a su papá rápidamente para avisarle que la señora del hogar hizo lo que ninguno de ellos se atrevió a hacer: intentar recuperar su tierra, su hogar, sus vidas, su origen.

A la mañana siguiente ya todo estaba listo para partir, tomaron el viejo Jeep modelo 56 de Caregato y reinó el silencio ya no porque se ahogara en desilusión, sino en esperanza. Así comenzó a ascender y descender este carro pasando valles y crestas, dejando atrás la ciudad. Aquella a donde Pabla no deseaba regresar, pues mientras planeaba el orden de sus acciones al llegar a la finca Bámbara, se dejaba llevar, embelesada, por la maravilla de los paisajes compuestos por verdes caña, algunos más espesos como los del café, los olores dulces de la brisa y algo de frío que aún conservaban sus montañas. Y así, cada integrante de esta familia ocupó su cabeza con la palabra ilusión, pues Aura pensaba en volver a la escuela, reencontrarse con sus compañeros; mientras Teo meditaba poder retomar el trabajo en la finca de sus vecinos, ya que se había desempeñado muy bien y hasta le habían prometido un aumento. Aun así, en Isaías era distinto porque lo embargaba el miedo y la pesadumbre que marcó su salida de ese territorio; sabía que ya nada sería igual, y que su vida corría peligro si algunos de esos pájaros lo llegaban a ver.

El Jeep finalmente se detuvo frente a Bámbara y Aura saltó del carro poniendo sus dos pies firmemente en la tierra. Luego la siguió Teo quien se dispuso a bajar las maletas. Pero Isaías, en el fondo del carro, se quedó un instante mirando sus hijos, se limpió el sudor de la frente y acarició con su mano temblorosa la trenza de Pabla que caía por detrás del espaldar de la silla. Finalmente se bajó despacio. De la parte de adelante se le vio a Pabla acomodandose la falda y despidiendo con una gran sonrisa a Caregato; deseaba no volver a verlo en mucho tiempo. Esta felicidad duró poco. Cuando estuvo disperso el humo del Jeep vieron algo muy similar de donde venían: una choza a medio sostener, agujeros de fusil en las pocas paredes que seguían en pie y muchas letras azules formando amenazas despiadadas. Sus esperanzas se venían abajo, había que comenzar desde cero, aun así, Pabla juntó las manitas de todos y les dijo:

—Negro, mija, mijo —mirándolos a cada uno—. Esto no va a ser fácil, pero a nosotros cuándo nos ha quedado algo grande. Teo, papi, puede ir donde doña Irma a ver si le dan otra vez el puestico. Y con usted, Aura, mañana vamos a inscribirla en el colegio. Ahora, Negro, vos con tu gran imaginación levantás esta choza, yo te ayudo, y de paso nos prendemos unos cuantos velones para que no llueva ¡Necesito caras alegres y muchas ganas para sacar adelante a Bámbara!

Efectivamente, todo se realizó según ordenes de Pabla, nada falló, y esa finca en cuestión de dos semanas volvió a tener cualidades similares a como la habían dejado. Todos tenían tareas diferentes qué desempañar, según como la madre lo había distribuido, pues en la mañana ella labraba la tierra y se encargaba del oficio general; cuando llegaba Aura del colegio, en la tarde, seguía el trabajo de su madre. Mientras tanto, Isaías y Teo debían bajar a la ciudad, tristemente, allá les iba mejor vendiendo artesanías en un andén cercano a la iglesia principal, porque las fincas de los alrededores de Bámbara en el día eran tiro al blanco de los hombres y en la noche morada de fantasmas.

Bailé, bailé, toda la tarde gritando
Canté, canté el regreso de mi amado
Con mi familia me encuentro
En mi terreno sagrado

Milagrosas eran las manos de estas mujeres que devolvieron la fertilidad a la tierra y grande el valor de Isaías y Teo, pero ninguno dejaba de pensar en el destino de sus vecinos, sobre todo porque ese podría ser el de ellos, pues eran los únicos que se habían atrevido a volver. Pabla intentaba suavizar estas tensiones. Un día a la semana desde la 5 de la mañana ella montaba la paila en el fogón, sacaba de sus largas trenzas un fósforo, y ponía la leche a hervir para hacer su dulce cortado. En la noche lo repartía a su familia, y se sentaban a escuchar al negro cantar arrullos, contar historias y echar chistes. Pero no siempre sucedían las cosas de esta manera, de vez en cuando Isaías se arrimaba a Pabla con cuidado:

—Mija, yo sé que está muy contenta acá, y que además el campo me la pone muy hermosa, pero tengo miedo por nuestras vidas. Usted más que nadie sabe, Pablita, que esas deudas con ellos no se olvidan de la noche a la mañana —dijo susurrando.

—Isaías, estamos armando nuestro hogar muy bien, la finca ha dado buenos resultados y los niños se sienten felices ¡No seas terco, hombre! Quedémonos acá, igual nada se ha vuelto a saber de ellos —expresó Pabla enojada.

—Yo no sé, mija, en cualquier momento van a venir por nosotros, a ellos fallas no se les permiten.

Pabla no respondía como su negro quería que lo hiciera. Solo era abrir su mente y quitar ese velo cegador que se había impuesto con esa obsesión por su finca y, como esto no sucedía, Isaías terminaba por resignarse, entonces todo parecía fluir en este hogar, hasta una mañana cuando Pabla despertó afligida: torpemente preparó el desayuno para su esposo, mientras en su mente llevaba la cuenta del rosario que ese día ofrecía por su familia. De repente, una nota cayó por entre la hendija de la ventana de la cocina. Isaías se llevó las manos a la cabeza y exclamó: "¡Por San Pacho bendito! ¿si vio negra?" En sus miradas se comunicaban lo que significaba eso: ya los pájaros los habían visto y pronto les volarían su hogar. Entonces Pabla convenció a su negro de manejar la situación como hasta ahora lo venían haciendo, con algo de discreción, y no hacerle mucho caso a eso, pues ella no estaba dispuesta a regresar a la ciudad; quemó la nota en el carbón donde asaba las arepas y le sirvió a Isaías como si nada hubiese pasado:

—Negro, no te me preocupes —dijo con tono comprensivo—. Podemos ir buscando otra finquita, ¡Eso sí! No nos demoremos mucho en eso, y nada de decirle esto a los muchachos.

Esa semana los esposos buscaron tierras así fuera para alquilar, pero la situación estaba muy complicada, y los sitios donde estaban ubicadas eran como la boca del lobo donde Pabla no estaba dispuesta a meter su hogar. Esa semana no hubo dulce cortado, ni arrullos, ni cuentos. Los niños se fueron a dormir temprano, así la pareja se sentó a pensar en soluciones; en eso estaban, cuando los azulejos entraron alzando vuelo y con sus armas se lo llevaron como lo habían prometido. Pabla corrió hacia las habitaciones de sus hijos, y allí se escondió. Al salir solo encontró plumas del color del cielo teñidas de sangre negra: habían matado a Isaías. En aquel momento llegaron Teo y Aura, abrazaron a su mamá y bañaron su trenza en lágrimas. Pabla se sentía culpable por no hacerle caso a Isaías y regresar allí, pero muy adentro sabía que los negros eran tercos por naturaleza. Así, tomó las manos de sus hijos, limpió sus lágrimas y las de ellos, y les habló desde la dignidad:

—¡Perdón, mijos! Me siento culpable, tengo el alma hecha pedacitos, y aunque esto es muy duro, quiero quedarme con los recuerdos más bellos de nosotros como familia. Acompáñenme a prenderle un velón al Negro para alumbrarle el camino hacia los ancestros. Toca despedirlo como él lo merece. Se nos lo llevaron, pero quedamos nosotros para honrarlo.

Pabla destapó una caneca de viche y la regó alrededor del cuerpo de Isaías, mientras Teo sacó el cununo, que le fabricó su padre cuando cumplió ocho años, y Aura el guasá de su mamá. Los tres se ubicaron alrededor del cuerpo inerte de Isaías, y Pabla comenzó a cantar:

Llegó la desgracia mía (oh, eh)
Se fue mi negro Isaías (oh, eh)
Qué triste suerte la mía (oh, eh)
Aquí se acabó mi vida (oh, eh)

Le fueron llegando a su mente infinidad de palabras que hilaba con el cununo de su hijo y el guasá de Aura. Entre bailes, alabaos y una que otra lágrima llegó la brisa de la mañana, y con ella un sol resplandeciente que apuró el polvo alrededor de donde yacía Isaías.

La madre excavó junto a un mangón lo que sería la fosa de su esposo, y acompañada de sus hijos llenaron de tierra la tumba de Isaías. Desde ese día no hubo mañana en que no se levantara a hablarle pidiéndole perdón, y hasta hizo alrededor de aquel sepulcro, una choza donde ubicó también un altar. Buscaba la forma de encontrar su olor en la brisa de la mañana, en los cantos de los turpiales que acompañaba ella con silbidos, interrumpidos por lágrimas y lamentaciones. La vida de Pabla, entonces, se dividía entre cuidar su hogar y aquel pedazo de tierra que ahora no solo era Bámbara, sino Isaías.

Era claro que en cada parte de su ser germinaba la tristeza a consecuencia de la terquedad, y cada que visitaba la tumba de su esposo era parir un dolor con la misma fuerza y tormento que lo exigía su duelo. Aun así, un día en que colaba el café para el desayuno de sus hijos, se perdió mirando el humo denso que se desprendía de la olla puesta en el fogón, de repente, una nota cayó por entre la hendija de la ventana de la cocina junto a una pluma negra. Pabla tomó la pluma, llamó a sus hijos, y salió corriendo hacia la tumba de Isaías, y allí entonces comenzó a cantar muy fuerte para la tierra, para el viento, para las aves, para ella:

Vi cantar un pajarito
Cantaba en un tablón
Qué bonito el parajito
Aleteaba en un danzón

Negrito de mi cantar
No te alejes por favor
Ve a tu alma buscar
Pa´ que alegres mi canción

.

SEDNEY SUÁREZ GORDON

(San Andrés, 1992) Escritor, traductor y profesor de la lengua kriol sanandresana. Es Magister en Matemáticas de la Universidad de Antioquia, donde se ha desempeñado como profesor de Geometría y Asistente editorial de la *Revista Universidad de Antioquia*, además de profesor de cursos de Lengua y cultura kriol y acompañante de la línea kriol del semillero de investigación *Wan Wan Koknat Ful Di Tana*, en la Facultad de Comunicaciones y Multilingua.

Aktuoba bords

Di son wehn hat ahn di sii wehn kyaam, evriting iina aada. Sodenli, Ah luk op ahn wan kroud a bord paas uova mi hed; —schrienj ting— Ah seh tu miself, wi jos de iina di migl a September, no rien fi kom ataal. Ah staat fret uova it bikaaz Ah neva get fi staat pik op di hoks dem ahn put dehm aananiit di hous, nar kaan di piis a fish Ah wehn de put op fi iit neks wiik. Muo dan aal dat, Ah wehn de wori bikaaz Ah wehn nuo se di weda wehn de kom ahn no mata wat dehn du, out a bie no wan redi fi wi kuda gat di haas ries.

Miinwail Ah wehn de sidong out a duo, dehm bwai wehn de bring di haas fram dong da bie. If Ah tel yo hou da haas wehn luk!: da no laik dehm deh pyaa pyaa haas we dehn de bring nowadiez; dis ya haas wehn gat mosl pahn tap a mosl. If yo tink pahn ih, ihn wehn kain a smaal fi bii soch a stalyan, bot stil wentaim yo si'hm de kom uova Maa'Samy Hil, yo hafi stap ahn si hou di haas wehn big ahn gud lukin. Di huol pitya, fram di jaa buon, di hip ahn ribs, til di haas kof, jos gi yo di aidiia a fierlesnes; yo ongl kuda tink: da haas wehn baan fi win. Dis da wehn wan haas we dehn wehn bring fram dong Bocas, bot di pipl dem seh da fram op Jamaica ihn kom fram. Di uona wehn gat tuu Thoroughbred, tuu riili hat blod haas: wan baan Bocas ahn afta kom San Andres; di ada wan gaan Kentucky, dehn seh, fi kom champ bai di Santa Anita ries.

Wen chrii a klak lik, Ah hier sombadi out a ruod de kaal mi — uol man, uol man, yo beta wiek, di haas ries wan staat. Ah stan op ahn haal aan wan panz, huol di waakin stik ahn lef out. Ah kot chuu di chrak ruod we fi kom out lang Zotas, so Ah kuda get faasa. Ah waak bout fiftiin minits, de avaid fi tink, bot mi hed wehn de iina wan mes yo nuo, de chrai fi andastan wai dehm bwai wuda chros di Panya man fi raid fi wi haas; if aal a wi wehn nuo se dis ries wuda gi wi wan evalaastin fiem fram San Andres op tu Kingston. Muo dan dat, di ries kuda gi wi di moni fi stap bos wi bak de work fi ada pipl. Ah memba se, Ah hier Mista Lynton seh —somwan anada gaan ahn si dis man de ries az jaki uova yaanda, ahn disaid fi bring ihn dong ya. Bot no mata hou moch ihn kostom fi win uova deh iina wat dehn kaal *hipódromo*, ihn riili hafi nuo di haas ahn di chrak fi kyan win dong ya—. Eniwie, —tingz gaan so!—, mi seh tu miself, —Gad wi provaid if wi no get fi win!

Almuos ten yerz a kwaril wehn miin fi don dati die. Pipl fram di Hil ahn Sout seh, da die da wehn di die wen at laas wi wuda nuo da huu nuo fi ries haas pahn di ailant. Evriwie yo yuuz tu go, fram bai Mista Lynton shap til lang da Mista Solomon shap, yo hier di pipl dem de bet pahn wan a dehn fievarit haas. Ai neva gat notn fi hier bout di haas fram dong Sout. Fram di die wi set di bet, di ongl ting wehn de pahn mi main da wehn fi si Perreque win di ries; so Ai kuda bil mai hous aafa di bet, ahn get a chaans fi go bak tu wan fier ahn daans, ahn huu nuo, miebi get fi daans wid som gyal fram dong Town.

Wen Ah get dong di hil ahn ton gaan tu di naat, Ah si wen dehn bring di tuu haas fram apazit dairekshan. Wan wehn de kom fram kraas di Fish Buud ahn di neks wan fram lang weh dehn kaal Spratt Bight. Di tuu haas set bai di staatin lain. Fram a distans yo kuda si di swet de ron dong pahn di ribs a di haas aal uova di beli, siem az hou di pipl wehn de waakabout, norvos laik wail anz uova di bie. Di man we dehn kaal Bende, staat baal out se evri man fi jraa said bai said tu di ej a di bie, bikaaz di haas ries wehn gwain go staat. Mii kraas uova tu di said weh Felix ahn George wehn gat fi dehn piis a chier, iina mi han Ah wehn gat di laas piis a pati we Taanti Rila sel mi bifuor Ah get tu di ries; arait, evriting iina aada nou. Mii sidong jos pahn di ej, dat da di ongl gud ting we uol iej bring; di piknini ahn di iejabl bwai dem gi yo di spies fi sidong ahn luk pahn di haas ries.

Afta a big diskoshan, dehn seh fi wi haas wehn gwain ron pahn di sii said, klierli wan disadvaantij, bikaaz fi wi haas wehn stouta ahn hevia dan fi dehm, ahn pahn tap a dat, hou di san wet pahn di sii said, ih tika, so di haas sink iizi ahn kyaa ron so faas. Bot enihou, wi lef ih so, bikaaz az Ah tel yo bifuor, wen yo si da haas de ron, di ongl ting yo kyan tink da: fierles viktori.

Di gon gaan da ier ahn dehn faya di bulit. Ah shuor som uob-ya gaan aan, bikaaz az di bulit faya, di rien we wehn neva set op ataal, staat faal, laik wentaim wi yuuz tu prie fi rien op da di big chorch, yo nuo; komin fram di sii, de bluo haad tuwards di mangruov. Laad! Ah neva si eniting laik dat! Ah shuor evri man fiil laik Gad ihnself wehn de kom. Mi seh: —shit!, nou wi luuz! Az di fors tonda lik, mii si Perreque get Ah no nuo if fraitn or inlaitn, bikaaz Ah si laik faya iina ihn ai dem. Ihn raak aaf sluo, bout tuu hed bihain. Ah hier beda George hala, —gelop Perreque, gelop! Di Panya man wehn de aal uova di haas laik wen yo de ries pahn dort. Ai wehn nuo se dis man neva nuo fi raid di haas pahn di san bikaaz az sombadi tel mi —di jaki hafi nuo di haas laik ihn uon piknini, wen di haas jomp iina wan huol pahn di saaf san, yo hafi haal ihn out, if yo no du dat, yo kuda jrap iina di huol ahn faal dong wid di haas —; ahn az aal a wi si ihn neva redi fi dat. Ah neva don tink pahn dis, wen aal av a sodn Ah si di rait fut a fi wi haas jrap iina wan huol, jos weh di rien biit di san. Ah si di jaki hezitiet ahn chrai fi rof op di haas so ih kuda twis bak tu fi him said; bot nat a ting ihn kuda du. Az faas az hou di sii wash aaf di kof maak, di Panya jaki jrap aaf. Afta dat, Ah ongl get fi si wen ihn put ihn han dem tu ihn said fi no hit ihn hed. Bot di wie Perreque wehn de spiid, di man jrap pahn ihn shuolda, di elbo stie bak aan ahn ben uova. Evri man baal, pien iina dehn fies; evriting wehn de faal apaat.

Evribadi wehn de ekspek di ries fi don deh. Bot no, wen wi luk, wi si hou az di rien biit gens di bie ahn disrop di sii, wan epik imij imerj. Perreque wehn de kech bak di Sout haas aal bai ihnself. Ihn fling ihnself wid wail abandon fi kanka fi him, fi wi destini; Gad uonself wehn de liid ihn. Di haas raid op ahn paas di Sout haas. Laik notn, ihn tek bout fuor hed advaantij;

Ah neva si eniting laik dat iina mi huol laif! Wentaim dehn hit di laas ahn ongl ben pahn di chrak, aal a wi wehn shuor se: da haas neva de ron, da flai ihn wehn de flai. Wan man we a kyaa get fi memba ihn fies hala —luk ya, da mos Gad haas dat!—. Tuu badi distans fi di en, di Sout haas chrai fi kech op fi di laas taim; Laad!, da schrent ihn haal out deh, ongl uobya man kuda gi ihn dat. Bot nat a ting ihn kuda du. Perreque bliez tu di en ahn win wid chrii hed a distans; aal a wi wehn shak. Di haas kiip de ron laik wen yo jos let go baara hag out a di hag stai; nat a man kuda stap ihn.

Wan ai waata ron dong mi fies, Ah memba abo word dem, — unu pripier bikaaz afta daag mont blesin de kom wi di Aktuoba bords.

Aktuoba bords

El sol hervía y el mar estaba calmo, todo en orden. De repente, miré hacia arriba y una bandada de aves se agitó pasando por encima de mi cabeza. Extraño, me dije a mí mismo, apenas estamos a mitad de septiembre, no debería llover por ningún motivo. Empecé a preocuparme porque no había empezado a recoger los *hoks* para apilarlos debajo de la casa, tampoco había salado el pescado que estaba guardando para comer la semana siguiente. Pero más que eso, estaba preocupado porque sabía que se avecinaba un temporal y sin importar lo que hicieran, la bahía no estaría lista para la carrera de caballos.

Mientras estaba sentado en el patio de la casa, los muchachos traían el caballo desde la bahía. ¡Qué tal si te digo cómo se veía ese caballo! No era como esos caballos debiluchos que traen ahora. Este caballo tenía músculos sobre músculos. Si lo pensamos bien, era un poco pequeño para ser un purasangre, pero, aun así, cuando lo veías subir Maa'Samy Hil, tendrías que detenerte para poder observar lo grande y atlético que era. La imagen completa, desde la quijada, pasando por las costillas y las caderas, hasta la pezuña, solo podría dar la idea de intrépido. Solo cabría pensar: ese caballo nació para ganar. Al caballo lo habían traído desde Bocas del Toro, pero la gente decía que venía de Jamaica. El dueño tenía dos caballos purasangres, dos verdaderos sementales: uno nació en Bocas y luego vino a San Andrés; el otro fue a Kentucky, dicen que a convertirse en campeón en la carrera de Santa Anita.

Apenas dieron las tres de la tarde, escuché que alguien, allá en la calle, me llamaba: ¡Viejo, viejo, es mejor que te levantes la carrera de caballos va a empezar! Me levanté y me puse un pantalón, agarré el bastón y salí. Tomé el camino de herradura, un atajo, que conduce a Zotas, de manera que llegase más rápido. Caminé alrededor de quince minutos, intentando no pensar, pero sabes, mi cabeza era un desastre intentando entender por qué los muchachos confiarían en aquel *pañaman* para ser el jinete de nuestro caballo, si todos sabíamos que esta carrera nos daría una fama duradera desde San Andrés hasta Kingston. Más que eso, esta carrera podría darnos el dinero que evitaría partirnos el lomo trabajando por otras personas. Me acuerdo, que escuché decir a Mista Lynton: Alguien fue al interior del país, vio a este señor como jinete y decidió traerlo acá. Pero no importa cuán acostumbrado esté a ganar allá en el hipódromo, para ganar acá, realmente tiene que conocer al caballo y la pista. De todos modos, ¡ya lo que fue, fue!, me dije a mí mismo. ¡Dios proveerá si no alcanzamos a ganar!

Casi diez años de peleas estaban por terminar ese día. La gente de la Loma y de San Luis decía que éste sería el día cuando al fin sabríamos quiénes eran los verdaderos corredores de caballos en la isla. Sin importar a donde uno fuese, desde la tienda de Mista Lynton hasta la tienda de Mista Solomon, se escuchaba el rumor de las apuestas por el caballo favorito de cada quien. Yo por mi parte no quería escuchar nada sobre el caballo de San Luis. Desde el día que casamos la apuesta, lo único que traía enredado en la cabeza era ver a Perreque ganar la carrera; así, con el dinero de la apuesta, podría construir mi casa, y claro, volver a un *fier ahn daans*, y quién sabe, quizás bailar con alguna muchacha del Centro.

Cuando alcancé el final de la loma y doblé hacia el norte, vi cuando traían a los dos caballos desde direcciones opuestas. Uno venía desde el Fish Buud y el otro desde lo que llaman Spratt Bight. Los dos caballos estaban en la línea de partida. Desde lejos se podía ver el sudor que descendía por las costillas y toda la barriga del caballo, igual que el nervioso caminar de la gente como hormigas correlonas sobre la bahía. El señor que llaman Bende, empezó a gritar que todo el mundo debía orillarse a los lados de la playa, porque la carrera de caballos iba a empezar. Crucé y me ubiqué donde Felix y George tenían sus asientos, en mi mano traía el último pedazo del *pait* que Taanti Rilla me había vendido antes de llegar a la carrera. Listo, todo en orden. Me senté justo en el borde, esto es lo único bueno que trae la vejez; los niños y los muchachos de cierta edad te dejan el espacio para poder ver la carrera.

Después de una gran discusión, dijeron que el caballo de nosotros correría por el lado donde entra el mar, esto claramente era una desventaja, porque nuestro caballo era más robusto y pesado que el de ellos. Además, como la arena está húmeda de ese lado, se compacta, así el caballo se hunde con mayor facilidad y no puede correr tan rápido. Pero, en fin, lo dejamos así porque como les he dicho antes, cuando ves a este caballo correr, solo puedes pensar en una intrépida victoria.

Alzaron el revólver al cielo y dispararon. Estoy seguro, que en medio de todo hubo uobya, porque apenas se disparó el revólver, la lluvia que no se había anunciado, empezó a desgranarse, tal como cuando subíamos a la iglesia Bautista a orar para que lloviera. ¿Sabes cómo? Entraba desde el mar, soplando duro hacia los manglares. ¡Dios mío! ¡Nunca había visto algo así! Estoy seguro, que todo el mundo sintió como si Dios mismo estuviera descendiendo. Yo dije: ¡Mierda! ¡Ahora perdimos! Apenas sonó el primer trueno, vi a Perreque no sé si asustado o iluminado, ya que pude ver una especie de llama en sus ojos. Arrancó despacio, con dos cabezas de desventaja. Escuché al compadre George gritar: ¡Galopa, Perreque, galopa! El jinete paña estaba encima del caballo como cuando se corre sobre tierra. Yo sabía que este hombre no sabría como correr con el caballo sobre la arena, porque como alguien me dijo, el jinete tiene que conocer el caballo como a su propio hijo. Cuando el caballo cae en un hoyo sobre la arena húmeda, tienes que jalarlo para sacarlo, si no haces esto, podrías hundirte en un hoyo y caer junto con el caballo y como todos habíamos visto, él no estaba preparado para eso. No había terminado de pensar en esto, cuando de forma inesperada vi como la pierna derecha de nuestro caballo cedió en un agujero, justo donde la lluvia golpeaba la arena. Vi al jinete dudar e intentar forzar al caballo para que volviera a su trayectoria; pero nada podía hacer. Tan rápido como el mar lava las huellas de las pezuñas del caballo sobre la arena, el jinete paña se cayó. Después de esto, solo alcancé a ver que ubicaba sus manos a los lados para evitar un golpe en la cabeza. Pero debido a la manera en que aceleraba Perreque, el señor se cayó sobre su hombro, el codo quedó atrapado y se dobló en sentido contrario. Todo el mundo gritó, una mueca de dolor se dibujó en sus rostros. Todo se estaba desmoronando.

La gente esperaba que la carrera se acabara en ese momento. Pero no, cuando observamos, mientras la lluvia caía sobre la bahía desordenando el mar, emergió una imagen épica. Por su propia cuenta Perreque estaba alcanzando al caballo de San Luis. Se abalanzó con un abandono salvaje de sí mismo, para conquistar su destino, nuestro destino. Dios mismo lo estaba guiando. Perreque remontó y sobrepasó al caballo de San Luis. Como si nada, le sacó cuatro cabezas de ventaja. ¡Nunca había visto tal cosa en toda mi vida! Cuando arribaron a la última y única curva de la pista todos estábamos seguros que ese caballo no estaba corriendo, estaba volando. Un hombre del que no puedo recobrar su rostro gritó: "¡Miren, este debe ser el caballo de Dios!" A dos cuerpos del final, el caballo de San Luis trató de recuperarse. ¡Dios mío!, esa fuerza que exhibió allí, solo un *uobya man* pudo dársela. Pero ya no había nada que hacer. Perreque ardió hasta la meta y ganó con tres cabezas de ventaja; todos estábamos atónitos. El caballo siguió corriendo como si fuera un marrano recién liberado de su porqueriza; nadie podía detenerlo.

Una lágrima descendió por mi rostro, recordé las palabras del bisabuelo: prepárense porque después de un mes de perro, las bendiciones vienen con las aves de octubre.

ROBINSON
DE JESÚS
QUINTERO

(Barranquilla, 1969) Poeta, narrador, docente y gestor cultural. Dirige la gaceta literaria digital *Hojalata*. Ha publicado *Tren de largo recorrido* (2007) (prosa poética), *El lado oscuro del trópico* (2012) (crónicas urbanas), *El mejor de los venenos* (2018) (novela), *A todos nos ocurre el mundo* (2020) (poesía). Ganador del Concurso Nacional de Poesía Universidad Metropolitana (2008), menciones de honor en el Concurso Nacional de Poesía Ciro Mendía (2008) y en el Concurso Nacional de Poesía Casa de Poesía Silva (2008). Sus textos aparecen en antologías nacionales e internacionales.

Sacude tus huesos
y no muerdas el polvo por última vez

Suena la campana

El sonido se hizo presente a lo largo del cuadrilátero. La voz lejana y rota de tu madre te taladraba los sentidos.

—Te lo dije, Joe, debes estudiar, ser un hombre de bien. Pero saliste igualitico a tu padre: cabeza hueca, soñador. La vida es otra vaina.

—Tranquilo, champion, tú vas a ganar. Tómale la distancia. Ese man no dura un asalto más. Un golpe va y viene. Mueves las piernas. Tomas aire y vuelves a atacar. Buscas la manera de conectarle un jab directo al rostro. Quieres golpearlo en las costillas sin piedad.

—Buen golpe, Joe, no te vayas al cuerpo a cuerpo. Ya lo tienes. Recuerda la promesa que hiciste frente a la tumba de tu papá. Le sueltas la derecha y luego rematas dos veces seguidas con la izquierda. Mantienes la distancia. Bailas en la punta de los pies. Ahora le lanzas un upper y un gancho a la vez. En casa Irama te espera con sus siete meses de embarazo. Irama, quien dejó los estudios, porque quedó preñada del bacán de la cuadra, el rey de la esquina, el gran Joe Cañate, quien va a sacar a la familia de pobre con la fortaleza de sus puños.

—Recuerda la casa en la playa, brother; el carro importado y último modelo, los perfumes traídos de Panamá, la ropa comprada exclusivamente en Miami. Te sientes como Sugar Ray Robinson, piensas en tu madre, rompiéndose el lomo lavando y planchando ajeno. Estás ansioso, recuerdas la cinta Toro Salvaje, con De Niro. Pero tú te crees mejor que él. Tomas aire, sabes que la campana está por sonar, un jab de nuevo, un recto de derecha. Te vas contra las cuerdas. Irama llora frente a la pantalla del televisor. Te falta el aire. Las piernas te pesan. No quieres que tu esquina tire la toalla. Ya falta poco, la campana está por sonar. Intentas una nueva combinación, pero solo sale un golpe bajo.

—Te lo dije, Joe, esto de boxear no es cosa fácil. La visión se te nubla, sientes que las piernas flaquean, ya no hay distancia, tienes la guardia abajo, te pesan los brazos, todo a tu alrededor es un murmullo. Ya no hay tiempo. La voz del árbitro hace el conteo hasta diez, la campana nunca sonó. Irama preñada. Tu madre llorando como una Magdalena. Gritos. Rechiflas. Unos brazos en alto, que no son los tuyos; los flashes de las cámaras y tú lentamente cierras los ojos para soñar con una noche larga sobre el sucio suelo del cuadrilátero.

Es parte de un mal sueño. Estás en tu humilde casa en el Palenque de Las Tres Lomas. Te sientes extraño. Una sensación de vacío crece en tu interior. Pero sacudes tu cabeza para arrancar esas imágenes que tanto te atormentan. Ya llegará la hora de poder cambiar esta suerte de perro que te ha tocado vivir. Te levantas de la cama y colocas tu pie descalzo en el suelo de arena de tu habitación. Tienes el cuerpo sudoroso y el paladar reseco. Vas hasta la enorme sala y te tomas dos tutumas de agua de tinaja. Ya te sientes mejor. Sales en la penumbra hasta el patio inmenso. En esta temporada no hay brisas. Ya deben ser las cuatro de la madrugada. Dentro de poco tu abuela y tu mamá se levantarán a preparar el tinto y amasar el maíz para hacer los fritos que tus hermanas salen a vender calle a calle.

Vas hasta el palo de mango, que está a un costado, y miras la inmensidad del cielo amanecido entre el follaje de sus ramas y hojas. Estás acostumbrado a este panorama, pero deseas darle una mejor calidad de vida a tu parentela. Te gusta el cazabe, el pescado seco, la comida hecha en casa en fogón de leña. Pero sueñas con tener una casa con piscina, mayordomos, ama de llaves, auto convertible, piso en cerámica importada, luz eléctrica, aire acondicionado. Por eso sueñas con llegar a ser champion mundial de boxeo o estrella de béisbol en las grandes ligas americanas o ser el delantero estrella en la selección de fútbol e ir a un mundial y traer el trofeo hasta el mismísimo palenque de Las Tres Lomas. De solo imaginártelo, se te pone la piel de gallina, mi vale. Lo puedes conseguir, no es un tonto sueño. Tú eres el gran Joe Cañate; y, para ti, cualquier cosa está al alcance de la mano. Lo que sucede es que no te ha llegado la sipote de oportunidad de demostrar todas tus cualidades, y mucha gente cree que por eso solo eres un rabo pelao. Pero lo sabes, brother, naciste para triunfar, para darte la gran vida. Tú tienes razones de sobra para ser recordado por todos. No solo en los cuatro rincones de tu palenque sino en el mundo entero. Que se preparen muchos, porque tú, Joe Cañate, vas a tirar la casa por la ventana y nada ni nadie podrá detenerte.

Entonces vendrá toda esa recua de gente envidiosa a pedirte favores. Que tómate una foto conmigo, que vayas a la casa a almorzar, que sé mi padrino de matrimonio, que dame una vuelta en una de tus máquinas rodantes, que vayas a la esquina a contar todas esas maravillosas historias de cuando estuviste en los niuyores, que cómo se ve el mundo desde arriba del carro de bomberos, qué se siente coronar a las reinas de belleza nacional en las festividades de noviembre en Cantaclaro, oye y a qué carajos huelen los dólares verdes bien verdes, qué clase de comidas te dieron en ese crucero en que diste la vuelta al mundo, y cómo es eso de salir en la televisión al lado del presidente de la república.

Ya lo verás, viejo Joe, serás la gran noticia en las páginas titulares de todos los diarios del mundo. Si sin ser nadie se te infla el pecho y no quieres ni pisar en el suelo, ¿te imaginas cuando seas el único chacho de esta película? No jodaaaa, mi llave, hasta Pambelé y Joe Arroyo querrán ser tus amigos. Andarás de farra en farra, mamando whisky en vasos importados, vestido de lino y con zapatos blancos relucientes. No habrá pista de baile que se te resista. De tu palenque pa'l mundo, póngale la firma que ese sueño ya está por cumplirse, duélale a quien le duela.

Borrón y cuenta nueva

—Yo te amo, Joe. Y te amo de verdad —comienza a decirte Irama, mientras tratas de acomodar tu cuerpo fibroso dentro de la hamaca. Te gusta escuchar que eres el centro de la vida de cualquiera de tus mujeres. Sabes a ojo cerrado que esta hembra es solo tuya. Que puedes cagártela una y mil veces y ella siempre te va a recibir con los brazos abiertos. A su lado, todo es bien para ti. La ropa lavada, planchada y organizada como debe ser. Las comidas en su punto y a la hora indicada. Y los tres morochos punto en boca y bien presentados para cualquier ocasión.

Tu vieja, mamá Elida, tiene razón en decir que te sacaste la lotería al irte a vivir con Irama. Cuando estás a su lado, te sientes el gran rey del universo, el putas de la caja de fósforos, la última Coca-Cola del desierto. Y no es para menos, tú eres el Joe Cañate, el negro más azaroso de la Cangrejera. El que cada domingo se tira a la precoria de los pies a la cabeza. El Joe Cañate, el de los dientes blancos, grandes y parejos. La máquina incansable de tirar puños y hacer morochos racamandacas. El negro pechichón del Palenque de Las Tres Lomas. El mismo del swing bacano cuando camina. Joe Cañate, quien fácilmente puede llegar a ser boxeador, futbolista o pelotero de las grandes ligas. Mamador profesional de ron caña y jugador excelso de dominó. Fanático a morir del Joe Arroyo y de Kid Pambelé. No hay esquina del barrio donde no conozcan tu trayectoria como bailarín de salsa brava. No hay estadero de lujo donde no aparezcas tirando pases e imponiendo moda al lado de tus grandes amigos de infancia: El Nano, El Checho, Trompo Loco, Cabeza de Tranca y Mundo Cruel.

Tu viejo nunca se cansó de repetírtelo: eres especial Joe, tú estás hecho de madera fina y resistente. Recuérdalo bien, mijo, eres del mismo material con que hacen las canoas y los tambores. No puedes decepcionar a tu padre, El Moncho Cañate. Sabes que tu viejo no quería morirse sin verte coronado. Por ese motivo tienes empapeladas las paredes de barro de tu cuarto con los afiches de esos ídolos inmemorables, viejo Joe. No joda, cuadro, no hay un mínimo espacio en las paredes de tu rancho donde no haya un afiche de Alí, Foreman, Leonard, Holmes, Pelé, Eusebio, Cubillas, Jackie Robinson, Satchel Paige y Reggie Jackson.

Por eso cada día, bajo el sol inclemente del Caribe, te paseas por las calles de arriba abajo en busca de una oportunidad de ser alguien grande en la vida. Aunque la realidad es otra, pero eso te tiene sin cuidado. Tú eres el Joe Cañate y tu nombre está predestinado a aparecer en las primeras páginas de los periódicos principales de todo el mundo. El Joe Cañate, el de las treinta peleas invictas. El que dribló en una final del campeonato mundial de fútbol a todos los jugadores de la cancha, incluyendo al árbitro. Joe Cañate, el mismo que impuso el récord de haber ganado doce veces seguidas la serie mundial de béisbol. Nadie se atreve a meterse contigo en contravía, porque saben que tienes un corazón a prueba de balas. Sin embargo, eres tan humilde y sencillo que le metes el hombro a cualquier camello, porque no te gusta tener los bolsillos en blanco y menos cuando se avecina una parranda de padre y señor nuestro. El día que te toque morirte, viejo Joe, estoy seguro que en La Cangrejera te convierten de una en un santo patrono; y ya con eso, ¿para qué más?

Play off
Irama te quiere con todas las fuerzas de su corazón, Joe. Tú sólo la amas a medias. La amas porque ella te parió tres hijos y porque es bastante diligente con las cosas del hogar. Pero odias cualquier tipo de compromiso. No piensas casarte con ella y darle el lugar que se merece. Eres súper egoísta. Primero tú y de último tú. No te importa un carajo que Irama ande siempre mal trajeada. Con el pelo reseco y quebradizo. Las piernas mojosas de tanto tirar pata por las calles destapadas de La Cangrejera, en busca de algún oficio que le brinde a la familia un respiro en lo económico. La pobre Irama, la hija predilecta de Irene, quien levantó a toda su familia a punta de caballitos, cocadas, alegrías, arropillas, enyucados, quequis, cazabes.

Viejo Joe, tú solo sabes de béisbol, fútbol y boxeo. Cualquiera puede comprobarlo cuando llega a la esquina y te escucha hablar con tu vozarrón de locutor de emisora popular. Te ufanas viejo Joe de ser una enciclopedia ambulante de estos tres deportes. Tienes grabadas en tu mente toda una serie de anécdotas y estadísticas deportivas, que cualquier periodista de ese medio en el mundo entero se sentiría en pañales y manos abajo frente a ti ante tantos datos precisos. Para eso sí que eres bueno. Si no, que les pregunten a los tesos de Radio Cantaclaro por el gran Joe Cañate.

A Irama la conoces desde que eran niños y asistían juntos a la escuela de patio de Doña Fermelinda Ramos. Irama y sus trenzas tiesas por tanta manteca de cocina. Irama y sus ojos en silencio como paloma torcaza. Irama, la niña que compartía contigo, Joe Cañate, mangos, mamones, corozos, ciruelas con limón, sal y pimienta en cada uno de los recreos de la Escuela básica. La alegría de todos. La única escuela para los niños de tu palenque querido. Irama, la niña raquítica y pierna seca que competía contigo a volar cometa, bailar trompo y jugar bolita de uñita. La misma a la que le enseñaste a encaramarse en las copas de las ceibas del Parque Montebello y a silbar como todo un macho. Irama, la amiga que te ayudó con tantas tareas escolares, en especial las más difíciles y la primera tipa con quien bailaste y prendiste a escondidas un cigarrillo sin filtro. Si, viejo Joe, esa es Irama García, la pelá que te arremangó sin amague y sin vergüenza alguna, una noche de sábado, por allá por la pared del cementerio de La Cangrejera.

No sé si te acuerdas, Joe. El tiempo es nada y uno nunca se imagina que todo va a cambiar en un abrir y cerrar de ojos. Te acuerdas cómo eran las cosas por ese entonces. Nada de grandes cadenas de almacenes ni supermercados. Ni carreteras ni hoteles cinco estrellas. Todo era sencillo. Te levantaste oyendo radio y yendo a ver películas en el único teatro de Palenque. Te acuerdas mi pana, la primera vez que fuiste a Cantaclaro con tu padre y viste un auto Ford del año cincuenta y nueve. No joda, brother, el susto fue grande. Tremenda la vaina, no sé cómo no se te salió el corazón por la boca.

Esa vez acompañaste a tu viejo para comprar harina y levadura para la panadería El pan de Dios, negocio propio de la señora Aquivalda Castillo. Cómo no acordarte, mi sangre, si te la pasabas metido bajo los hornos calientes a la espera del pan fresco, para así poder mitigar el hambre. Pan con agua de panela para hacerle el fuera de lugar al sonar de las tripas y a Dios luz, que te guarde el cielo. ¿Te acuerdas, mi hermano, cuando jarriabas agua desde la parte de atrás de la cancha de béisbol? Aún esa vaina por allá es un peladero, un completo muladar.

¿Te acuerdas del polvo y la sofocación en la planta de tus pies sin calzado? No joda, brother, lo que pasa es que tú naciste con callos hasta en el alma. Desde pelao estabas vacunado contra esas vainas de la supervivencia. ¿Te acuerdas de Víctor Rojano, el cojito de la Calle Larga, el mismo que se ahogó en la creciente del año setenta y tres? ¿Cómo no te vas a acordar, si tú y tus hermanos se la pasaban con él, matando rayas en el traspatio de tu casa y luego salían con ellas colgadas en un palo para venderlas del otro lado del río a los marineros extranjeros? Qué buena época, a pesar de todo. No me digas que ya no te acuerdas, que a ti y a tus amigos de infancia les dio sarampión, paperas, tosferina, polio y otro montón de enfermedades. Por esos años, muchos en Palenque pensaban que estos males solo rondaban por nuestras calles. La verdad es que llegamos a creer que solo la gente pobre y negra sufría de estos virus. Pero, viejo Joe, menos mal que tú tenías a tu lado a tu abuela Petrona y a tu mamá Elida, quienes, al mínimo asomo de enfermedad en alguno de ustedes, ya tenían el menjurje casero a la mano, preparado para hacerle frente a cualquier dolencia. Tu abuela les enseñó a todas las mujeres del hogar los secretos de los rezos para el mal de ojo y las torceduras en brazos o piernas.

El patio de tu casa sigue siendo todo un arsenal de plantas medicinales. Tras cada puerta hay una herradura y una mata de sábila con un pan de sal amarrado, como sortilegio para alejar las malas energías que pretendan ingresar a la vivienda. Porque si algo es cierto en La Cangrejera, es que existen miles de vecinos envidiosos y chismosos, quienes disfrutan con ver a otros comiendo mierda.

Y qué decir del zoológico que hay en casa de tu familia: loros y guacamayas que se pasan parloteando todo el santo día, perros enloquecidos que persiguen a los niños y las bicicletas en las calles, gatos de todos los tamaños y géneros que les gusta sobarse en los tobillos de los visitantes que llegan a tu casa. Cerdos, micos, gallinas, pavos que ayudan a resaltar la verdadera imagen de un mundo feliz. No te puedes quejar, mijito, aunque haya un sol inclemente, hay árboles frondosos y abundante agua fresca en las tinajas de tu abuela, para poder soportar la temperatura. Aunque haya hambre, nunca faltan las arencas, los barbules, el bofe, el tinto, la panela, las asaduras, los plátanos para que alguien se invente un manjar casero y aplace el hambre para otro día. Así son las vainas, mi compae, la lucha del día a día.

Tiempo de alargue

Vas raudo a una cita de trabajo bajo los treinta y ocho grados de temperatura que habita las calles de la ciudad. Pasas por El Parque Central y te topas con tus compinches del alma. Te ofrecen un raspao de tamarindo, para bajar la calentura. La noche anterior Irama y tú se acostaron tarde, porque hoy temprano pasaban por la ropa lavada y planchada de la familia Rojas Prieto. Ya estás mamado de que tu vieja, tu abuela y tu mujer se rompan el lomo haciendo oficios ajenos por unos cuantos billetes o por productos para la comida. Le pides a Nano mil pesos para comprar una bolsita de desodorante en la farmacia de la esquina. No quieres llegar a tu cita de trabajo oliendo a ruaco. Trompo Loco te dice que en la farmacia también venden unos frasquitos de colonia. Nano te pasa un billete de cinco mil pesos para que compres todo y tú le dices que cuando seas un chacho le vas a regalar una caja entera de perfumes importados, comprados en los puertos comerciales de Ciudad de Panamá.

—Nano, fresco brother, cuando el Joe Cañate corone, te la tiro plena, ustedes la van a pasar bien bacano. Los llevó aquí, bien adentro de mi corazón.

—Fresco, Joe, no es para tanto.

—No joda, mi hermano, mira ese tronco de jeva que se acaba de bajar de ese auto deportivo. Trompo Loco habla sin tomar respiro.

—Erda, Joe, esa es Mikaela Guerrero, la paisita, hija del dueño de la farmacia. Palo de mamacita. ¿No es así, mi hermano?

El radar de galán popular se enciende de inmediato en el corazón de Joe Cañate. Ninguno de los allí presentes parpadea un segundo. Mikaela tiene buen aspecto. Caderas amplias. Lindas piernas. Piel blanca. Tetas grandes. Un culito parado. ¿Para qué más? Nano se apoya al tronco de un árbol de almendra y prosigue masticando los pedacitos de hielo de su raspao. Joe se manda de una hacia la farmacia, pero a medio camino se detiene y regresa al lado de su combo salvaje. Todos lo miran extrañados.

—Ajá, pana, ¿y qué te pasó? No vengas a decirnos que te dio culillo —Dijo Nano un tanto preocupado.

—No, ¿cómo creen ustedes que yo, el gran Joe Cañate, voy a llegar así frentiao a comprar desodorante y loción para chichipatos frente a tremendo mujerón? No, de una me las embarro toda y ustedes saben muy bien que la primera impresión es la que vale. ¿O no? Con una mujer así, uno debe llegar pisando fuerte. Tirando finura por todos lados. Y hoy no estoy afinado. Hoy no soy el pájaro para esa flor.

—No joda, mi hermano, en eso sí que tienes razón. Eso sí, pa' qué. Uno con una hembrita así, no puede pasar como un pobre mondao. Menos tú, mi llave, porque no eres cualquier don Juan de los palotes.

—Mis hermanos del alma, yo les digo una cosa: a esa tipa me la levanto, porque me la levanto; o dejo de llamarme Joe Cañate. Se los puedo asegurar.

Con solo conocer a Mikaela, todo a tu alrededor comienza a tener otro color. Sientes que el pecho se te infla al sentirte lleno de posibilidades frente a una mujer así. Sacas un paquete de cigarrillos y les ofreces uno a cada uno de tus secuaces de farra. Aspiras profundamente el humo. Hoy es tu día de suerte. Te despides cordialmente de tus amigos. Prosigues tu rumbo a la tan anhelada cita laboral. Nano te recuerda comprar el desodorante y la loción en otro lugar. Te vas alejando con tu caminaito especial. Vas agudizando la mirada, a ver si puedes observar, por última vez, el cuerpo esbelto de Mikaela. Pero ni un pelo de ella dentro de la farmacia. Piensas en tu futuro y la piel se te eriza en un segundo. Toda la tropa de desocupados te sigue con la mirada, hasta que logras desaparecer al doblar hacia la calle principal. Qué va, mi hermano, tú lo que estás es de buenas. Te encuentras un billete de diez mil pesos en la acera. Lo tomas con la mano izquierda y te persignas de una con la derecha, para alejar cualquier mal del mundo a tus espaldas. Cada vez que sales de la Cangrejera y vienes a hacer cualquier vuelta en la ciudad, algo bueno te sucede. Tienes a la santa suerte amarrada en los tobillos. No joda, cuadro, no te puedes quejar.

El comienzo de esta historia de conquistar a Mikaela pinta súper bien. Sabes que tienes que hacer las cosas con sumo cuidado. Pero tú eres un experto en asuntos de mujeres y el corazón. Un conquistador irresistible. Haber visto tanta telenovela venezolana te ha hecho un galán natural de tu palenque. Pero, luego de un rato, te llega la imagen de Irama. Sabes que tienes que andar con sumo cuidado; de lo contrario habrá murga segura con tu mujer. Ella es una tigra cuando se trata de ti y tus relaciones con otras mujeres. En cuanto te coja caído, ahí te van que ya veremos. Menos mal que tú eres un crack haciendo fintas y escabulléndote de las cuerdas. A ti nadie te acorrala así porque sí. Algo te vas a inventar para venir más seguido a la ciudad y poder tirarle los perros con todo a esta paisita buenona. Aunque debes reconocer que Irama tiene razón: no eres una perita en dulce. Tú le has pagao cachos a tu negra con Reimundo y todo el mundo, que ya Irama no te cala una aventura más. Y ella se ha portado firme contigo, viejo Joe, ya sea en las verdes o las maduras. La negra se porta a la altura contigo. Pero así es la vida, mi pana, en la variedad está el placer. De vez en cuando es bueno comer carne de primera. Si supieras el número telefónico de Mikaela, la llamarías de una y le pondrías una cita en cualquiera de esas nuevas heladerías que han abierto en los centros comerciales en la parte high life de la ciudad. Esas heladerías con sus sillas y mesas relucientes, con grandes ventanales de vidrio, ubicadas en la segunda planta y desde donde se puede ver la avenida, la ciudad antigua y el mar. No joda, mi hermano, una bella postal para irse de conquista. Así, cualquier lea se va de aguante. Así es que puede terminar aflojando sus sentimientos. Bueno, menos mal que tú en asuntos de conquistas de mujeres eres todo un experto. No hay nada que se te escape cuando se trata de ser halagador y elegante con las damas. De seguro Mikaela acepta la invitación. No hay mujer que se resista a una invitación tan especial, como ir a comer helado en esa zona de la ciudad. De solo pensar que vas subiendo con este hembrón en las escaleras eléctricas de un centro comercial y la gente viéndote con una pinta de moda de pies a cabeza, con ese garbo que tú te mandas, de lazo con una mujer como Mikaela, se te suben los humos a la cabeza, mi vale, y no es para menos. Ahí va Joe Cañate caminando livianito, con las nalgas paradas y el pecho inflao, como si la hubieras botado de home run y con las bases llenas, que no es lo mismo. Cuando piensas en estas cosas no te molesta para nada haber pasado tantas privaciones desde pelao. Ahora, esos recuerdos dolorosos son como hojas secas a merced del viento fuerte. Tienes una corazonada y te dejas seguir por lo que dicen tu abuela y tu madre sobre ciertas cosas del mundo. Ya estás cerca del lugar donde vas a tener la cita de trabajo. Pillas una farmacia cercana y vas a comprar las cosas que necesitas. Cruzando la calle hay una estación de gasolina. Vas hasta allá y entras al baño. Te aplicas el desodorante y te echas bastante loción. Te gusta sentirte limpio y preparado para cualquier round, sin importar el contrincante que toque. Te dices en tu interior, abran paso camaradas que acaba de llegar a escena el putas boy de La Cangrejera, el invencible Joe Cañate, criado en las calles del Palenque de Las Tres Lomas. Y no hay nadie ni nada que lo pare.

ANA YULI MOSQUERA

(Bogotá) Criada en Cali desde muy temprana edad, egresada de la Escuela de Teatro del Instituto Departamental de Bellas Artes y Licenciada en Literatura de la Universidad del Valle. Maestra, actriz, narradora y dramaturga. Fundadora del colectivo teatral Trenza Teatro de Cali. Actriz de *Los Pasos de Lope de Rueda, Víctor Cortés* y *Desvelo de luna* (1981- 1985); autora y actriz de las obras *Daguerrotipo* (1986), *Canciones Azules* (2014), *Las Mujeres que Soy* (2014) y la obra unipersonal *Hirviendo* (2017). Premio de Novela Jorge Isaacs (2021) por su obra *Las palabras nuevas.*

Mata de pelo

La niña nació con una mata de pelo, y la más feliz de la familia fue su abuela, quien llevaba años soñando con tener una nieta para llenarle la cabeza con trencitas que adornaría con chaquiras, cintas y moñitos de colores. "Le haré hermosos peinados", me contaron que ella dijo cuando la tuvo en sus brazos. Lo que ella aún no sabía era que la mata de pelo nació huyéndole a las chaquiras, a los moñitos, a las cintas de colores, y por supuesto a las peinetas, a los cepillos, a los trinches…mejor dicho a todo aquello que quisieran ponerla en su sitio.

Durante ocho años, la abuela vio cómo la mata de pelo crecía sin control sobre la cabeza de su nieta, así que decidió tomar cartas en el asunto:

—¡Bellaluz! ¡Bellaluz! ¡Mira lo que te compré! llegó gritando un día.

La pequeña corrió a su encuentro, pero su sonrisa se borró cuando vio de qué se trataba.

—¡Mira estas cintas de colores! ¡Te haré un lindo peinado!

—¡Cintas! No abue.

—¿Y por qué no? La semana pasada me dijiste que tu mata de pelo se dejaría peinar, si la adornaba con cintas de colores.

Y la niña, quien creía ser más viva que su abuela, se apresuró a decir:

—Eso fue antes, abue.

Hoy ella quiere que la adornes con… pensó un ratico

—¡con muchas chaquiras!

—¡Ay niña! suspiró la abuela

—No soy yo, abue. Es mi mata de pelo la que lo dice.

—Entiendo, entiendo...

Dijo y guardó las cintas de colores, prometiendo que volvería a la tienda y compraría chaquiras para hacerle un bonito peinado.

"¡Uff! una vez más su mata de pelo se salvó".

Pasó una semana y la abuela regresó gritando:

—¡Bellaluz! ¡Bellaluz! ¡Mira lo que le compré a tu mata de pelo!

Esta vez, la niña se acercó contando los pasos cuando vio que su abuela bamboleaba una bolsa llena de chaquiras.

—Abue, mi mata de pelo dice que se deja peinar, si solo le pones chaquiras de color...rojo... ¡Sí, chaquiras rojas! —dijo la niña, quien creía ser más viva que su abuela.

La mujer revisó dentro de la bolsa y, al darse cuenta que eran pocas las chaquiras de ese color, afligida dijo:

—¡Ay niña! Hoy tampoco podré peinar tu mata de pelo. La semana que viene iré a la tienda y me aseguraré de comprar muchas chaquiras rojas.

La niña sonrió. ¡Uff! una vez más su mata de pelo se había salvado de la peineta.

La semana siguiente vino cargada de lluvia, pero esto no detuvo a la abuela:

—¡Bellaluz! ¡Bellaluz! ¡Mira lo que conseguí para tu mata de pelo! ¡Chaquiras rojas!

Y la niña, quien creía ser más viva que la abuela, dijo:

—Abue, lo siento... mi mata de pelo ya no quiere chaquiras rojas.

La abuela se sentó en la mecedora, y la escuchó paciente:

—Es que ella quiere chaquiras de color... azul. No, no... ¡Blancas!... Noooo... ¡Amarillas! ...Tampoco ¿Verdes?... No... ¡Negras! ¿Será?

Y la abuela, quien era más viva que la niña, le preguntó:

—¿Bellaluz, alguna vez te conté la historia de la muchacha a la que le floreció su mata de pelo?

—No, abue, dijo y acercó la butaca a la mecedora.

—Eso pasó hace muchos años...

Y la abuela, quien era más viva que la niña, bostezó largo:

—¡Uaaaahhhhhhhhhhhhhhhh! Te contaré esa historia otro día, porque hoy tengo mucho sueño.

—¡Vamos, abue, aguanta! ¡Cuéntame!

La abuela se tomó su tiempo y, mientras se mecía en la silla, regó algunas chaquiras en su falda.

—Esa vieja historia sucedió años atrás; y a mí me la contó mi mamá; a mi mamá, su tía Juana; a la tía Juana, la abuela Yaneth; a la abuela Yaneth, su mamá Alicia; mamá Alicia se la contó a la comadre Teresa; la comadre Teresa, a su vecina Mercedes; la vecina Mercedes, a su sobrina Mery; la sobrina Mery a…

Y la abuela, quien era más viva que la niña, paró en seco.

—¿Qué pasó, abue?

La abuela la miró a los ojos. Carraspeó. Frunció el ceño y le dijo, utilizando un tono serio:

—Hay un trato que se debe respetar para contar esta historia: la mujer que la cuente debe estar peinando a la niña, joven o mujer que la escucha.

Su nieta se llevó las manos a la cabeza. Revolvió un poco su cabello. A ella le encantaban mucho los cuentos de su abuela, pero eso de peinarse…recordó los nudos, los tirones, las lágrimas, en enojo de su madre… ¡Ay, qué dolor de cabeza!

—¿Qué dice tu mata de pelo, Bellaluz? preguntó su abuela, después de unos minutos.

—No dice nada… Mi mata de pelo se quedó callada…

Y la abuela, que era más viva que la niña, empezó a meter las chaquiras de nuevo a la bolsa.

—Espera, abue,… creo que… mi mata de pelo también quiere escuchar tu historia.

—¡Yuuujuu! gritó la abuela y acomodó rápidamente sobre la mesita de madera: la peineta de dientes anchos, las chaquiras, la ponchera con agua, el de aceite de coco, un espejo pequeño y, por supuesto, una pilada de palabras.

Bellaluz, por su parte, soltó un montón de preguntas: ¿Cuál era el nombre la muchacha? ¿Dónde vivía? ¿Era conocida? Y la pregunta más importante: ¿Cómo así que su mata de pelo había florecido?

—¡Cuéntame, cuéntame, abue!

La abuela tomó la ponchera con agua y comenzó la historia:

—Hace mucho, pero mucho tiempo, una mujer dio a luz a su cuarto hijo. "Es una hembrita", anunció la partera, y los padres se pusieron muy contentos de tener una niña en la casa, después de tres hijos varones. "Ella viene a endulzar nuestro hogar", dijo el padre y todos estuvieron de acuerdo. A esta preciosa criatura la llamaron Dulce...

—¿Dulce? ¿Por qué, abue? interrumpió Bellaluz.

—Porque la familia entera se la pasaba diciendo que ella era la cosita más dulce del mundo.

La abuela le humedeció la mata de pelo con agua fresquita.

—En medio de cuidados y mimos, Dulce creció y se convirtió en una jovencita inteligente y fuerte, quien trepaba árboles, saltaba charcos y nadaba en el río. Era tan hábil con el machete como tejiendo canastos en paja tetera. Sabía diferenciar, gracias a su madre, las plantas de comer de las de curar. Cocinaba bocachico en leche de coco, sancocho de bravo y pampadas de primitivo verde. Conocía las historias de su parentela para que, como decía su papá, supiera de dónde venía y para dónde iba en esta vida. Sin embargo, había algo a lo que Dulce siempre le sacaba el cuerpo: peinarse. ¡Sí, peinarse! Ella se hacía la de la oreja mocha cuando las personas cuchicheaban sobre el asunto: "Ese pelo está de pelea con la peineta", "Esa cabeza es un nido de ratones", "Si fuera mi hija, la dejaría coquimba".

Bellaluz se dio la vuelta y miró a su abuela, quien siguió mojando su cabello sin parar la historia:

—Dulce siempre decía: "Tal día me peinaré", pero ese "tal día" casi nunca llegaba, y esto ya tenía hasta la coronilla a su madre, quien quería verla peinada con trenzas de dos o tres cabos, o con cachitos, o tropas. "Qué debo hacer para que esta muchacha se peine?", le preguntaba a su marido, y él simplemente sonreía.

Pasaron los años en el calendario y Dulce seguía corriendo por la vida con su mata de pelo al aire.

Un día la mandaron al río por agua, y allí se encontró con un duende...

—¿El duende del sombrero grande? exclamó Bellaluz

—Sí y no...este era un duende distinto...

—¿Distinto cómo, abue?

—Él era chiquito, como todos los duendes, pero su barba era de color morado. Su sombrero, amarillo chillón; sus pantalones, color naranja; y su camisa, verde. Además, cuentan que era de buen genio, cordial y conversador; y como se veía tan inofensivo, Dulce se le acercó.

—Que miedo. Murmuró Bellaluz.

—Entre charla va y charla viene, Dulce se enteró de que al duende lo habían echado de su aldea, por no cumplir con sus deberes; es decir, perseguir muchachas, molestar niños, trenzar las colas de los caballos, tirar piedras a los tejados, provocar tormentas y destruir las cosechas. Ella se sintió tan encantada con este personaje que, sin pensarlo dos veces, tomó la decisión de irse a pasear con él. Claro que antes les dejó una nota a los suyos:

Querida familia.
Me voy a recorrer el mundo.
No se preocupen, que voy en compañía del duende.

Bellaluz, incrédula, movió la cabeza de izquierda a derecha. No podía creer lo que estaba escuchando. ¿Cómo se le ocurría a Dulce irse con un desconocido? ¿Acaso su mamá no le había enseñado lo peligroso que esto podía ser?

Y la abuela, quien era más viva que la niña, frotó aceite de coco en su mata de pelo.

—¿Y qué hizo su familia? ¿La fueron a buscar?

—Claro, ahí mismito. Ellos se imaginaban lo peor, porque como dice el dicho, El que no sabe es como el que no ve, que todas las cosas las mira al revés. El padre y los hermanos cogieron monte adentro; y en cada caserío por el que pasaron, preguntaban por su hija y hermana, y siempre escucharon lo mismo: "Aquí estaban hace unas horas", "Por allí cogieron", "Anoche no más los vimos", "Acaban de atravesar el río", "Si se dan prisa, los alcanzan". Pero por más que ellos corrieron, treparon, subieron, nadaron, nunca los encontraron…

Bellaluz saltó de la butaca

—¿Qué?

—Así es… pero, tranquila, te adelanto que Dulce volvió a su casa. Bellaluz suspiró aliviada. Dicen los que vieron y los que inventan, que la muchacha y el duende se veían siempre alegres y conversadores, que cantaban y bailaban y bajo la lluvia, que se alimentaban de frutas y pescado, que jamás los escucharon quejarse por dormir a la orilla del río o debajo de un algarrobo, y que…

—Abue, ¿y cuándo a Dulce le floreció la mata de pelo? —interrumpió Bellaluz cuando la abuela estaba desenredando su mata de pelo por la parte de abajo, en pequeños mechones, y siempre agarrando fuerte la parte superior, para que la niña no sintiera el tirón.

—Resulta que a Dulce su mata de pelo le siguió creciendo y creciendo, pero estaba reseca y marchita por falta de cuidado. Entonces a su amigo, el duende, se le ocurrió una noche peinarla mientras ella dormía. Desenredó con delicadeza cada mechón y luego tejió varias trenzas de tres cabos, que adornó con pequeñas orquídeas silvestres. A la mañana siguiente, cuando Dulce vio su imagen en el río, se cayó de fundillo y llamó a gritos al duende. La gente, al escuchar semejante bororó, corrió en su ayuda y, apenas la vieron, se quedaron con la boca abierta. ¡Oh, qué hermosa! ¡Es una princesa africana!

—¿Una princesa africana?

—Así mismo. Ya no existen, pero existieron y fueron mujeres valientes. No son invenciones, no.

—¡Ajoooo!

La abuela estaba más que complacida al ver que había terminado de desenredar la mata de pelo, y esto la impulsó a seguir madurando la historia.

—Cuentan que Dulce le explicó a la gente que ella no era una princesa ni nada parecido, y que si se veía bella era porque el duende la había peinado mientras dormía. Algunos le creyeron, pero otros no, y fueron estos los que le ofrecieron pescado frito, jugo de borojó y una hamaca para descansar.

Al día siguiente, muy temprano, Dulce se despidió de sus posaderos y cogió camino de regreso a su casa…

—¿Y el duende? ¿Qué pasó con el duende, abue?

—Nunca más se supo de él.

—Vaya…

La abuela sonrió al ver la mitad de la mata de pelo de su nieta adornada de chaquiras rojas, amarillas, negras, blancas, verdes, azules y rojas… ¡Todos los colores!

—Cuando la muchacha llegó a la casa, su familia no la reconoció. "Soy yo, Dulce", tuvo que decir y entonces ellos la llenaron de besos y abrazos. "Estás distinta", dijo uno de sus hermanos. "Es la misma solo que se ha peinado", respondió su madre, y todos rieron. Ella les contó lo sucedido con el duende de principio a fin: su encuentro en el río, el paseo por la cascada Sal de frutas, la cantidad de loros, cotingas azules, tucanes que él le había mostrado y claro, cuándo y por qué la había peinado. Ella hubiese seguido de no ser por su padre que la interrumpió: "Muy entretenido, muy bonito todo, mucho aprendió, pero usted cometió una falta". Todos estuvieron de acuerdo con él. Dulce se disculpó y juró que nunca más se iría sin su permiso. Además, prometió que cada semana peinaría su cabello, y esto borró toda tristeza de su madre.

Ya la niña iba a interrumpir, pero la abuela, quien era más viva que ella, se le adelantó pasándole el espejo:

—Bellaluz: tu mata de pelo ha florecido. Le dijo con una gran sonrisa.

Mi nombre es Adelina

A Evelyn

—Debo llevar mañana pintura negra y una brocha pequeña —le digo a mi mamá, cambiándome los zapatos de la escuela por las chanclas.

—¿Y eso? ¿Harán manualidades?

Isabela, hermana menor, me mira y yo respondo:

—Creo que sí.

Cuando Adelina pasó a bachillerato, nuestros padres estaban felices. Tanto así, que una semana antes de iniciar el año escolar le compraron de todo: dos uniformes, un par de zapatos, tres pares de medias, como diez cuadernos, maletín, lapiceros, lápices, borrador, sacapuntas en forma de corazón, unas tijeras rojas y ¡una caja de 24 colores! ¡Increíble!

"Tu hermana irá a la escuela grande", me explicó mi mamá cuando protesté por recibir, como todos los años, una caja pequeña de colores. Y como seguí quejándome, ella cerró el asunto con: "Todo a su tiempo, Isabela. En un año dejarás la primaria y tendrás lo que necesitas".

La noche antes del primer día de clases mi mamá decidió trenzar a Ade, mientras yo, en el sofá, acariciaba al gato.

—¡Primero de bachillerato! ¡Cómo corre el tiempo! —la peineta se detuvo—. En esto irás a la universidad.

Mi hermana subió la ceja.

—¿Estás contenta?

Ade respondió que sí con la cabeza.

—Tendrás profesores que verán lo inteligente y buena niña que eres, y harás nuevas amigas…

—Ajá —dijo bajito.

—¿A qué hora es la clase con esa profesora?

—Antes del descanso.

—¿Tienes todo claro?

—Isabela y sí mejor…

—¿Ya no quieres hacerlo?

—No es eso... —respondo y le doy la espalda.

El primer día de clases llegó y, desde la cama, vi a Ade ponerse el uniforme nuevo, las medias largas, calzarse los zapatos brillantes y, finalmente, acomodarse sus trenzas. ¡Qué linda se veía! Cuando ella salió del cuarto para la sala, salté de la cama.

—Yo te llevo —dijo mi papá señalando su bici.

Ade le dijo que no era necesario, porque la escuela estaba cerca. Esto tomó de sorpresa a papá y mamá, quienes se miraron entre sí. "Esas son cosas que vienen con los doce años", pensé.

—No me quites este gusto.

Pa puso su carita convincente.

—Hoy yo la llevo, pero mañana te vas sola.

Y a eso le sumó un beso en la mejilla, así que mi hermana no pudo negarse.

Ma y yo los vimos coger camino para la escuela grande.

Somos los primeros en llegar, así que nadie me ve subida en la bici de papá. Poco a poco van llegando profesores: uno, dos, seis, diez, veinte…treinta y dos, cuento.

—¡Son un montón!

—En bachillerato tienen varios maestros —dice papá.

En la puerta se amontonan muchísimos estudiantes. No reconozco a nadie. De pronto, la puerta se abre y soy arrastrada al interior donde me quedo abandonada en un corredor. "¿Dónde está mi papá?", me pregunto. Tengo ganas de llorar, pero me aguanto. "¿Cuál será mi salón?" Espero.

—¿Adelina?

Son las mellizas María y Esperanza, quienes están en segundo año. ¡Qué alivio! Les cuento lo que me sucede y ellas me rescatan.

—Este es el salón de segundo C —dice María.

—Nos vemos a la hora del descanso —propone Esperanza.

—¿En el recreo?

—Se dice recreo cuando uno está en primaria y hacen todas esas cosas de niños pequeños: correr, gritar, brincar, sudar…

—En bachillerato le llamamos descanso, porque uno sólo camina y conversa —explica María.

Esa noche, Ade me contó que en su escuela hay tantos corredores, puertas y escaleras que uno puede perderse, como le pasó a ella ese primer día. También, ella me explicó la diferencia entre recreo y descanso y yo, simplemente, le dije que eso era lo más tonto del mundo, y que en mi caso siempre saldría a recreo.

Entro al salón y cojo el pupitre más cercano al tablero. Saco mis gafas y miro el reloj que está en el lado derecho de la pared: cinco para las siete. Una niña me mira y yo a ella. Sonreímos. ¿Nos volveremos amigas? me pregunto. Atrás, algunos de los que desde hoy serán mis compañeros hablan y ríen. Creo que se conocen desde el año anterior.

Miro de nuevo el reloj: siete y cinco. De repente los que están en la puerta corren y se acomodan en sus pupitres. "Viene un profesor", pienso. En medio del ruido entra una profesora blanca y alta. Saluda, acomoda sus pertenencias en el escritorio y espera que haya silencio. Se presenta como la profesora de Ciencias. Luego hace un recorrido por el aula y me señala:

—Preséntese.

¿Yo? Espero que mi voz no se me quiebre.

Me pongo de pie. Voy al frente y digo sin respirar:

—MellamoAdelinaRenteríaLucumínacíenCalimispapássella manFranciscoy-ClaudiaymihermanamenorIsabela...

—¿Qué dijo? A ver, hable pausado y sin tanta información.

Risitas.

—Me llamo Adelina —dije y me senté.

Esa semana, cuando le pregunté a Ade por los profesores, me dijo que ellos tenían la boca llena de noes: No pueden llegar tarde al colegio. No pueden hablar en el aula. No pueden ir al baño. No pueden tener la camisa por fuera de la falda o el pantalón. No pueden usar collares ni pulseras. No pueden llevar el cabello suelto. No pueden comer en el salón. No pueden interrumpir al profesor. No pueden correr en el pasillo. Prohibido rayar las paredes. Prohibido los abrazos y los besos...

"¿Qué haré cuando llegue a bachillerato y me encuentre con todos esos no?", pensé. "Tendré más llamados de atención de los que tengo ahora a mis diez años y ocho meses cuando los desencuentros entre mi profesora y yo son cada vez más frecuentes. Ella dice que soy muy rezongona y yo pienso que ella es una mandona".

En el calendario dice marzo y yo sueño con noviembre.

—Profe, tengo un chiste —dice Fernando Duarte.

—¿Es vulgar?

—Noooo, profe.

La profe de Ciencias, como en repetidas ocasiones, le da permiso. Él se levanta del pupitre, pasa al frente, me mira y pregunta:

—¿Sabes por qué los negros no pueden ser ángeles?

Risitas. Cuchicheos.

Me muerdo el labio. No es la primera vez que esto sucede en su clase.

—Porque si los negros tuvieran alas, serían murciélagos.

Risotadas.

—Duarte, usted no tiene remedio —Ella se ríe y le da una palmadita en el hombro.

Adelina dejó de hablar de sus días en la escuela grande.

Una noche, cuando le pregunté por sus nuevos amigos, me calló con un grito.

—Solo te hizo una pregunta —dijo pa.

—No quiero que me pregunte nada.

—Adelina, estás siendo grosera —dijo ma.

Por primera vez, ella se fue al cuarto y azotó la puerta, como lo hacen en las películas.

—¡Estás castigada! —le recordó pa.

"¿Quién descubrió la célula?", pregunta la profesora. Levanto la mano. Ella me mira, pero le da la palabra a Diana. Espero. "¿Cuáles son las tres partes fundamentales de la célula? Levanto la mano. La profesora deja que la responda Juan Harvey. Hace la tercera, cuarta, quinta, sexta pregunta. Quiero participar. Ella no me ve, pero en la décima, me mira y me pide que explique las semejanzas y diferencias entre una célula animal y célula vegetal. Sus ojos grandes y claros se encuentran con los míos. Sé la respuesta y la digo.

—Esta negrita es muy inteligente —dice.

Dos semanas antes de que pasara lo que pasó, Ade me contó que la mayoría de sus profesores se sabían su nombre, pero la profesora de Ciencias no. Le pregunté que si la llamaba por el apellido y ella me respondió que no.

—¿Te puso un apodo? —pregunté.

Por experiencia propia sé que algunos profesores son expertos en eso. Yo he tenido varios: Piquiña, lora mojada, pulga, buscapleitos, respondona…

Me senté en la cama.

—Ella me dice "negrita…" Yo quiero que me llame por mi nombre, como lo hace con mis compañeros. A Diana la llama Diana. A Patricia le dice Patricia. A Adriana le dice Adri. A Juan Harvey le dice Juan o Harvey. ¿Por qué no puede llamarme Adelina?

"Adelina no es un nombre tan difícil de aprender", pensé.

Le dije a Ade que le contara a ma y pa lo que estaba pasando y ella dijo que luego lo haría, pero nunca lo hizo.

La casa de Diana queda a menos de seis cuadras; sin embargo, pa se ofrece a llevarme en su bici.

—Pa, vamos caminando —le pido y él acepta.

Nos abre la mamá de Diana, y nos mira con sus ojos grandes y claros.

—Buenas tardes —saluda pa.

—¿A la orden?

—¿Está Diana? pregunto

—Soy Adelina, su compañera.

La mujer intenta sonreír y llama a su hija. Diana sale, me toma de la mano y me arrastra al interior de su casa. No me despido de pa, pero alcanzo a escuchar la voz de la señora, quien le dice: "Esta bien si la recoge a las seis", y el portazo.

A las tres y media ya estamos todos: Adriana, Juan Harvey, Diana y yo. Diana elige escuchar música, y Juan Harvey nos sorprende bailando igualito que Jennifer López. Todo está bien.

Como a las cinco aparece la mamá de Diana con gaseosas y empanadas. Me mira y dice con una sonrisa:

—Para ser negrita eres bonita.

Mis nuevos amigos están de acuerdo con ella.

En junio, la profesora de ciencias todavía no se sabía el nombre de mi hermana; y creo que, por esa razón, escucho algunas noches a mi hermana llorar.

Me miro en el espejo del baño e Isabela se acomoda a mi lado. Contemplamos nuestros rostros.

—¿Sabes que somos negras?

Ella parece no entender.

—Soy la única negra del salón.

—¿Y?

—Y nada. Sólo quería que lo supieras.

La solución para que esa profesora se aprendiera el nombre de mi hermana me vino después que Ade me contó que, en la clase, una compañera se burló de su afro; y como ella le gritó que la dejara tranquila, esa profesora le dijo:

—Si sigues tomándote todo tan a pecho, te convertirás en una negrita resentida.

Esa noche le dije a Ade que le pidiera a mamá un tarro de pintura negra y una brocha, y le expliqué paso a paso todo lo que debía hacer.

—Negrita, ¿puede traerme el cuaderno? —me pide la profesora.

Le llevo el cuaderno.

—¿Me da permiso para ir al baño?

Ella me mira.

—Es una urgencia.

—¿Segura?

—Ajá.

—Vaya, pero no se demore.

Dice con los ojos pegados a la tarea que acabo de entregarle.

Mi hermana me cuenta que fue a su pupitre, se aseguró que nadie la viera, cogió la bolsa que había guardado en el maletín y salió del salón. Lo más extraño fue que en el baño le dieron ganas de reírse.

Entro al baño y reviso que no haya nadie. Me tapo la boca para que nadie me escuche reír. Saco de la bolsa el tarro de pintura negra que Isabela recomendó que le pidiera a mamá. Descubro que las manos no me sudan, ni mi corazón está a punto de explotar. Destapo la pintura y con ganas embadurno la brocha. Escribo con letra grande en la pared y las puertas. ¡Qué aliviada me siento!

Salgo del baño y me entusiasmo cuando veo las paredes limpias del corredor. No hay vuelta atrás, escribo lo mismo que en el baño: Mi nombre es Adelina.